· 高 等 学 校 计 算 机 基 础 教 育 教 材 精 选 ·

多媒体课件设计与开发

吴有林 安玉 任燕 编著

清华大学出版社

北京

内 容 简 介

本书是一本为各级教师准备的有关多媒体课件设计与开发制作的通用教材或工具书,是一本课件制作的宝典。全书共 10 章,第 1 章介绍了课件设计开发所需的基本知识及常用软件的优缺点,第 2 章选择以 Flash 软件为开发工具,介绍该软件的基本功能及常用课件图形的绘制技术。从第 3 章开始逐步以各学科中要讲授或剖析的重点和难点为例,由浅入深地介绍课件设计开发制作的方法和制作思路以及软件学习中的知识重点。

本书立足于广大教师,特别是中小学教师和师范类在校大学生,同时在技术内容上兼顾较高水平的读者,以满足工科院校学生开发商业广告或网页制作的需求,所以本书适合于不同层次的教师和在校大学生作为信息技术与学科知识整合的研究与提高的通用教材或参考用书。

图书在版编目(CIP)数据

多媒体课件设计与开发/吴有林等编著.—北京:清华大学出版社,2011.4
(高等学校计算机基础教育教材精选)
ISBN 978-7-302-24588-9

Ⅰ. ①多… Ⅱ. ①吴… Ⅲ. ①多媒体-计算机辅助教学-高等学校-教材 Ⅳ. ①G434

中国版本图书馆 CIP 数据核字(2011)第 010140 号

责任编辑:白立军
责任校对:徐俊伟
责任印制:李红英

出版发行:清华大学出版社　　　　　　　　　　　地　　　址:北京清华大学学研大厦 A 座
　　　　　http://www.tup.com.cn　　　　　　　邮　　　编:100084
　　　　　社　总　机:010-62770175　　　　　　邮　　　购:010-62786544
　　　　　投稿与读者服务:010-62795954,jsjjc@tup.tsinghua.edu.cn
　　　　　质　量　反　馈:010-62772015,zhiliang@tup.tsinghua.edu.cn
印　装　者:北京鑫海金澳胶印有限公司
经　　　销:全国新华书店
开　　　本:185×260　　印　　张:18.25　　字　　数:453 千字
版　　　次:2011 年 4 月第 1 版　　　　　　　印　　次:2011 年 4 月第 1 次印刷
印　　　数:1~4000
定　　　价:29.80 元

产品编号:036935-01

出版说明

在教育部关于高等学校计算机基础教育三层次方案的指导下,我国高等学校的计算机基础教育事业蓬勃发展。经过多年的教学改革与实践,全国很多学校在计算机基础教育这一领域中积累了大量宝贵的经验,取得了许多可喜的成果。

随着科教兴国战略的实施以及社会信息化进程的加快,目前我国的高等教育事业正面临着新的发展机遇,但同时也必须面对新的挑战。这些都对高等学校的计算机基础教育提出了更高的要求。为了适应教学改革的需要,进一步推动我国高等学校计算机基础教育事业的发展,我们在全国各高等学校精心挖掘和遴选了一批经过教学实践检验的优秀的教学成果,编辑出版了这套教材。教材的选题范围涵盖了计算机基础教育的三个层次,面向各高校开设的计算机必修课、选修课,以及与各类专业相结合的计算机课程。

为了保证出版质量,同时更好地适应教学需求,本套教材将采取开放的体系和滚动出版的方式(即成熟一本,出版一本,并保持不断更新),坚持宁缺毋滥的原则,力求反映我国高等学校计算机基础教育的最新成果,使本套丛书无论在技术质量上还是文字质量上均成为真正的"精选"。

清华大学出版社一直致力于计算机教育用书的出版工作,在计算机基础教育领域出版了许多优秀的教材。本套教材的出版将进一步丰富和扩大我社在这一领域的选题范围、层次和深度,以适应高校计算机基础教育课程层次化、多样化的趋势,从而更好地满足各学校由于条件、师资和生源水平、专业领域等的差异而产生的不同需求。我们热切期望全国广大教师能够积极参与到本套丛书的编写工作中来,把自己的教学成果与全国的同行们分享;同时也欢迎广大读者对本套教材提出宝贵意见,以便我们改进工作,为读者提供更好的服务。

我们的电子邮件地址是:jiaoh@tup.tsinghua.edu.cn;联系人:焦虹。

清华大学出版社

前言

　　随着教育理论的发展,教学手段不断得到更新,计算机多媒体课件,特别是网络课程课件是发展最快、应用最多的一种现代教学手段。它以计算机和各种通信网络作为教学的硬件资源,以多媒体课件作为学习的教学资源,通过学习者与计算机交互来完成学习。因此,如何用现代教学技术,将教师的教学技术资源和教师的教学智慧以多媒体课件和网络课程课件的形式提供给学生,为学生创造一个个性化的轻松学习环境,是本书撰写的目的之一。

　　一般来说,计算机多媒体课件分两种形式,一种是以学科中某个知识点或某个知识片段为开发内容,将教师在课堂上难以用板书或口述的形式表述清晰的重点、难点以多媒体课件的形式呈现给学生。使学生通过观看、学习,很快掌握知识要点,从而降低学习中的理解难度,这种课件通常以演示的形式出现,被称为演示型课件。另一种是以网络课程资源的形式出现,称为课程课件或网络课程课件,这样的课件除了包括学习中的基本概念、基本理论外,还应突出重点、难点的演示,对理工类学科配有虚拟实验、练习系统、专家解答,最后还应配有自我测评分析系统等主要内容。

　　现阶段,计算机多媒体课件是指教师根据一定的教学目标和学生特点,利用多媒体技术,对课堂教学中的某个教学片段、某个重点或某个训练内容设计制作的能产生良好教学和学习效果的计算机学习软件。它以先进的教学形式,成为课堂教学的一部分。内容的难易程度、时间的长短,完全由教师根据所教的学生有针对性地进行设计。所以,教师自己编写、制作符合自身教学风格的多媒体课件是本书的又一重要目的之一。

　　要想设计开发出教学、学习效果良好的多媒体课件,首先要学习和掌握能用于课件开发的工具软件。能用于课件开发制作的软件很多,常见的有几何画板,Macromedia 公司的多媒体动画网页制作软件 Flash、Authorware 以及微软公司的 PowerPoint、国产的课件大师等。但对于广大的教师和教育工作者来说,每个教师都有各自不同的教学风格和教学特点,教学经验差异较大。在实施自我教学策略过程和多媒体课件的设计开发中,教师迅速地掌握一个功能强大、好学易用的软件往往有一定的困难,特别是非计算机专业的教师和在一些不发达地区工作的教师,因此,本书在撰写过程中,选择了目前流行的Flash 软件作为二次开发工具软件,书中各章所提供的例题,都是经过精心筛选的各学科的经典例题内容,以模块的方式提供源文件,只需在源文件上更改符合自己学科特点的内容,就能达到拿来就用的目的。

　　本书与现行的学科教材紧密结合,按照新课改的要求,内容由浅入深,把计算机软件的知识体系融合到课件的开发实例中，坚持"高深的理论通俗化，复杂的知识简单化"这一写作原则，确保读者在最短的时间内掌握这门21世纪教师必须掌握的现代教学技术，从而能够设计、开发制作出高水平、高质量的多媒体课件来，以便全方位地提高自己的教学质量和教学效果。由于工具开发软件更新很快、汉化方式不同，书中如有不妥之处，恳请广大教育界的同仁批评指正。

本书的课件、源文件、效果图可从清华大学出版社网站 http://www.tup.com.cn 下载，或者通过邮箱 wylay2003@yahoo.com.cn、810420502@99.com 向作者索取。

吴有林

2010 年 7 月

目录

第 1 章 多媒体课件设计开发基础

本章学习要点:
- 建立"编、导、演"于一体的观念;
- 确定适合自己设计制作的二次开发工具软件。

1.1 计算机多媒体课件设计开发的基本要求

1.1.1 计算机多媒体课件的目标与定位

计算机多媒体课件目标与定位,是计算机多媒体课件在设计和开发制作前必须要认真考虑的问题,只有在课件用途、目标定位明确之后,才能将自己置身于"编剧"的位置。

目前按课件的用途分类,可分为演示型和学习型两种。前者是由教师操作演示,它的任务是作为教师教学工作中的一种辅助手段,是课堂教学的一部分。所表达的是教材中教学内容的某个片段,或某个知识重点。目的是利用计算机这种先进的教学手段,用简单、透彻、高效的方式来表达教材内容和教师的教学意图,剖析那些用传统教学方法难以描述的重点和难点。降低学生在知识理解过程中的难度。教师在课件的设计开发时,首先从教学思想和手段上实施研究式教学。比如,在数学课件"完全平方公式"中,将一个纯代数问题,通过多媒体课件的形式,转化成一个简单的小学面积问题来证明,教师只要 2 分钟就演示操作完了,而且方法很简单,学生不需要再死背公式,而是直接通过动画演示,得出完全平方公式。在通常情况下,设计制作的课件多数就是这类课件。这种类型的课件,制作技术相对简单,又能充分表达教师的教学意图,能够在理念和手段上实施研究式教学。

学习型课件就不同了,它相当于为远程教育所开发的网络课程课件,是一种无师自通的学习软件,主要任务是满足学生的自学。这样的课件除了包括学习中的基本概念、基本理论外,还应突出重点、难点的演示,对理工类学科配有虚拟实验、练习系统、专家解答,最后还应配有自我测评分析系统等主要内容。让学生对自己的学习,有一个客观的掌控。所以这类课件有时是以网络课程资源的形式出现,称为课程课件或网络课程课件,它至少应该包括教学大纲所规定的某个章节的全部教学内容,是在友好界面、交互功能全面的技术支持下开发出来的。这类课件制作难度大,对计算机的编程技术有一定的要求,综上所述,课件的目标、用途和性质是首先要明确的,这是课件设计开发制作前的主要任务之一。

1.1.2　课件设计开发人员是编剧和导演

明确了课件的目标和性质定位后,课件的设计开发就有了清晰的设计制作思路,课件内容范围、大小、服务对象就可以根据课件的定位来进行安排,绝不能把几个 PPT 文稿,或在网上做的一两个文本辅导、讲的 IP 课当成多媒体课件。

设计开发人员必须根据教与学的需要确定好课件所要实现的目标,分析教材要达到的目的、重点和难点,以及在整个学科中所占有的比例和跨度性。比如,"欧姆定律"这个内容,它的内涵跨度很大,在设计课件时,就要考虑承前启后的作用。因此,要求课件的设计开发人员首先要撰写课件的脚本,脚本一般包括文字脚本和制作脚本。文字脚本又包括教师的教案和文字稿本。制作一份优秀的课件,首先要求任课老师写出一份好的教案,而且是能体现多媒体优势的教案。文字稿本要明确教学目标,教学重点、难点,同时要为学生提出一些问题,此外还要考虑安排好课件使用的最佳时期。在这个阶段,课件的设计开发人员是课件设计开发中的编剧和导演。

1.1.3　课件的选题

计算机多媒体课件是一种现代化的教育教学手段,在教学中的地位和效果是其他媒体所无法代替的,但在教学中使用多媒体课件时要适度,并不是每一节课都要使用课件,有的教学内容使用传统的粉笔板书教学效果同样会很好。因此,在设计开发制作计算机多媒体课件时,一定要注意选题、审题。如果一个课件设计制作得好,可以极大地提高课堂效率。反之,则只会流于形式,甚至起到相反的作用。一般情况下,选题的基本原则是:选择学生难以理解、教师难以讲解清楚的重点和难点问题。这些重点和难点用传统的粉笔板书或一般的教具难以进行有效地剖析。这类问题拿来作为多媒体课件的开发项目,能突出多媒体的特点,发挥多媒体课件的优势。例如,在化学课件《电解原理》的选题时,就要充分考虑到该知识点的跨度大,在中学阶段要学习,在大学课程中还要作细致的分析,在生产实验中的应用很广,对这样的重点知识在教科书或粉笔板书中,无法再现或放大这种实验场景。在多媒体课件里,就可以用动画的形式,创设实验场景,再现和放大这种实验过程。通过观看,只需短短几分钟就理解了电解的基本概念和电解的全过程,不知不觉地融入课堂当中。这种效果不是单凭教师讲、学生听就能达到的,这时教师又成了演员。

1.1.4　编写课件所需脚本

脚本的编写过程,某种意义上是一个教学设计过程,不仅要考虑教学目标,还要考虑具有建构意义的情境创设,并把情境创设看作是教学设计的最重要内容之一。所以在撰写课件脚本时,要综合考虑以下几方面的因素。

1．学术性

多媒体课件的最终目的是解析那些学科中的重点和难点,降低学生在理解和掌握知识过程中的难度,为全面提高教学质量和教学效果服务。所以,在撰写课件的文字脚本时,要将大量信息和知识融到课堂教学之中。而且还要考虑到能将最新的科学研究成果用模拟实验的方法普及给学生,用现代化的技术将复杂、抽象的知识用通俗易懂的方式表现出来,这就是前面强调的"编剧"角色。

2．技术性

技术性有两方面的含义,一是教师对教材本身的理解和研究,二是对课件设计制作的技术应用,前者是基本功,后者是战术体现。所以,要针对教学要求和学生特点,在技术运用上对有关教学资源的内容进行整合,尤其要搞好知识体系的分解,按照知识系统的框架结构找出主要知识点,从而形成单元模块。每个单元都要有学习目标,兼顾知识系统的重、难点讲解,内容表述要科学、准确、精练;要设有例题或案例的分析、自测和练习以及相应的评价与指导,突出知识应用;还要提供扩展知识和参考资料等。

一个成功的多媒体学习课件应该是在设计开发人员已掌握的技术条件下,通过程序命令将图像、动画、声音、音乐、文字动态地整合、有机地联系在一起,展现出多媒体课件的最大感染力,多方位地调动学生的学习热情。所以,在教学内容整合、媒体集成、多元交互和链接时都要充分考虑自身的制作技术应用和操作方便性。同时还要考虑适于远程开放教育的学生自主学习,因此,在设计开发时,还要注意到课件和网络课程的区别,不能把两者等同起来,这是目前课程课件发展的主流。

3．艺术性

一个高质量的多媒体课件,必须在艺术性上下功夫。多媒体课件的艺术性主要体现在屏幕的背景颜色和布局,文字的字体、字型、位置和色彩、背景图像、动画和视频技术的应用艺术、交互按钮和提示文字是否同整个课件的风格相一致等方面。同时多媒体课件的艺术性更主要的还应该是对课件教学内容本身运用的艺术性,以及在教学过程中教师的教学技艺和怎样把这些技艺运用在课件艺术上。

4．创新性

许多课件只是将一堂课的内容照搬到了屏幕上,甚至课件内容就是大段课本内容的粉笔板书的翻版。或者是将原本用实验或实物演示更直观、更形象的教学内容,用效果并不是很好的简单课件动画来演示。这样的课件失去了它的学术价值,也是一种资源的滥用。课件的创新性,是指在设计制作课件时,一定是借助于计算机这种先进的工具,用更直观、更容易理解和接受的方式剖析课程中的难点和重点,比如,在《梯形的面积计算》课件中,就是通过动画形式,将传统的死记硬背公式"上底加下底,乘高除二",变为更简单和容易理解接受的通用形式。

5. 素材的准备

无论理科课件还是文科课件，素材是必不可少的，它包括各种各样的图片、图形、声音。这些大量的素材，有一部分可以利用网上资源，有一部分就需要课件设计开发人员自制了。自制素材包括拍摄、画制、视频、伴音的录制等，无论采用什么样的方式获取素材，都要与课件所展示的教学内容相吻合，不能片面的为了艺术感或美感，去选用一些与课件教学内容无关的图片或音乐，这样将达不到提高学习效果和效率的作用，甚至还会出现相反的效果。

1.2 开发工具软件的选取

设计开发课件，主要是一些工具软件在学科知识教学中的二次开发应用。所以，要设计开发多媒体课件，首先要学习课件的制作工具软件。目前能用于课件设计开发制作的软件很多，常用的软件有：数学课件开发软件几何画板、动画网页开发软件 Flash，以及微软公司的幻灯片软件 PowerPoint 和 Authorware 等。但对于广大的教育工作者来说，除了每个教师有各自的教学风格和教学特点外，他们对计算机二次开发工具软件的熟练和掌握程度也不相同。这样在课件的设计开发时，就会直接影响教师的教学策略实施，那么究竟怎么样的工具软件才适合课件设计制作的技术要求呢？下面就对几个常用软件的基本功能进行介绍，希望能根据自己的要求选择使用。

1.2.1 演示文稿软件 PowerPoint

Microsoft PowerPoint 是 Microsoft Office 办公套件中的一个组件，也称为幻灯片 PPT，在所有演示文稿软件中，PowerPoint 一直被视为同类软件的佼佼者。它是一款使用起来非常简单的二次开发工具软件，主要表现在可操作性和制作演示文稿的效果，以及提供的模板数量都大大优于同类软件，而且其智能的制作向导更是获得了广大用户的青睐。PowerPoint 一开始主要用于办公过程中，比如，给客户介绍产品、讲解产品性能等。后来逐渐用于各行各业中，在课件设计制作中，PPT 比较容易上手，容易掌握它的基本功能，软件本身能直接插入声音、图片、其他软件开发的动画和视频等等。动画设置简单，也因为其文本编辑效果好，使得教学变得多姿多彩，不仅仅提高了老师教学效率，也提高了学生的学习兴趣。可以加深学生对学科知识的理解，但 PowerPoint 在设计制作带智能评估或判断系统的课件时（如：选择题或判断题），由于软件本身不具备编程能力，就显得力不从心，所以，PowerPoint 适合于一般的初学者或演示型课件的设计制作。

1.2.2 网页制作软件 Flash

Flash 是美国著名的多媒体软件公司 Macromedia 开发的好学、易懂的矢量图形编辑和交互式动画网页制作软件。它不仅适合于初学者，也适合于计算机水平较高者使用，从20世纪90年代以来，国内一些教育专家开始将Flash软件作为课件的二次开发工具平台，用于课件的开发应用，经过广大教育工作者多年的努力，已成功将该软件用于各个学科的计算机辅助教学中。用Flash软件为开发平台制作的各类教学、学习课件，在各个层次、类别的教学过程中，已体现出它的巨大优越性。因为，用Flash软件所制作的动画文件比位图动画文件要小得多，而且交互功能强大，可以把具有精确性和灵活性的矢量图与位图、声音、动画融合在一起，生成可独立播放的影片，从而创作出极具感染力的、生动活泼的多媒体学习型、交互型、演示讲解型的课件。可以说，它集成了所有多媒体课件开发工具软件的前沿技术，是目前最为流行的多媒体课件开发工具软件。在以后各章例题的设计开发中，都将以Flash软件为平台，用课件的设计开发实例来带动Flash软件的学习。同时还要说明一点，无论是哪个版本的软件，只要是能用于课件设计开发的，它们在课件的开发上，其功能都是基本相同的，比如在图1.1所示的Flash工作界面图中，上图是Flash CS3的工作界面，下图则是Flash MX的工作界面，通过对比可以发现，其功能组成基本是一样的。所以，建议在进行课件的设计开发时，一定要选择自己熟悉的工具软件作为二次开发的工具，这样在整个设计开发过程中才能得心应手。

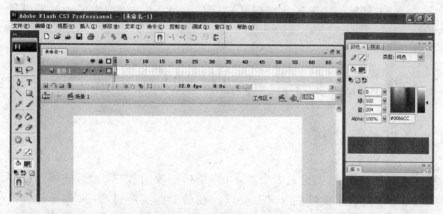

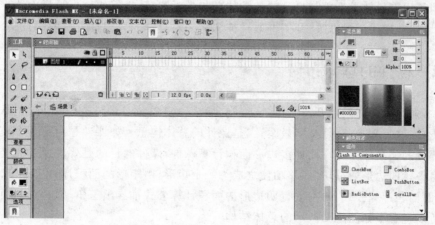

图1.1 不同版本的Flash工作界面

1.2.3 多媒体编著软件 Authorware

Authorware 是一个可视化的多媒体制作软件。具有允许使用图形图像、动画和声音等信息来创建一个交互式应用程序这样一些明显的优点,同时也具有多媒体素材的集成能力、多样化的交互手段、直观形象的开发环境、提供完善的网络应用支持、动态链接功能、方便强大的发行能力,以及文字、图形和动画处理能力。但它的编程相对比较烦琐,文件生成的容量偏大,所以适合于计算机水平较高者使用。

1.2.4 几何画板

几何画板特别适用于数学课件的设计开发,它最大优点是,动画切割、合成分明,开发的课件交互能力强。不足之处是专业性强,没有更大的通用性和兼容性。

这里要强调的是,无论是选择哪个工具软件,都有这样的要求,一是课件本身的目标和定位要明确,也就是所开发的课件适用于什么人群,操作方式上是交互自学? 还是由教师演示? 二是对工具软件的熟练掌握程度。只有做到心中有数,才可能开发设计出好的多媒体课件。

1.3 课件设计开发的总体结构、布局、制作步骤

1.3.1 学科教材分析

作为一名敬业的教师,无论是哪个版本的教材,都要对教材熟悉,做到三通,即通读、通会、通做,充分理解教学大纲的含义及要求。在教学的实施过程中,整合优秀的教学硬件资源,利用现代教学手段与自己的教学技巧与教学智慧,很好的解决教材中的难点和重点。对培养学生的逻辑思维、开拓进取精神和将来对科学的兴趣具有重要的意义。

1.3.2 课件的总体布局

本书强调的课件设计开发人员是"编剧、导演",意思就是课件制作前,首先要编写制作的脚本。这个脚本,一是文字教案;二是课件的总体构思。如课件是由哪几个模块构成的,各部分的关系如何等。比如多边形面积计算课件,课件的目的是要求通过大脑的空间思维,将平行四边形通过切割、移动使之成为一个矩形,由矩形的面积计算公式,求出平行四边形的面积计算公式,再由平行四边形的面积计算公式推导出三角形、梯形的面积计算公式,所以就有了如图 1.2 所示的总体结构。

从这个总的结构图中可以看出课件由 4 大模块组成:

① 课件封面;

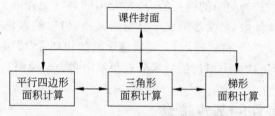

图 1.2　多边形面积计算课件的总体结构图

② 平行四边形面积计算；

③ 三角形面积计算；

④ 梯形面积计算。各模块不是孤立的，而是相互关联的，例如，从三角形面积计算模块可以进入其他 3 个模块。

同时在每个模块中，配以什么样的文字进行讲解或说明，引入什么样的声音，这些都是在编写脚本时要充分考虑的因素。

1.3.3　课件的制作步骤要领

课件的制作是一个细致的过程，必须按总体结构一步一步的完成，就像制造一部机器。先要有零件，再有部件，最后组装成整机。因此，课件的制作也应该有下面几个过程。

1. 素材准备

素材是课件中必备的，由于各学科的知识不同，所以素材也不同，特别是物理、化学以及一些工科学科，所涉及的素材繁多、制作难度大。需有大量的网上资源或素材库。而通常情况下，只要是用于解析教材中的难点和重点的素材，一般都得由教师自己制作。在后面的章节中，将用大量的实例来介绍这些素材的制作方法。

2. 文件格式

这里讲的文件格式主要是指课件最后输出的文件格式。展示型主要用于交流场合，无需在网上运行，也无须非常强大的交互功能。只要能运行顺畅，表达清楚教学目标和教学内容，课件的格式只做成单机运行就可以了。

交互学习型课件就不同了，它的一个重要的要求是为学生创造一种轻松的无师学习环境。因此，在制作时，不但要考虑单机运行，还要考虑在网上运行的需要。也就是课件要做成网络版的形式。

1.4　课件开发的简单语句基础

无论在课件设计开发时，选择什么样的软件作为二次开发平台，都涉及到课件的交互能力问题，有的软件提供了自身的编程语句功能，用它开发的课件具有很强的交互能力，而有的软件只具备一些较为简单的链接能力,开发出的课件交互能力差。而在各个具有自身编程语句功能的软件中,虽然都形成了自身的风格,但总的来说,其基础还是建立在C语言基础上的,而且基本上格式通用,只要搞懂了它的物理意义,可以说是一通百通,万变不离其宗,下面对常用软件中出现的基本概念和常用命令作说明。

1.4.1 命令与事件的基本概念

对于语句中的一些基本概念,尽量用自然语言的方式说明,只要领悟语句本身的意思后,就可以灵活运用了。

1. 事件:"事件"是计算机的专业术语,指在计算机的操作过程中,人们使用鼠标的操作动作。一般分为"左击"(又叫"单击")、"右击"、"双击"、"滑动",在课件开发中,用得最多的是指将鼠标左键"按下"和"松开"两种动作情况。试想,无论是"按下"或"松开",这两种情况都是鼠标左击时产生的,具体的用哪一种,其实效果都一样,当用 Flash 软件为开发平台时,其事件命令的书写格式和功能为:

```
On (preass){
```

或

```
on (release){
```

preass 表示鼠标左键"按下"时执行,其实就是常说的"单击"或"左击"。而 release 表示鼠标左键按下后"放开"的时候执行,仍然是常说的"单击"或"左击"。只是讲"单击"和"左击"时,不分"按下"还是"放开",所以在课件开发中,使用哪个命令都可以,其效果完全一样。

小括号(())是一种格式,是软件自身的风格形式。

大括号({)是任务执行时的"开始符"(或叫"识别符"),意思是计算机运行时碰见左大括号({)时,就知道"一个任务命令开始"了,当碰见右大括号(})时,就知道一个任务结束。所以,大括号是配对使用的,左用于"始",右用于"止"。在计算机专业术语中,两个大括号中间的内容称为"函数体"或"语句序列"等。

2. 变量:"变量"也是计算机的专业术语,是指可以变化的量。对于非计算机专业人员不太好理解,可以这样用自然语言来理解:在课件设计开发中经常要在界面上创建对象,这个对象可能是文字,也可能是一个图形,这些对象都有个称呼,如"图1、图2或文本1、文本2"等,实质就是一个"称呼名"。比如,在界面设置了一个"文本框",给这个"文本框"起的名字就称为"变量",可以用 t 代表,也可用 k 代表,文本框中的内容当然是可变的。

3. 输入文本:"输入文本"是指必须用键盘输入的文本。比如说,试卷上经常出现的"论述题"或"解释题",试卷上只给出相关的"标题"或"名词",论述的内容或解释的内容是要考生自己写上去的。在课件中,凡是需要课件的使用者用键盘输入的内容,在创建文本时,文本的输入格式就要用"输入文本"的格式,课件的界面上必须留出具有标识的"空位",等待课件操作者输入相应的文本。

4. 动态文本:"动态文本"是指以动态形式出现的文本。例如,在课件中的选择题有

A、B、C 三个答案。用鼠标选择某个答案时，总有一个标识空位在显示所选的题号，这个空位是以文本框的形式创建的，而且所显示的内容随操作者所选内容的不同而改变。这样的文本显示方式是动态的，所以这个文本框就称为"动态文本"框，里面的内容就称"动态文本"。

5. 静态文本：凡是不需要键盘输入，或不是动态显示的文本，在课件中统称为静态文本。这是用 Flash 软件作为课件的开发平台使用最多的一种文本。

6. 属性："属性"是指对"对象"进行描述的参数指标。比如，"电视机"就只能是一种泛指，没有实际意义，因为电视机的品牌很多，屏幕大小不等，只有把牌子、屏幕尺寸、屏幕材料或型号讲完整后，这个"电视机"才有特定的意义。因此，在课件开发中，经常要用文字或其他工具，每一个（段）文字或绘图工具都有它的属性，如文字的属性有：字体、字号、颜色等。

7. 字符："字符"是指课件中使用的文字、符号等。

8. 替代："替代"是中国人自己想出来的一种名词。在课件中大量使用，因为计算机毕竟是外国先研制出来的。在程序中不认识汉字，怎么办呢？用汉语拼音替代是最好的办法，但无论是汉语拼音，还是直接用中文，都得用英文情况下的"引号"引起来，作为"字符"使用。如数学课件中的"判别式"就用汉语拼音的"pbs"来替代，"根"就用" gen"来替代，这就是课件中使用的"替代"技术。

9. 赋值号："赋值"就是"赋予"的意思，在程序中用"＝"号表示，但不等同于自然语言中的"等号"。

10. 等号："等号"就是全等于的意思，在程序中为了区别于"赋值（＝）"号，用双等号"＝＝"表示相等。

1.4.2 常用简单语句

在课件开发中，无论使用什么样的开发软件，总结起来常用的语句只有几句，这些语句命令完成的功能主要有"播放、停止、转至某处停（链接）、转至某处播放、条件判断比较、执行、计算"等，下面分别介绍。

1. 播放语句："play"是通用的播放语句，在 Flash 为平台开发的课件中，要加上事件命令，完整的播放命令格式与功能为：

```
On (press){          //事件命令+ 开始符
Play();              //播放命令+格式+";"  分号是指一条指令结束换行
}                    //配对使用的结束符
```

2. 停止语句："stop"是通用的停止语句，在 Flash 为平台开发的课件中，同样要加上事件命令，完整的停止命令格式与功能为：

```
On (press){          //事件命令+开始符
stop();              //播放命令+格式+";"  分号是指一条指令结束换行
}                    //配对使用的结束符
```

3. 跳转播放语句："gotoAndPlay"是通用的跳转语句，在 Flash 为平台开发的课件

中,同样要加上事件命令,完整的跳转播放命令格式与功能为:

```
On (press) {                    //事件命令+开始符
gotoAndPlay("目标");
                    //播放命令+格式+";"  分号是指一条指令结束换行,"目标"是指要转放的目标
}                               //配对使用的结束符
```

4. 跳转停止语句:gotoAndStop 同样是通用语句,在 Flash 为平台开发的课件中,同样要加上事件命令,完整的跳转停止命令格式与功能为:

```
On (press) {                    //事件命令+开始符
gotoAndStop("目标");             //停止命令+格式+";"  分号是指一条指令结束换行
}                               //配对使用的结束符
```

5. 条件语句:这是自然语言和计算机语言的一种转换形式,是开发智能型课件大量使用的一种通用语句。

```
if("条件")                      //对所给条件(判断)
(语句序列 1)                     //当条件成立时执行的任务
Else                            //否则
(语句序列 2)                     //条件不成立时执行的任务
```

它的执行过程是,先对 if"条件"进行判断,如果条件成立,就执行"语句序列 1",如果不成立(否则),就执行 Else 后面的"语句序列 2",Else 是"否则"的意思,从执行过程可以看出,在自然语言中,也经常使用条件语句结构形式,比如,甲、乙两人发生了借钱久拖不还的经济纠纷争执,甲是债权人,乙是债务人,甲在多次催款无效的情况下,就可能得出另一种方案,即:

```
如果还钱                        //条件
握手                            //执行的动作
否则                            //转去
法庭见                          //执行另外的动作
```

在自然语言中,"是否还款"是条件,如果借款还了,甲乙将握手言和,后面到法院的事情就不会发生;如果不还,即还款的条件没有成立,"否则",不是握手言和,而是上诉到法院。

从对比中可以发现,计算机语言中的语句,就是如何将自然语言转换成计算机能够识别和处理的语句。只要理解了它的内在含义,在课件的开发中,用起来就比较轻松了。

本 章 小 结

本章的重点是要建立课件设计开发人员须集编、导、演于一身的基本功底与理念,这样才能在课件的设计上,做到逻辑层次分明,制作思路清晰、开发工具选择得当。同时要求理解和掌握开发工具软件中一些通用的基本知识与术语,以便在后续章节的实例开发学习中,达到"一通百通"的效果。

第 2 章　课件开发工具软件 Flash

本章学习要点：

- Flash 界面组成；
- Flash 的绘图工具；
- Flash 时间轴的作用及概念；
- Flash 图层的概念及作用；
- Flash 的输出文件格式；
- Flash 语句基础。

Flash 是美国著名的多媒体软件公司 Macromedia 开发的矢量图形编辑和交互式网页动画制作软件。近年来，经过广大教育工作者的努力，已成功地将该软件用于计算机多媒体课件的开发与制作，目前一些优秀的较为流行的教育软件都是以 Flash 软件为平台开发的。使用 Flash 软件所制作的动画文件比位图动画文件要小得多，是一款建立在 C 语言基础上的编程简单、功能强大的多媒体开发工具软件。用它开发课件可以把矢量图的精确性和灵活性与位图、声音、动画融合在一起，生成可独立播放的影片课件，从而创作出极具感染力的生动活泼的多媒体学习型、交互型、演示讲解型课件，所以用它开发出的课件不仅界面优秀，而且交互功能强大，又便于在网上运行。已经用于课件设计开发的 Flash 版本较多，从前几年推出的 Flash 5.0、Flash 6.0 到近段时间广泛使用的 Flash MX、Flash 8.0 和 Flash CS3、CS4 等。究竟哪个版本适合于课件的开发呢！实际上，无论哪个版本，在用于课件的开发上，其功能都大致相同，不同点在于各版本在菜单命令的安排位置不同及版本的交互语句上有所差别。比较容易学习和掌握的是 Flash MX，本章在重点介绍 Flash MX 的同时，也对 Flash CS3 的不同之处，作相应的对比说明。

2.1　Flash 的工作界面

Flash 软件的工作界面随版本的不同，界面风格也有一些细小的差异，但在课件的开发功能上没有什么区别。它们的启动方式是，在安装有 Flash 软件的计算机上，选择"开始"菜单下的"程序"命令，再找到 Macromedia 目录下的 Flash 软件。有的在安装过程中，创建了桌面快捷方式，这种情况可双击快捷方式图标启动。Flash 软件启动后，自动进入用户创作界面，图 2.1 所示为 Flash CS3 的用户界面。

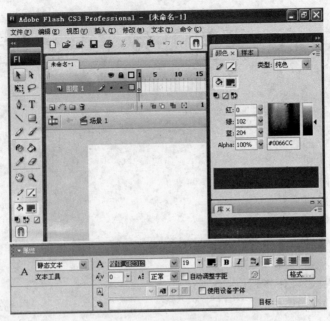

图 2.1　Flash CS3 的工作界面

下面分别对 Flash 工作界面的主要菜单命令、绘图工具、主要面板功能作介绍。

2.1.1　菜单栏

菜单栏是 Flash 的重要组成部分,通过菜单命令可以实现 Flash 的绝大部分功能。熟练掌握各个菜单的命令功能,对于学习 Flash 会有很大的帮助。除此之外,在 Flash 软件的各个版本中,还将一些常用的菜单命令配备了对应的快捷键,这些功能给开发操作带来极大的方便,从而在制作作品时能够大大提高工作效率。

1."文件"菜单

"文件"菜单主要是用于 Flash 文件管理,包括新建、打开、关闭、保存、保存并压缩、另存为、另存为模板、Flash 所需素材的导入、最后生成影片的导出、作品的发布设置、作品发布、界面设置、打印以及退出等。Flash CS3 与 Flash MX 的"文件"菜单及命令功能如图 2.2 所示,右图为 Flash CS3 的"文件"菜单及功能命令,左图为 Flash MX 的"文件"菜单及功能命令。从图 2.2 中可以看出,尽管版本不同,但基本功能没有多大的变化,所以对课件的开发工作没有任何影响。在这个菜单中,课件开发用得最多的是:"新建"、"打开"、"保存"、"另存为"、"导入"、"导出影片"、"输出图像"和"发布"等命令菜单。

2."编辑"菜单

"编辑"菜单主要用来对自己的 Flash 作品进行修改和编辑。在制作课件时,很难一次定稿,需经过反复多次调试才能达到预期的效果,"编辑"菜单中提供了执行撤消、重复、

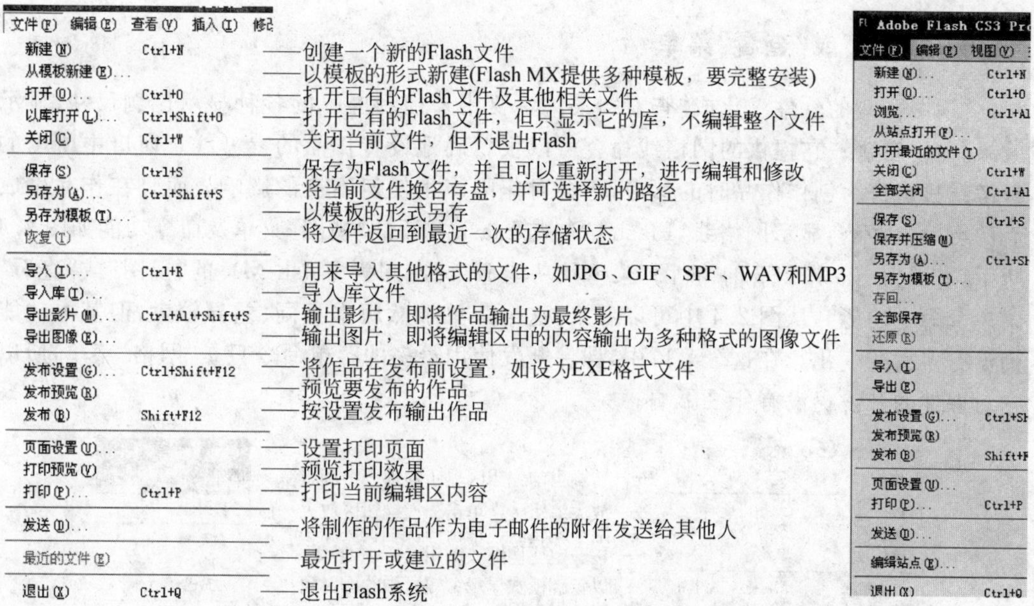
文件(F) 编辑(E) 查看(V) 插入(I) 修改
新建(N) Ctrl+N ——创建一个新的Flash文件
从模板新建(E)... ——以模板的形式新建(Flash MX提供多种模板，要完整安装)
打开(O)... Ctrl+O ——打开已有的Flash文件及其他相关文件
以库打开(L)... Ctrl+Shift+O ——打开已有的Flash文件，但只显示它的库，不编辑整个文件
关闭(C) Ctrl+W ——关闭当前文件，但不退出Flash
保存(S) Ctrl+S ——保存为Flash文件，并且可以重新打开，进行编辑和修改
另存为(A)... Ctrl+Shift+S ——将当前文件换名存盘，并可选择新的路径
另存为模板(T)... ——以模板的形式另存
恢复(T) ——将文件返回到最近一次的存储状态
导入(I)... Ctrl+R ——用来导入其他格式的文件，如JPG、GIF、SPF、WAV和MP3
导入库(I)... ——导入库文件
导出影片(M)... Ctrl+Alt+Shift+S ——输出影片，即将作品输出为最终影片
导出图像(E)... ——输出图片，即将编辑区中的内容输出为多种格式的图像文件
发布设置(G)... Ctrl+Shift+F12 ——将作品在发布前设置，如设为EXE格式文件
发布预览(R) ——预览要发布的作品
发布(B) Shift+F12 ——按设置发布输出作品
页面设置(U)... ——设置打印页面
打印预览(V) ——预览打印效果
打印(P)... Ctrl+P ——打印当前编辑区内容
发送(D)... ——将制作的作品作为电子邮件的附件发送给其他人
最近的文件(E) ——最近打开或建立的文件
退出(X) Ctrl+Q ——退出Flash系统
Adobe Flash CS3 Pro
文件(F) 编辑(E) 视图(V)
新建(N)... Ctrl+N
打开(O)... Ctrl+O
浏览...
从站点打开(F)...
打开最近的文件(T)
关闭(C) Ctrl+W
全部关闭
保存(S) Ctrl+S
保存并压缩(M)
另存为(A)...
另存为模板(T)...
存回...
全部保存
还原(R)
导入(I)
导出(E)
发布设置(G)...
发布预览(R)
发布(B)
页面设置(U)...
打印(P)... Ctrl+P
发送(D)...
编辑站点(E)...
退出(X) Ctrl+Q

图 2.2 Flash MX 和 Flash CS3 的"文件"菜单及命令功能

剪切、拷贝、粘贴、粘贴到当前位置、选择性粘贴、清除、复制、全部选择、取消选择、剪切帧、拷贝帧、选择所有帧、粘贴帧、编辑元件、编辑位置、编辑所有、参数选择、快捷键和字体映射等功能的命令。Flash CS3 与 Flash MX 的"编辑"菜单及命令功能如图 2.3 所示，右图为 Flash CS3 的"编辑"菜单及命令功能，左图为 Flash MX 的"编辑"菜单及命令功能。从图 2.3 中可以看出，尽管版本不同，但基本功能仍没有多大的变化，在这个菜单中，课件开发使用最多的菜单命令有："剪辑"、"拷贝"、"复制"、"粘贴"、"粘贴到当前位置"等。

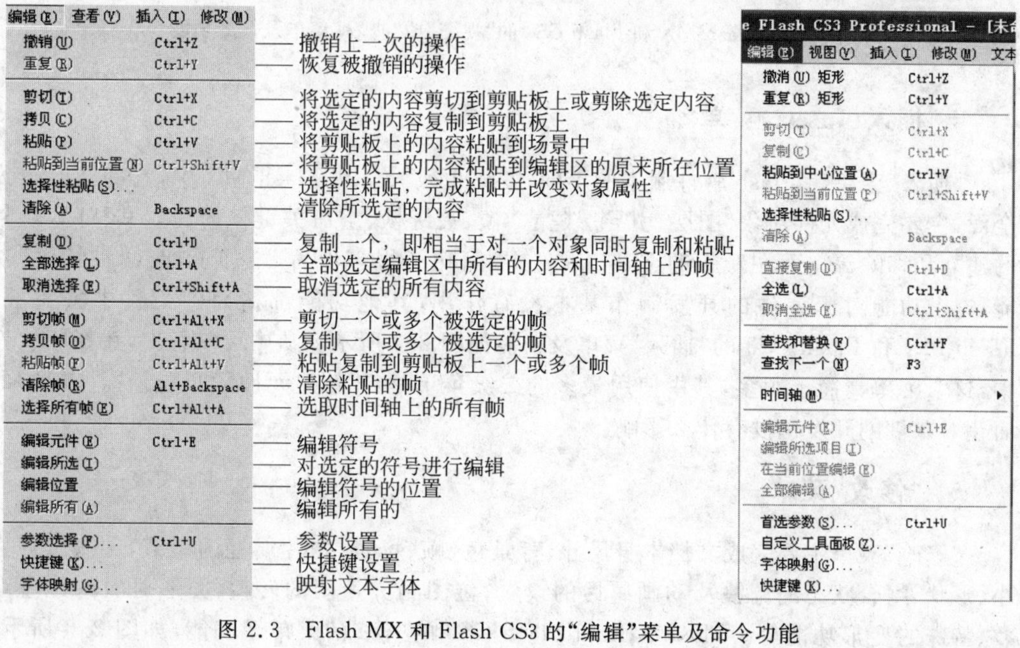
编辑(E) 查看(V) 插入(I) 修改(M)
撤销(U) Ctrl+Z ——撤销上一次的操作
重复(R) Ctrl+Y ——恢复被撤销的操作
剪切(T) Ctrl+X ——将选定的内容剪切到剪贴板上或剪除选定内容
拷贝(C) Ctrl+C ——将选定的内容复制到剪贴板上
粘贴(P) Ctrl+V ——将剪贴板上的内容粘贴到场景中
粘贴到当前位置(N) Ctrl+Shift+V ——将剪贴板上的内容粘贴到编辑区的原来所在位置
选择性粘贴(S)... ——选择性粘贴，完成粘贴并改变对象属性
清除(A) Backspace ——清除所选定的内容
复制(D) Ctrl+D ——复制一个，即相当于对一个对象同时复制和粘贴
全部选择(L) Ctrl+A ——全部选定编辑区中所有的内容和时间轴上的帧
取消选择(E) Ctrl+Shift+A ——取消选定的所有内容
剪切帧(M) Ctrl+Alt+X ——剪切一个或多个被选定的帧
拷贝帧(O) Ctrl+Alt+C ——复制一个或多个被选定的帧
粘贴帧(F) Ctrl+Alt+V ——粘贴复制到剪贴板上一个或多个帧
清除帧(R) Alt+Backspace ——清除粘贴的帧
选择所有帧(E) Ctrl+Alt+A ——选取时间轴上的所有帧
编辑元件(E) Ctrl+E ——编辑符号
编辑所选(I) ——对选定的符号进行编辑
编辑位置 ——编辑符号的位置
编辑所有(A) ——编辑所有的
参数选择(F)... Ctrl+U ——参数设置
快捷键(K)... ——快捷键设置
字体映射(G)... ——映射文本字体
e Flash CS3 Professional - [未
编辑(E) 视图(V) 插入(I) 修改(M) 文本
撤消(U) 矩形 Ctrl+Z
重复(R) 矩形 Ctrl+Y
剪切(T) Ctrl+X
复制(C) Ctrl+C
粘贴到中心位置(A) Ctrl+V
粘贴到当前位置(P) Ctrl+Shift+V
选择性粘贴(S)...
清除(A) Backspace
直接复制(D) Ctrl+D
全选(L) Ctrl+A
取消全选(E) Ctrl+Shift+A
查找和替换(F) Ctrl+F
查找下一个(N) F3
时间轴(M)
编辑元件(E) Ctrl+E
编辑所选项目(I)
在当前位置编辑(E)
全部编辑(A)
首选参数(S)... Ctrl+U
自定义工具面板(Z)...
字体映射(G)...
快捷键(K)...

图 2.3 Flash MX 和 Flash CS3 的"编辑"菜单及命令功能

3. "视图"或"查看"菜单

"视图"（有的软件汉化成"查看"）菜单主要用来控制屏幕的各种显示比例尺寸、显示效果、显示轮廓。它提供的网格线命令可以很精确地设置作品的参考线。窗口中所示的参考线只是作为创作作品时的参考，不会对作品产生任何不良的影响。而且在作品生成后的影片中，不会显示网络线，Flash CS3 与 Flash MX 的"视图"菜单及命令功能如图 2.4 所示，右图为 Flash CS3 的"视图"菜单及功能命令，左图为 Flash MX 的"视图"或"查看"菜单及命令功能。从图 2.4 中可以看出，这个菜单虽然版本不同、差异较大，但基本功能仍没有多大的变化。在这个菜单中，课件开发使用最多的菜单命令只是"网格"菜单，所以它对课件的开发仍没有什么影响。

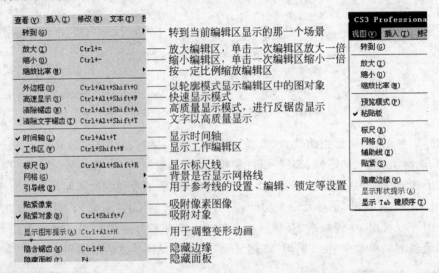

图 2.4　Flash MX 和 Flash CS3 的"视图"或"查看"菜单及命令功能

4. 插入（Insert）菜单

"插入"菜单随 Flash 软件版本的不同，变化也较大。在 Flash MX 中，它的功能较为全面，主要完成元件对象、图层、引导层建立、帧、关键帧、空白关键帧的建立和移除、场景的建立和移除等。而在新版的 Flash 软件中，简化了很多项后，增加了"时间轴特效"功能，这个功能对于课件的开发制作基本没有作用，其他功能都精简到工具中去完成。Flash MX 和 Flash CS3 的"插入"菜单及功能如图 2.5 所示。从中可以看出，在新版软件中，这个菜单精简了很多，其中使用最多的二级菜单是："新建元件"和"场景"，所以它的简化对课件的开发仍没有什么影响。

5. "修改"菜单

"修改"菜单主要完成文档本身尺寸、背景色、帧、场景、图片属性的调节，导入图片大小、形状、组合状态的调整及动画属性的设置，位图到矢量图的转换，图形对象的位置调整、特殊的变形功能等。Flash MX 和 Flash CS3 的"修改"菜单及功能，如图 2.6 所示。

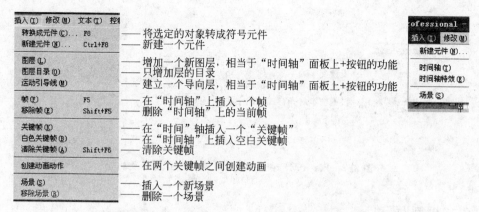

图 2.5　Flash MX 和 Flash CS3 的"插入"菜单及功能

从图 2.6 的对比中可以看出,两个版本的安排和汉化上有明显的差异,左图中的"影片"对应于右图中的"文档",左图中的"转换"对应于右图中的"转换为元件",左图中的"群组"对应于右图中的"组合",左图中的"外形"对应于右图中的"形状"。而在右图中增加了时间轴和时间轴特效功能。在上面的"插入"菜单命令中已讲过,"时间轴特效"对课件的开发基本不起任何作用。左图中的"场景"在右图中没有出现,在新版的软件中,将该功能菜单放置在"窗口"菜单下的"其他面板"中,在开发时请注意此菜单位置的变化。

修改(M) 文本(T) 控制(C) 窗口(W)		修改(M) 文本(T)
图层(L)...	── 打开"层属性"以修改图层属性,如层的类型、图层的大小等	文档(D)...
场景(S)...　Shift+F2	── 打开"场景"面板以修改场景特征,如复制场景、增加场景	转换为元件(C)...
影片(M)...　Ctrl+J	── 打开"动画属性"面板,调整动画播入速度、背景颜色及画面尺寸	分离(K)
平滑(S)	── 曲线平滑度调整	位图(B)
直线化(T)	── 曲线直线化度调整	元件(S)
最优化(O)...　Ctrl+Alt+Shift+C	── 对选中的图形进行优化处理	形状(P)
外形(H)	── 调整图形形体,如软化填充边、扩大填充等	合并对象(O)
交换元件...	── 符号间的交换	时间轴(M)
复制元件...	── 工作区内复制元件	时间轴特效(E)
交换位图...	── 调整图形的比例及旋转角度,增加或删除图形外形提示等	变形(T)
描绘位图(B)	── 将导入到编辑区的位图换成矢量图	排列(A)
转换(T)	── 调整图形的比例及转角,增加或删除外形提示	对齐(N)
排序(A)	── 调整覆盖关系,提供将对象移前、移后、锁定、反锁定等操作	组合(G)
排列(R)	── 按结构排列	取消组合(U)
帧数(F)	── 成批修改帧,如把选中帧的顺序反转	
群组(G)　Ctrl+G	── 把编辑区的几个对象合成为一个组	
撤销群组(U)　Ctrl+Shift+G	── 把组合的图形分开拆散	
分离组件(K)　Ctrl+B	── 把实例从样品中分离出来成为单独的图形进行修改	
分配到层(D)　Ctrl+Shift+D	── 将图形分配给层	

图 2.6　Flash MX 和 Flash CS3 的"修改"菜单及功能

6. "文本"菜单

"文本"菜单主要用于设置文字的属性,如字体、字号、字形、字间距、文字的上下标注和段落属性以及文本对齐方式等,新版本中增加了拼音检查和拼音设置功能,Flash MX和 Flash CS3 的"文本"菜单及功能如图 2.7 所示。

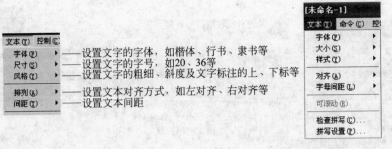

图 2.7　Flash MX 和 Flash CS3 的"文本"菜单及功能

7．"控制"菜单

"控制"菜单主要用于控制动画的播放、停止、循环播放、影片测试、场景测试、按钮的启用、启用帧动作等。尽管 Flash 的动画制作效果基本上是所见即所得,但仍有部分效果在编辑区上无法直接显示,需通过菜单中的一些命令才能完成。新版本的"控制"菜单增加了"删除 ASO 文件"命令,Flash MX 和 Flash CS3 的"控制"菜单命令及功能如图 2.8 所示。右图为 Flash CS3 的"控制"菜单及功能命令,左图为 Flash MX 的"控制"菜单及命令功能,从图 2.8 中可以看出,尽管版本不同,但基本功能仍没有多大的变化,在这个菜单中,课件开发使用最多的菜单命令有:"播放"、"测试影片"、"测试场景"、"循环播放"、"启用简单按钮"等。同样可以看出,这个菜单的变化对课件的开发工作和开发质量仍无任何影响。

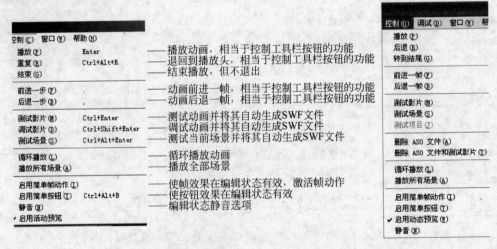

图 2.8　Flash MX 和 Flash CS3 的"控制"菜单命令及功能

8．"窗口"菜单

"窗口"菜单中,Flash 软件的很多工具面板都是通过"窗口"菜单来操作,通过"窗口"菜单的操作,能把这些工具面板进行显示或隐藏,另外在菜单的下部显示有当前的文件名,通过它们还可以进行文件切换。Flash MX 和 Flash CS3,CS4 的"窗口"菜单命令变化较大,特别是将 Flash MX 的"修改"菜单下的二级菜单"场景"改放在 Flash CS3、CS4 的"窗口"菜单中的二级菜单"其它面板"后,违反了"见名知意"的方便原则,给一些不熟悉新版功能的使用者带来了不便。在这个菜单中,课件开发使用最多的菜单命令有:"工具栏"、"时间轴"、"属性"、"库"、"动作"、"变形"、"调色板"、"公用库"、"信息",新版软件中的"场景"等。Flash MX 和 Flash CS3 的"窗口"菜单命令及功能,如图 2.9 所示。

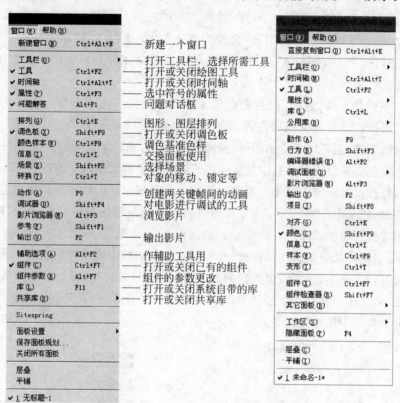

图 2.9　Flash MX 和 Flash CS3 的"窗口"菜单命令及功能

2.1.2　主工具栏

主工具栏的隐藏或显示在"窗口"的二级菜单"工具栏"中进行切换,如图 2.10 所示。它提供了 Flash 中经常使用的命令功能,如新建文件、打开文件、保存文件、关闭文件、打印、复制、粘贴、取消前一次的操作、缩放、排列、旋转等功能。在课件的开发过程中,使用

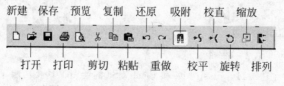

图 2.10　Flash 软件中的主要工具栏

最多的工具是该工具栏中的"缩放"和"撤销"。工具栏提供的这些功能虽然都可以从菜单命令中找到,但通过主工具栏执行指定功能更方便迅速。这个工具栏,无论是哪个版本,都变化不大。

2.1.3 绘图工具栏

在 Flash MX 和 Flash CS3、CS4 中,绘图工具栏的最大区别是将 Flash MX 绘图工具栏中的"墨水瓶工具"与"颜料桶工具"合并为单一的"墨水瓶工具",将"椭圆"工具与"矩形"工具合并,将"文本"工具"A"改为"T",这些工具都是课件开发过程中的常用工具,使用中请注意。

绘图工具栏分工具、查看、颜色和选项 4 个部分。默认状态下位于 Flash 窗口的左侧。也可以根据自己的习惯拖放在界面的其他位置,在 Flash MX 中,"工具"部分有 16 个绘制和编辑工具,主要用于绘制图形、移动图形、扩大编辑区。"颜色"工具栏用于改变边框及填充颜色。在绘图工具栏中放置了用于绘制图形和文本编辑的各种工具,如绘图、选取、喷涂、修改以及编排工具等。附属选项用于对当前激活的绘图工具按钮进行进一步设置,选择"窗口"菜单下的"工具"命令可以打开或关闭绘图工具栏。Flash MX 和 Flash CS3 的绘图工具及功能,如图 2.11 所示。通过对比可以看出,新版本的 Flash 软件在绘图工具栏上,只是将部分工具作了嵌套处理,并没有增加多少实质性的功能。所以对开发课件仍然没有什么影响,这里需要注意的是,在使用绘图工具时,通常都与屏幕下方的属性配合使用,才能绘出自己满意的图形,有关绘图工具的作用与灵活用法及技巧,将在以后的课件开发实例中作详细说明。

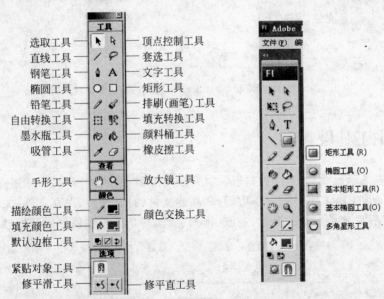

图 2.11 Flash MX 和 Flash CS3 的绘图工具及功能

2.1.4　状态栏

状态栏通常是以属性的形式呈现，位于 Flash 界面窗口的最下方。当鼠标选定某一工具按钮或菜单命令时，该工具或菜单命令的功能及属性就会显示在状态栏中。例如，当鼠标选定"文本"工具时，状态栏所显示的内容就是当前文本的属性，包括字体、字号、字的颜色、字间距、文本方向、对齐方式、文本的格式等。通过设置这些参数来满足课件开发中所需的效果，如图 2.12 所示。当选择"窗口"菜单下的二级菜单"属性"时，就可以打开或隐藏状态栏。

图 2.12　位于屏幕下方的属性(状态)栏

2.1.5　调色控制面板(混色器)

调色控制面板又称混色器，主要用于对所绘制图形的颜色填充或对对象进行辅助编辑。这是一个需要经过认真细致、反复操作，充分理解填充方式后才能得心应手的工具。在 Flash CS3、CS4 中，也将该名称改为"颜色"，通过操作"窗口"菜单下的"混色器"或"颜色"对调色控制面板打开或隐藏。调色控制面板，如图 2.13 所示。

2.1.6　"时间轴"面板

"时间轴"面板是 Flash 软件中最重要的面板之一，也是Flash 软件进行动画设计和编辑的重要工具。默认状态下，位于编辑区和主工具栏之间，也可以通过鼠标拖动改变其所在位置。时间轴上帧的多少，决定着动画播放时间的长短和快慢，普通动画可以从数十帧到数百帧，但对导入的视频或声音，则可高达数千帧或数万帧。通过选择"窗口"菜单下的"时间轴"命令。来决定是否显示"时间轴"面板。在课件开发中，新建的文件系统默认在时间轴的第 1 帧位置。"时间轴"面板，如图 2.14 所示。

图 2.13　调色控制面板

同时使用这个面板还可以查看任何一帧的情况，调整动画播放的速度，安排帧的内容，改变帧与帧之间的关系，从而产生不同动画的效果。例如，一个物体运动的距离一定，如果播放所占的时间轴越长，那它所产生的动画过程就越慢；当时间轴所占的长度一定，

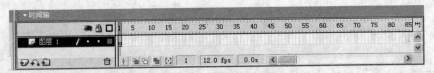

图 2.14　"时间轴"面板

物体运动的距离越小,那它所产生的动画也就越慢,反之则快。而且在创作动画过程中,一旦建立正确的动画设置后,整个时间帧之间应为箭头线连接,如图 2.15 所示。在时间轴上,如果动画建立错误,将出现虚线连接,如图 2.16 所示。

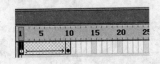

图 2.15　时间轴上创建的正确动画

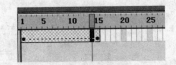

图 2.16　时间轴上没有建立正确的动画

2.1.7　编辑工作区界面

编辑工作区界面,也可称为舞台,位于屏幕中央的白色区域部分,如图 2.17 所示。在编辑工作区里可以直接绘图、添加文本。也可从外部导入图形、图片、gif 动画、声音和文本文件来进行编辑。编辑工作区中主要使用的辅助工具有三项:"显示网格"、"编辑网格"和"标尺与参考线"。这些辅助工具主要的作用是帮助制作各种图形对象,是一个参考的基准线。

2.1.8　图层面板

"图层"面板位于时间轴的左侧,它的功能是增加图层、删除图层、改变图层的功能、对图层重命名等,新建的文件系统默认为"图层 1",如图 2.18 所示。

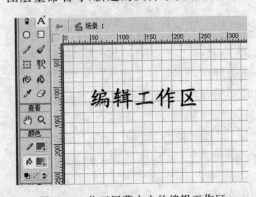

图 2.17　位于屏幕中央的编辑工作区

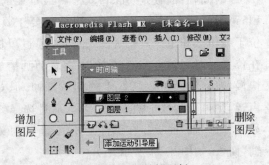

图 2.18　"图层"面板

可以看出,每一个"图层"都有与之对应的时间轴。这说明,每个"图层"都可以放置不同的课件内容,彼此独立。通常情况下,静止的内容放置在一个"图层"上,而每个独立的动画单独占据一个"图层",但它们又共同使用一个编辑工作界面。因此,在课件内容的布局上,必须统一考虑界面的容量、图像显示的完整性。"图层"间相当于堆积在一起的透明的胶片。

2.1.9 场景

"场景"是用来组织 Flash 课件的重要工具。它好比在拍摄一部电影或电视剧,很多背景和细节是在不同的外景下拍摄的,最后通过剪辑,形成一部完整的片子。做课件也是一样,不同的教学内容或章节,需要不同背景材料和文字内容来进行相关的解析,最后通过命令按钮将分散的内容封装在一起,形成完整的课件。Flash 软件的"场景"就是用来创作不同的教学内容的。通常情况下,一个功能完整的课件,往往不能同时在一个"场景"中完成,需要多个"场景"才能实现其目标。所以在构思课件时,把课件中需要表述的不同内容,用不同的 Flash 动画分别组织在不同的"场景"中。"场景"的操作通常有三种方式,"场景"的增加、"场景"的删除、"场景"的重命名,下面分别讲解这三种操作方式。

1. "场景"的增加

新建的文件只有一个"场景",系统默认为"场景 1",如果要将不同的主题放在不同的场景中,就得增加"场景"。

增加"场景"的方法一般有两种:

(1) 单击打开"插入"菜单,显示二级下拉菜单。

(2) 选择"场景"命令,增加一个新的"场景",并且自动将新增加的"场景"作为当前"场景",并依次排序为"场景 2","场景 3"……

2. "场景"的删除

由于版本的不同,删除"场景"的步骤也有所差异。

在 Flash MX 中的操作步骤为:

(1) 选择"修改"菜单下的"场景"命令,打开如图 2.19 所示的"场景"面板。

(2) 选择要删除的"场景",如"场景 2",单击右下角的垃圾桶,系统自动打开一个删除确认对话框,单击"确定"按钮,即可删除所选场景。在这个面板中,如果单击"＋"按钮,也可以增加"场景",它的功能与"插入"菜单下的"场景"命令相同。请注意,在 Flash CS3 或 CS4 软件中,"场景"面板的打开方法是,单击"窗口"菜单下的"其他面板",再单击"场景"命令。

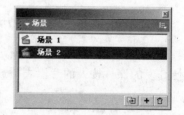

图 2.19 "场景"面板

3. "场景"的重命名

场景的默认名称为"场景 1"、"场景 2"、"场景 3"……等,随着课件内容的增加,"场景"的数量也在增加,有时为了便于管理,也可以根据需要来给"场景"重新命名,重命名的方法是,在打开的"场景"面板中,双击场景名称,就可以更改原有场景名称了。

4. "场景"的顺序调整

通常情况下,系统默认的"场景"顺序是按创建的先后顺序默认,这也是 Flash 最终影片播放的先后顺序。多数情况下,在课件的设计开发过程中,很难保证所创建的"场景"顺序与最终课件要表述或播放的顺序一致,这就要对"场景"的顺序进行必要的调整,调整的方法是:

(1) 打开如图 2.20 所示的"场景"面板,选中要调整顺序的场景名称。

(2) 按住鼠标左键,将该场景拖动到所需位置时松开鼠标即可,如图 2.21 所示。

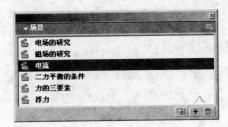

图 2.20 "场景"顺序调整 1　　　　　图 2.21 "场景"顺序的调整

2.1.10 动作语句工具

动作语句是创作优秀课件时一定要使用的工具之一,但对一些非计算机专业的教师来说,一提起语句就感觉有些困难,过分的担心导致自己所开发的课件不尽如人意。其实,虽然 Flash 的动作语句是以 C 语言为基础的,又形成了自己的风格体系,但在课件开发中,真正使用的就是那么简单的几句。所以,对非计算机专业的教师来说,只要理解了它的含义和作用,用自然语言的思维,按计算机的要求,同样可以制作出非常优秀的交互式课件。

1. 动作语句命令的作用

语句也可以称为脚本或命令语句,是一种交互程序命令,完成课件的人机交互控制,使开发的课件按人的意愿去播放。

2. 动作语句命令

一条语句就是一条程序命令。要执行一个动作,就要为课件编写程序命令,这一操作称之为添加"动作"命令。因此,动作语句在"动作"面板中。但对不同的 Flash 版本,动作语句的版本也有所不同,分为 1.0、2.0 和 3.0 三个版本,如图 2.22 所示。

这里需要说明的是,并不是动作语句的版本越高越好,高了反而会不宜看懂,使人无从下手,建议使用 Flash MX,它的动作语句虽是 1.0,但是有标准模式和专家模式供选择。对一般的交互式课件开发,无论是开发"选择题"还是"判断题"这样的智能判断功能,

图 2.22　不同版本的动作语句面板

它的专家模式完全能达到编程要求,而在标准模式下,只要会打"√"就行,所以任何人都会学得好,任何人都用得好,关于这部分语句的编写和规则,将在以后各章的例子实例中,进行详细的说明。

2.1.11　属性面板

在前面已经讲到,属性是在状态栏显示的,属性面板位于屏幕的下方,它的作用是改变"绘图工具栏"上"工具"的属性。如,选择了绘图工具栏上的"文本"时,字体、字号、字色、间距、行距、文本性质等,将通过属性面板中属性的设置来体现最后的文字效果。又如,选中了绘图工具栏上的"椭圆"工具时,椭圆的边线粗细、边线的颜色、椭圆中间填充色等同样在属性栏进行设置。"文本"工具的属性面板,如图 2.23 所示。

图 2.23　位于屏幕下方的属性面板

2.2　Flash 课件的文件输出格式

设计开发课件,首先要建立一个新的文件,然后对文件的属性进行设置。课件制作成功后,还要将其生成 .swf 影片格式或 .exe 可执行文件格式输出。否则源文件不但不能很好地播放,课件中设计的很多功能无法实现,也无法在网上运行。

2.2.1　建立新的文档文件

制作课件的第一步,便是新建一个新的 Flash 文档文件。建立 Flash 文档文件的方

法是:

(1) 选择"开始"菜单下的"程序"命令菜单,找到 Macromedia 目录下的 Flash 文件夹,启动 Flash 软件,也可以通过桌面上的快捷菜单启动 Flash。

(2) 选择"文件"菜单下的"新建"命令,或单击主工具栏上的"新建"按钮,新建一个 Flash 文档文件。注意,启动时系统本身有一个默认的无标题的"未命名"新文件。

2.2.2　设置文件属性

文件属性是指课件文件的属性,主要包括背景颜色、帧速、影片界面尺寸的大小等。通常都是单击"修改"菜单下的"文档",此时会弹出如图 2.24 所示的"文档属性"对话框。在这个对话框中,可按需要对文件属性进行设置。

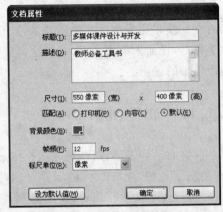

图 2.24　课件文档属性的设置

设置有以下是两个基本概念:

* 像素:将一幅位图放大时,就会看到它由很多的小格子组成,一个小格就叫一个像素。显然,需要的图像越清晰,要求的像素就越高。通常的数码相机、扫描仪就是使用的像素作为技术指标。

* 矢量图:矢量图用数学方程来表示信息。例如,表示一个圆,只要列出圆的半径和圆心的位置,就可以表示这个圆形了。所以,在参数设定时,对尺寸一栏要特别的注意。

1.　帧频

帧频是指在一秒钟内,播放头在时间轴上移动的帧数,也可以认为是动画播放时间的长短。默认设置为 12fps,即 12 帧/秒,在设置时,可以根据课件中动画的需要来设置。帧频越大,在移动距离一定的情况下,动画的播放效果越好、越流畅;反之帧频越小,切换画面时就会产生跳跃感。在多数情况下,可以将其设置为 12fps,24fps 或更大,如果所开发的课件在本机上运行,数值可以大一点,如果在网上传输与播放,数值则不能太大,否则运行起来会很困难。新版本的 Flash 允许设置到 100fps。

2.　尺寸(大小)

尺寸是指所创作课件界面的宽(width)、高(height),通常是以像素为单位的,指一幅 Flash 图像所构成的像素。系统默认状态下宽为 550px(像素),高为 400px(像素)。如果进行全屏播放,可以根据计算机屏幕分辨率进行设置,可以将其设置为 640×480 或 800×600 或更高一些。这个参数设置得越高,动画的效果就越好,但是文件的容量也就更大。如果是将所创作的对象作为图片输出,在默认状态的尺寸也足够了。

3. 背景(颜色)

默认设置的背景为白色,实际操作中可以根据课件的需要将其设置为其他颜色。单击背景色的色框,将弹出如图 2.25 所示的"颜色"列表框,选择所需要的颜色作为课件的背景颜色。比如,在设计电灯照明课件时,背景色选择成黑色可能比选其他的颜色效果更好。

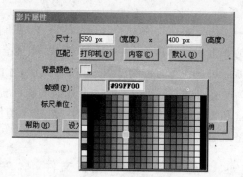

图 2.25　选取颜色列表

4. 保存文件

设计制作好的 Flash 文件要按如下步骤及时保存起来,以免造成不必要的丢失。

(1) 选择"文件"菜单下的"保存"菜单命令。

(2) 选择"文件"菜单下的"另存为"菜单命令,打开"另存为"对话框,选择自己的盘符和文件夹保存,如图 2.26 所示。

(3) 在"保存类型"一栏,选择 *.fla 格式。这种格式的文件,称为课件的源文件,只有这种格式的文件,才方便以后重新打开编辑和制作。

图 2.26　"另存为"对话框

5. 打开文件

一个课件很难在短时间内制作完毕,需要经过多个工作日才能完成。对一个已经保存在磁盘中的 Flash 文件,打开的方法有两种:一是找到已保存的文件,直接双击打开已有的.fla 格式文件;另一种方法是先打开 Flash 软件,在"文件"菜单下,单击"打开",再根据自己保存文件的盘符和文件夹,打开保存的.fla格式文件。可以对文件重新进行编辑与修改。

2.2.3　课件文件的输出格式

以 Flash 软件为平台开发的课件,在制作完毕后,一般都不是直接去运行源文件,而是要生成.swf 的影片格式文件,才能适合不同的场合使用。有时还要将其生成可以脱离 Flash 环境运行的.exe 可执行文件,才能适用于更多场所的教学。除此之外,以 Flash 为平台开发的课件,还可以为其他的软件提供更多的支持和兼容,以适应不同音影播放设备和需求。如 MOV、AVI、影片及 JPG 图像等,可以根据工作的具体需要,选择任何一种格式进行输出。

1. 输出为 .SWF 格式文件

.SWF 格式是用得最多的一种播放方式,是目前众多教育软件的播放格式之一。此格式的文件除了能在装有 Flash 播放器的计算机上运行,也支持多种媒体播放器。如果将课件输出为.SWF 动画格式文件,那么在安装有 Flash 软件的计算机中双击 SWF 文件就可以直接运行它,下面是这种格式文件的输出步骤。

(1) 打开已经制作好的源文件课件作品。

(2) 选择"文件"菜单下的"导出影片"命令菜单,打开如图 2.27 所示的"导出影片"对话框。

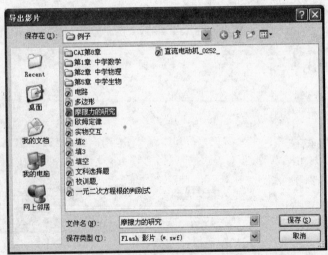

图 2.27　"导出影片"对话框

(3) 在"文件名"一栏输入文件名。

(4) 在"保存类型"栏中,选择.swf 为后缀名的保存类型。

(5) 单击"保存"按钮,就会弹出如图 2.28 所示的.swf 影片质量设置和播放器导出对话框。

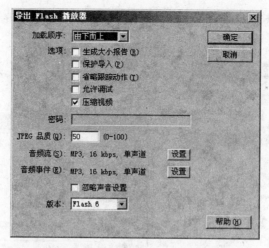

图 2.28　影片品质和导出播放器对话框

在图 2.28 所示的"导出 Flash 播放器"对话框中,各个参数的设置意义为:

- "加载顺序":设定在动画作品中各层的下载显示顺序,也就是设置首先看到的是哪些动画对象。有两个选项,"由下而上":按从下至上的顺序下载显示;"由上而下":按从上至下的顺序下载显示。这一参数只对动画作品的开始帧起作用,其他帧不受这一参数的影响。
- "生成大小报告":在输出 Flash 作品时,将产生一个记录作品中各动画对象大小的文本文件。
- "保护导入":保护作品,使它不能在 Flash 中再次被打开。
- "省略跟踪动作":在 Flash 的 Action Script 语句中,有一条 Trace 命令,作为跟踪变量。此条选中后,将省略 Trace 命令语句。
- "允许调试":选中后,影片在播放前可以调试。
- "JPEG 品质":设定作品中位图素材的输出压缩率,在输出过程中,较低的图像质量可以产生较小的文件长度,较高的图像质量可以产生较长的文件。
- "音频流":设定作品中声音的存放格式与相关属性,支持 ADPCM、MP3、RAW。
- "音频事件":选中本选项,上面的设置对作品中所有的音频素材起作用。如果不选中该项,则上面的设置只对那些在属性对话框中设置音频压缩的音频素材起作用。
- "版本":是指输出影片所需播放器的版本。

(6) 单击"确定"按钮,便可完成作品的输出。得到一个后缀名为.swf 的影片文件。

2. 输出为".exe"格式文件

.exe 格式是一种可执行文件格式。它的最大好处是,如果将课件输出为.exe 格式文件,那么任何计算机都可以直接运行,无需考虑是否安装有 Flash 播放器。.exe 文件格式的输出步骤为:

(1) 打开已生成的.swf 影片。
(2) 在.swf 影片的"文件"菜单下,单击"创建播放器"菜单命令,如图 2.29 所示。

（3）在弹出的如图 2.30 所示的保存对话框中，输入文件名后，单击"保存"按钮。这样，一个可执行格式的影片就生成了。

图 2.29　选择"创建播放器"菜单命令

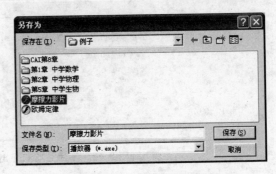

图 2.30　.exe 影片保存对话框

3. 导出为 AVI 格式文件

Flash 影片不但在 SWF 格式下可和其他软件对接，在 AVI 格式下也可以和其他软件对接。如果将课件导出为 AVI 格式文件，则可以为其他课件制作软件（如 Authorware，PowerPoint 等）提供素材。因为 AVI 格式是一种视频文件格式，可以用众多的视频文件播放器播放。下面以 Windows 自带的播放器为例，介绍播放视频文件的导出步骤。

（1）打开制作好的课件源文件，选择"文件"菜单下的"导出影片"子菜单命令，在"导出影片"对话框中，选择文件类型为"AVI"类型，如图 2.31 所示。

图 2.31　Windows 视频格式文件导出对话框

（2）单击"保存"按钮后，弹出一个视频文件的参数设置框，如图 2.32 所示。在这个对话框中，尺寸是指影片画面的分辨率。该指标设置越大，生成后的影片越清晰，但生成的影片所占的文件长度也就越大;如果该指标小,生成后的影片清晰度会下降。如果开发的课件用于公开课,在大屏幕投影机上播放,建议不要设置得太低,这样会影响课件的效果,严重时还会产生"马赛克"效应。

(3) 根据需要选择参数或选择默认值,单击"确定"按钮后,弹出如图 2.33 所示的"视频压缩"对话框。

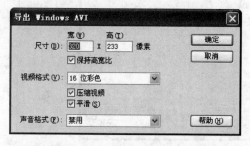

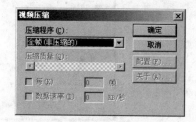

图 2.32　Windows 视频文件参数设置　　　　图 2.33　"视频压缩"对话框

(4) 在"压缩程序"下拉列表框中选择"压缩程序"选项,或选择默认值,单击"确定"按钮,稍候即可完成作品的导出。这样,一个可用 Windows 播放器播放的视频文件就创建好了。

4. 导出为图片

用 Flash 制作的课件,不但可以用电影方式、动画放映方式输出,也可以将课件导出为图片方式输出。为其他软件提供图片素材,这是任何一个文字处理软件的绘图工具都无法达到的。

注意:Flash 课件输出的图片只能是将当前界面输出为图片,对于不同的场景或不同帧的界面,不能一次性输出,必须分别完成。输出图片的操作步骤如下:

(1) 打开课件源文件,选好要输出的界面。

(2) 选择"文件"菜单下的"导出图像"命令菜单(注:有的软件汉化为"输出图像"),打开如图 2.34 所示的"导出图像"对话框。

(3) 在文件的"保存类型"下拉列表框中选择图像类型为"JPEG"图像,输入文件名,单击"保存"按钮,弹出如图 2.35 所示的"导出 JPEG"对话框。

* 在对话框的参数中,"尺寸"是指图片的清晰度。当然尺寸越大,清晰度就越高,反之,图片的清晰度就下降,请根据自己的需要进行设置。
* 分辨率一栏不用单独设置,当尺寸一栏设置后,分辨率一栏将自动调整。

(4) 设置好各种参数后,或使用系统的默认值,单击"确定"按钮,完成图片的输出。

至此,Flash 软件在课件开发中的主要菜单命令及功能界面就介绍完了。计算机技术发展非常快,软件的更新相应也很快,但无论怎样变化,它的基本功能没有变,在开发课件时,是把这些软件作为工具来使用,所以,无论是哪个时期的版本,只要在课件的开发中,方便使用就行,熟练使用就好。关于这些菜单命令与相应功能的应用,在以后各章的课件实例中,再加以详细的讨论。

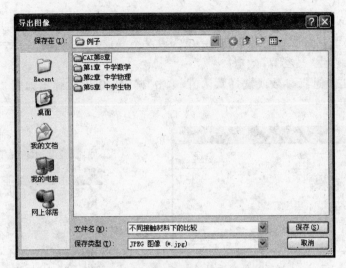

图 2.34　导出图片保存对话框

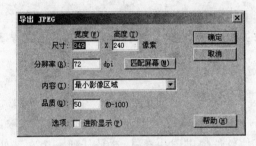

图 2.35　JPEG 图像品质设置

本 章 小 结

　　本章介绍了最常用的课件开发工具软件 Flash 的基础知识、界面组成、菜单命令及各面板的功能。只有掌握了各面板的功能后，才能在课件开发中做到应用自如。特别是 Flash 工具软件中的"绘图工具"栏，是课件开发中使用最多的工具之一。在课件的绘图中，每选择一项工具后，与之对应的"属性"面板上，都可以对所选工具的绘图参数进行修改和设置。

上 机 练 习

　　1. 熟悉开发工具软件 Flash 的界面组成。

　　2. 练习"绘图工具"栏上各工具参数的设置。

　　3. 绘制一个圆，用"绘图工具"栏上的"颜料桶"工具，任选一种颜色，在"混色器"上选不同的填充方式填充，观察填充效果。

第 3 章　课件中的基本绘图与元件

本章学习要点：

- 绘图工具的灵活运用；
- 工具与属性的关系；
- 颜色的填充方式与绘图技巧。

　　图形是课件的主要素材之一，同时也是在课件中用来表达教学思想的一种重要手段。很多情况下，网上资源和素材库难以满足各个学科或每位教师的制作要求。如数学几何图形、化学实验仪器及元素结构图，物理学上的电路、光学图、物体受力分析图，生物学及其他学科的各种模型图等。这些图形都是在课件制作过程中必须构思和自己动手绘制的。所以说，所有的课件都离不开图形，图形的绘制是动画制作的开始。本章学习 Flash 软件的绘图工具及一些基本绘图，在掌握了 Flash 软件的绘图技巧后，对于学习其他软件的绘图，自然会达到一通百通的效果，这也是学会使用 Flash 制作课件的基本功之一。

　　Flash 提供了较强的图形绘制工具栏（箱）。通过工具栏中的工具，可以绘制出各学科课件中的常用图形。Flash 绘制出的图形是矢量图形，这种图形采用直线和曲线进行图形格式描述，其中直线段和曲线段为矢量，图形中还包含颜色和位置信息。本章通过一些实例，来反复学习 Flash 绘图工具的使用、绘图工具的使用技巧，以及填充方式对视觉效果的影响。

3.1　绘制圆柱体及曲线

　　在数学课件中，经常要用到圆柱体和各种各样的曲线。下面从绘制圆柱体开始介绍 Flash 绘图工具的灵活运用，并从中理解颜色填充对视觉效果的影响。

3.1.1　绘制圆柱体

1. 学习要点

通过圆柱体的绘制，学习和熟悉绘图工具的属性、填充色、边框线条粗细的设置等。

2. 制作思路

圆柱体是一种常见的几何体,从绘图的角度来看,圆柱体是由两个大小相等的上椭圆和下椭圆加上侧面组成。这里在构思时,利用计算机具有的先进性,采用复制、粘贴方式,保证上底和下底以及侧面的一致性。

3. 设置边框色、填充色

(1) 启动并打开 Flash 软件,选择"文件"菜单下的"新建"命令,建立一个新的 Flash 文档。

(2) 选择绘图工具栏上的"椭圆"工具,在屏幕下方的属性面板中设置绘图填充色:边框色为蓝色,中间填充色为淡绿色。

4. 绘制图形

技巧:为了使图形对齐,最好打开"视图"或"查看"菜单下的"显示网格"命令。

(1) 将指针移动到绘图工具栏上的"椭圆"工具,在界面上绘制一个椭圆,如图 3.1(a) 所示。

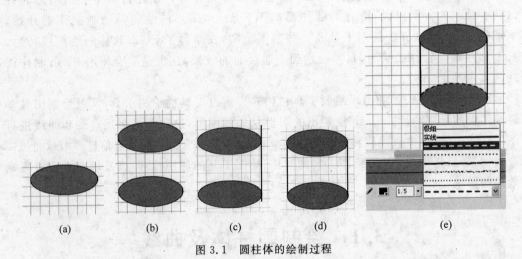

(a)   (b)   (c)   (d)   (e)

图 3.1 圆柱体的绘制过程

(2) 用"套索"或"箭头选取"工具,选中整个椭圆,选择"修改"菜单下的"组合"菜单命令,将其组合为一个整体,组合后的图形不能进行编辑。

(3) 选择"编辑"菜单下的"复制"或"拷贝"命令,"复制"图形,再选择"编辑"菜单下的"粘贴"命令,得到另一图形,并以网格线为参考,拖动其中的一个椭圆使上下对齐,如图 3.1(b) 所示。

(4) 选择绘图工具栏上的"直线"工具,并在屏幕下方的属性中,将颜色设置为蓝色。

技巧:将显示比例放大到 200 或 400,保证线条准确对齐靠拢,调整对齐后再返回显示比例 100。

(5) 在上底和下底的任何一侧画一条直线,超出没关系,如图 3.1(c) 所示。

（6）用"箭头选取"工具，选中图 3.1(c)中超出的线段，按 Del 键将其删除。

（7）用"箭头选取"工具，选中图 3.1(c)中保留下来的线段，按 Ctrl 键，同时按住鼠标左键拖出另一条线段到上底和下底的另一侧，如图 3.1(d)所示。

（8）用"箭头选取"工具，选中图 3.1(d)中下底，选择"修改"菜单下的"取消组合"命令，因为取消组合后的图形才能进行编辑。

（9）仍用"箭头选取"工具，选中图 3.1(d)中下底的后段边线，在屏幕下方的属性面板中，将线条粗细设置为 1.5，线型设置为虚线，如图 3.1(e)所示。

这样，一个圆柱体就绘制好了。在绘制过程中，利用的是复制、粘贴方式，来保证上底和下底及两侧线段的对齐，用改变线条属性的方式改变视觉效果。

3.1.2　绘制抛物线

抛物线是数学课中的常见图形。通过抛物线的绘制，不但可以完成数学课件中函数图形的绘制，并能通过技巧处理，绘制出物理课件中的交流电等正弦波形图。

学习要点

选择"修改"菜单下的变形；用"箭头选取"工具将直线变成曲线。

操作步骤

（1）首先打开"视图"菜单下的"网格"菜单命令，再选择"显示网格"菜单命令，用网格线作参考基准线。

（2）先选择绘图工具栏上的"直线"工具，在屏幕下方的属性面板中将线条色和填充色均设置为黑色，线条粗细设置为 2。

（3）按住鼠标左键不放，在工作界面内画出一条直线，表示 X 轴。

技巧：将显示比例放大至 400，以便绘制 X 轴的箭头时，夹角能有适当的大小，将箭头绘好后，再返回显示比例 100。

（4）用"直线"工具，在 X 轴的右端画箭头，形成完整的 X 轴。绘好后，选中整个 X 轴，再选择"修改"菜单下的"组合"菜单命令，将画好的直线和箭头进行组合。

（5）用同样的方法，选取绘图工具栏上"直线"工具，在工作区内画出纵向的 Y 轴，同样单击"修改"菜单下的"组合"命令，将画好的直线和箭头进行组合。

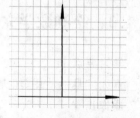

图 3.2　由 X 轴和 Y 轴组成的平面直角坐标

（6）用"绘图"工具栏上的"箭头选取"工具，选中 X 轴或 Y 轴，将其移动，组成平面直角坐标，如图 3.2 所示。

注意：在绘制 X 轴和 Y 轴时，将网格线作为绘图的参考线，这样就不用再编辑网格线和标尺参考线了（也可用复制 X 轴、再旋转，得到 Y 轴）。

（7）选择绘图工具栏上的"直线"工具，如图 3.3 所示。在左侧画一条直线，注意直线不能与 Y 轴相交。

（8）再用绘图工具栏上的"箭头选取"工具，将鼠标移动到直线上的中点（注意：此时的直线不能处于被选中的状态），当指针尾端变成"弧"形时，按住鼠标左键向下拖动，使其成为一个曲线，并使曲线的顶点刚好接触位于 X 轴，如图 3.4 所示。

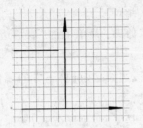

图 3.3　Y 轴旁的直线

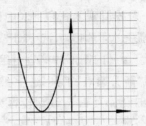

图 3.4　用"箭头选取"工具拖出的抛物线

（9）用"箭头选取"工具，选中抛物线后，用"键盘上的箭头移动键"移动抛物线，直到与 Y 轴对称为止，如图 3.5 所示。

（10）选择绘图工具栏上的"文本"工具，在抛物线的上方拖动鼠标出现一个文本框位置。在屏幕下方的"属性"面板中，文本类型设置为"静态文本"方式，字体（隶）、字号（44）、字间距（35）、颜色（蓝色）。

（11）在文本框中输入"抛物线"三个字，如图 3.6 所示。

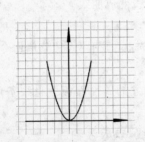

图 3.5　移动完毕的抛物线

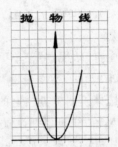

图 3.6　为绘制的抛物线加文本

3.1.3　绘制数学立体几何图形

学习要点

直线工具的使用、填充颜色的技巧。

操作步骤

打开"视图"菜单下的"网格"和"显示网格"菜单命令，用网格线作参考基准线。用"直线"工具、"椭圆"工具等绘制图形的轮廓，用颜色填充达到要求的视觉效果。

（1）绘制两个相互垂直相交的面

① 选择"视图"菜单下的"网格"菜单和"显示网格"子命令，在工作区界面内出现网格线，用于绘图参考。

② 选择绘图工具栏上的"直线"工具，在屏幕下方的属性面板中，将线的粗细设置为 2，颜色为蓝色。绘制如图 3.7(a)所示的两个正交面。

③ 用绘图工具栏上的"箭头选取"工具，选中被遮挡的线段，在屏幕下方的属性面板

──────── 多媒体课件设计与开发

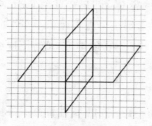
(a) 两个正交面

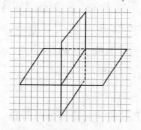
(a) 已修饰的两个正交面

图 3.7 绘制两个正交的面

中,将线型设置为虚线,效果如图 3.7(b)所示。

④ 选择绘图工具栏上的"颜料桶"工具,填充颜色选择灰色,填充方式选择"线性"填充,如图 3.8 所示。分别将两个面填充上不同的颜色,如图 3.9 所示。

图 3.8 选择填充方式

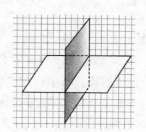
图 3.9 填充后的两个正交面

⑤ 用绘图工具栏上的"套索"工具,套住两个面,然后选择"修改"菜单下的"组合"菜单命令,将图形组合成一个整体。

这样,两个垂直相交的面就绘制完毕了。

(2)绘制球冠

① 用绘图工具栏上的"椭圆"工具,工具栏属性设置为:边线为蓝色,填充色为白色。绘制一个椭圆,如图 3.10(a)所示。

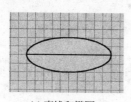
(a) 直线和椭圆

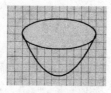
(b) 将直线拖成弧线

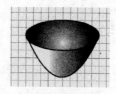
(c) 填充后的效果

图 3.10 绘制球冠

② 用绘图工具栏上的"直线"工具,画一条直线,长度与椭圆的长端相等,如图 3.10(a)所示。

③ 用绘图工具栏上的"箭头选取"工具,将鼠标移至直线的中点,等鼠标尾端变成"弧"形时,按住鼠标左键不放向下拖动,直到出现一个近似半圆为止,如图 3.10(b)所示。

④ 选择"颜料桶"工具,椭圆部分用"放射状"金属色填充,底部用"线性"方式,填充之后的效果如图 3.10(c)所示。

(3) 绘制棱锥

① 选择绘图工具栏上的"直线"工具,在屏幕下方的属性面板中,将边框色设置为黑色,粗度为 2,绘制一个平行四边形。如图 3.11(a)所示。

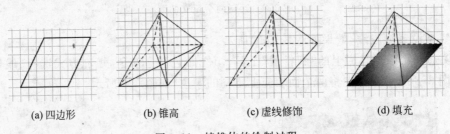

(a)四边形　　　(b)锥高　　　(c)虚线修饰　　　(d)填充

图 3.11　棱锥体的绘制过程

② 仍用"直线"工具,绘制平行四边形的两个对角线,将交点作为中点,再从中点出发,绘制一条垂直线,表示棱锥的高,如图 3.11(b)所示。

③ 用直线连接高与平行四边形各顶点,如图 3.11(b)所示。

④ 用绘图工具栏上的"箭头选取"工具,选中平行四边形的对角线(多余线段),并按 Del 键将它们删除,如图 3.11(c)所示。

⑤ 分别选中被遮挡部分的线段,并在屏幕下方的属性面板中,将线型改为"虚线",将表示高的线段改为红色,如图 3.11(c)所示。

⑥ 选择绘图工具栏上的"颜料桶"工具,填充方式选"放射状"的金属色填充,对棱锥的底部进行填充。这样,中心点区域就填充为高亮度了,如图 3.11(d)所示。通过上面几个图形实例的绘制可知,用这样的绘图方法,不但可以绘出数学中的立体图形,也可以绘出其他学科的各种图形。只要在绘制前,巧妙构思,合理应用颜色的填充方式和色变技巧,就能达到非常好的仿真效果。

3.1.4　绘制正弦波形

正弦波是课件中的一种常用图形,不但在讲解交流电时使用,在讲解简谐振动时也广泛使用。

操作步骤

正弦波的制作思路是利用抛物线合成而得,所以比较简单。

(1) 打开"视图"菜单下的"网格"命令和"显示网格"子菜单命令,目的是保证绘图的精确度。

(2) 绘制 X 轴和 Y 轴的方法与绘制抛物线相同,但移动组合后平面坐标如图 3.12

所示。

（3）用"直线"工具，以网格线为参考，在工作区内画一条横线，用"箭头选取"工具，将鼠标移至新画直线的中点，等箭头尾端变成"弧"形后，按住鼠标左键不放，向下拖出一个半波，也可以向上顶动成为另一个半波。

（4）按 Ctrl 键，同时按住鼠标左键拖动并复制三个相同的半波。

（5）用绘图工具栏上的"箭头选取"工具，选中其中的任意两个半波，单击"修改"菜单下的"变形"命令，再单击"向右旋转 90°"子命令。接着再次旋转 90°，总共转动 180°，得到大小相等，方向相反的四个半波。

（6）选中正负半波的四个波形，移动至 X 轴上，放置于 Y 轴的正负方向，合成后的效果如图 3.13 所示。这样，一个完整的连续正弦波就合成了。

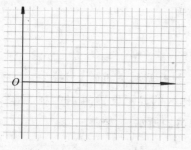

图 3.12　绘制正弦波的坐标

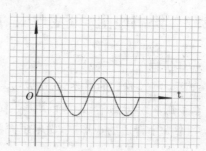

图 3.13　组合之后的正弦波

3.2　绘制电子元件符号

绘制电子元件符号，是 Flash 软件的优势之一，是任何文字处理软件都无法相比的。这些元件符号，也是课件中的常用图形。

3.2.1　电容符号的绘制

操作步骤

用直线画电容图形、用直线和矩形画电阻图形和数字电路图形、用直线和箭头共同作用产生线圈图形、通过属性改变线条的线型来达到铁芯和磁芯的区别。

技巧：将工作区界面显示比例设置为 400，目的是为了画图时的起点不会偏移。

（1）选取绘图工具栏上的"直线"工具，先画一条竖直线作为电容的左极符号，用复制、粘贴方式得到电容符号的右极，这样保证两个电极符号的长短一致。调整好位置后，再用"直线"画两个引线，直接画通。然后用"箭头选取"工具选中两电极中间的连接线段，如图 3.14（a）所示，按 Del 键，将其删除。这样，

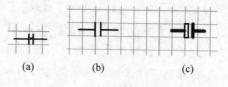

(a)　　　(b)　　　(c)

图 3.14　绘制电容图形

很容易画出普通电容的图形。画好后,再将工作区的显示设置为100,如图3.14(b)所示。

(2) 选取绘图工具栏上的"矩形"工具,仍将工作区的显示设置为400,先在工作区内画出电解电容的正极后,再用"直线"工具画电容的负极(注意:此时直线的粗细可在屏幕下方的属性中改为3或4),再将工作区的显示设置为100。

(3) 选取绘图工具栏上的"直线"工具,线的粗细设置为2,仍将工作区的显示设置为400,对准电容正、负极的中点画两个电极的引线后,再将工作区的显示设置为100,画好后的电解电容图形如图3.14(c)所示。

扩展:用箭头顶动直线,画出可变电容的图形。

3.2.2 绘制电阻、可变电阻、电位器符号

操作步骤

技巧:将工作区的显示设置为400,确保画箭头线时把握夹角的大小。

(1) 选取绘图工具栏上的"矩形"工具,仍将工作区的显示设置为400,在工作区内先画出一个大小合适的矩形框,做电阻图形,如图3.15(a)所示。

(a)　　　(b)　　　(c)　　　(d)　　　(e)

图3.15　电阻的绘制过程

(2) 用绘图工具栏上的"箭头选取"工具,选中电阻的填充部分,按 Del 键,将其删除,保留其四条边线,如图3.15(b)所示。

(3) 选取绘图工具栏上的"直线"工具,线的粗细设置为2,对着电阻的中心画直线,将电阻一分为二,如图3.15(c)所示。

(4) 选取绘图工具栏上的"箭头选取"工具,选中电阻中心的多余线段,选中线段呈加粗状态,如图3.15(d)所示。

(5) 按 Del 键,删除电阻中心被选中的线段,保留电阻两端的线段作为电阻的引线,如图3.15(e)所示。恢复工作区的显示设置为100,这样,一个电阻图形就画好了。

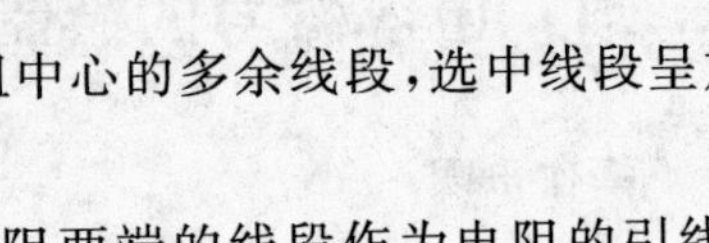

(6) 在图3.15(e)的基础上,先将工作区的显示设置为400,用绘图工具栏上的"直线"工具,画出相应的箭头,就成了电位器和可调电阻,如图3.16所示。箭头画好后,重新将工作区的显示设置为100。

图3.16　可调电阻和电位器

注意:工作区的显示设置为400是为了保证画箭头时的夹角角度。

3.2.3 电感符号的绘制

操作步骤

技巧：用绘图工具栏上的"箭头选取"工具，将直线顶动成弧线，用复制、粘贴、组合产生空芯线圈，设置直线的属性来改变直线的线型，得到铁芯线圈与磁芯线圈。

（1）首先打开"视图"菜单下的"网格"和"显示网格"子命令。保证线段的长度一致。

（2）选用绘图工具栏上的"直线"工具，在工作区内画一条合适的直线，如图 3.17(a)所示，这段直线将被用来"顶"或"拖"成弧线。

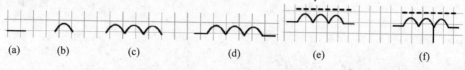

图 3.17 线圈的绘制

（3）选择绘图工具栏上的"箭头选取"工具，将鼠标移至直线的下方，当鼠标尾端变成"弧"形时，按住鼠标左键不放，向上或向下拖动出"弧"形，如图 3.17(b)所示。

（4）选中"弧"形，选择"编辑"菜单下的"复制"命令。

（5）选择 2 次"编辑"菜单下的"粘贴"命令，一共得 3 个"弧"形。

（6）用绘图工具栏上的"箭头选取"工具，将 3 个"弧"形图形拖在一起，按图 3.17(c)组合，形成线圈。

（7）选择绘图工具栏上的"直线"工具，画线圈的两个电极引线，如图 3.17(d)所示。

（8）选用绘图工具栏上的"直线"工具，将屏幕下方的属性设置为虚线，在图 3.17(d)的上方画一条直线，得到磁芯线圈符号，如图 3.17(e)所示。

（9）选用绘图工具栏上的"直线"工具，将屏幕下方的属性设置为实线，在图 3.17(e)的中心画一引出线，得到具有中心抽头的电感图形，如图 3.17(f)所示。

3.2.4 互感线圈及变压器符号的绘制

操作步骤

技巧：在图 3.17(e)和(f)的基础上，用复制、粘贴方法，绘制互感线圈，改变直线的线形为实线，得到铁芯变压器符号。

（1）选中图 3.17(e)中的线圈部分，选择"编辑"菜单下的"复制"命令后。

（2）选择"编辑"菜单下的"粘贴"命令，得到图 3.18(a)所示的图形。

（3）保持图 3.18(a)上部分被选中的状态，选择"修改"菜单下的"变形"命令，再选择"变形"命令下的"垂直翻转"下拉菜单，得到如图 3.18(b)所示的图形，这样就得到了一个完整的互感磁芯线圈符号。

（4）用绘图工具栏上的"箭头选取"工具，同时选中图 3.18 中的(a)和(b)，选择"修改"菜单下的"变形"命令后，再选择"变形"命令下的"顺时针旋转 90°"下拉菜单，得到如

图 3.18(c)所示图形。

（5）用绘图工具上的"箭头"工具，分别选中图 3.18(c)中的虚线（磁芯符号），将屏幕下方属性栏中的线型改为实线，得到如图 3.19 所示的变压器符号图形。

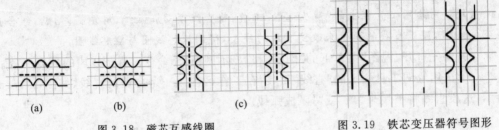

图 3.18　磁芯互感线圈　　　　　　　　　图 3.19　铁芯变压器符号图形

3.2.5　绘制二极管、三极管符号

技巧：工作区的显示设置为 400 的情况下，"椭圆"工具与直线配合。

1. 绘制半导体二极管电路符号

（1）打开"视图"菜单下的"网格"和"显示网格"命令，用于作图时有参考基准线。

（2）将工作区显示比例设置为 400，目的是方便绘出精确的图形。

（3）用绘图工具栏上的"直线"工具，在工作区中央画出一个没有电极引线的二极管符号，如图 3.20(a)所示。

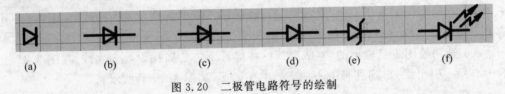

(a)　　　　(b)　　　　(c)　　　　(d)　　　　(e)　　　　(f)

图 3.20　二极管电路符号的绘制

（4）用绘图工具栏上的"直线"工具，画二极管两个电极的引线，一笔画通，如图 3.20(b)所示。

（5）用绘图工具栏上的"箭头选取"工具，选中穿过二极管中心的线段，如图 3.20(c)所示。

（6）按 Del 键，将穿过二极管中心的线段删除，如图 3.20(d)所示。这样，就得到了普通二极管的电路符号。

（7）用绘图工具栏上的"直线"工具，在图 3.20(d)的基础上，画稳压管负极的击穿标示线，如图 3.20(e)所示，得到稳压二极管的电路符号。

（8）用绘图工具栏上的"直线"工具，在图 3.20(d)的基础上，画带电击符号，如图 3.20(f)所示，得到发光二极管的电路符号。

（9）二极管电路符号绘制完毕后，将工作区显示比例设置为 100。

2. 绘制三极管电路符号

（1）打开"视图"菜单下的"网格"菜单命令和"显示网格"子命令，用于作图时有参考基准线。

（2）同样将工作区显示比例设置为 400，以确保绘图的精确性。

（3）用绘图工具栏上的"椭圆"工具，按住 Shift 键不放，在工作区中央画出一个圆，如图 3.21(a)所示。

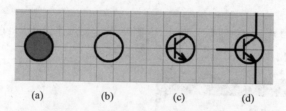

（a）　　　　（b）　　　　（c）　　　　（d）

图 3.21　三极管电路符号的绘制过程

注意：按 Shift 键，画出的只能是圆。

（4）用绘图工具栏上的"箭头选取"工具，选中圆的填充色，并按 Del 键，将填充色删除，保留圆的边线，如图 3.21(b)所示。

（5）用绘图工具栏上的"直线"工具，画三极管内部的 3 个电极符号，如图 3.21(c)所示。

（6）用绘图工具栏上的"直线"工具，画三极管外部的 3 个电极引线符号，如图 3.21(d)所示。

（7）三极管电路符号绘制完毕后，将工作区显示比例设置为 100。

这样，一个 NPN 型的三极管电路符号就绘制完毕了。绘制 PNP 型三极管电路符号与上述过程相同，只是电流的流向倒过来画而已。

3.3　绘制物质元素结构模型

化学分子的各种结构图形，是化学课件中用得最多的图形之一。本节通过元素结构图形的绘制，介绍调色板工具的灵活应用。

3.3.1　绘制石墨分子模拟图

1. 学习要点

了解 Flash 文件中背景颜色、影片尺寸大小的设置，学会在 Flash 中绘制正六边形、设置填充颜色和填充方式等。

从化学教材中可知，石墨分子的结构俯视图可以认为是由正六边形和球体两种基本图形组成。因此,在制作时,首先绘制一个正六边形和球体,再复制出其他六边形和球体。

2. 操作步骤

(1) 设置影片的属性

① 选择"修改"菜单下的二级下拉菜单中的"文档"命令,打开如图 3.22 所示的"文档属性"对话框。

② 影片尺寸用系统默认值,背景颜色用淡黄色。

(2) 绘制六边形

① 选择绘图工具栏中的"直线"工具,绘制一条竖线,并选中竖线。选择"窗口"菜单下的"变形"命令,弹出如图 3.23 所示的"变形"对话框。

图 3.22 "文档属性"对话框

图 3.23 转角设置

② 在"变形"对话框中的旋转角度一栏输入 60,然后单击右下角的拷贝并应用变形按钮如图 3.23 所示,双击,就得到夹角为 60°的 3 根直线,如图 3.24 和图 3.25 所示。

③ 用绘图工具栏中的"直线"工具,将 3 条线的 6 个顶点连接,如图 3.26 所示。

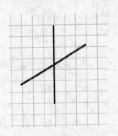

图 3.24 复制线转动

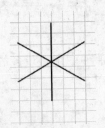

图 3.25 夹角为 60°的 3 条直线

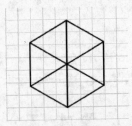

图 3.26 连接顶点

④ 用绘图工具栏上的"箭头选取"工具,选中内部线段,按 Del 键将其删除,得到如图 3.27 所示的图形。

⑤ 用绘图工具栏上的"箭头选取"工具或"套索"工具选中六边形,选择"修改"菜单下的"组合"子命令,将 6 条边组合成一个图形。

3. 复制六边形及结构图

(1) 按住 Ctrl 键,同时用鼠标左键拖动六边形,这样可以在移动图形的同时复制图形,按图 3.28(a)所示的数量复制,并将复制的图形摆放整齐。

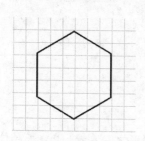

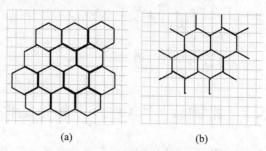

(a)   (b)

图 3.27　删除内部线并组合成整体　　　　图 3.28　绘制石墨分子基本结构

(2) 用绘图工具栏上的"套索"工具或"箭头选取"工具将所有的图形选中,选择"修改"菜单下的"取消组合"命令,取消所有图形的组合。

技巧:取消组合后,才能对图形进行编辑。

(3) 用"箭头选取"工具,与 Del 键配合,按图 3.28(b)所示将图形中的外沿线的多余部分删除。

4. 绘制球体

(1) 首先选择绘图工具栏上的"椭圆"工具,再选择"窗口"菜单下的"混色器"或"颜色"命令,在调色板的填充类型列表中选择"线性"填充,如图 3.29 所示。

(2) 用鼠标左键在基本结构图的旁边先画一个圆,并调整大小。

(3) 用绘图工具栏上的"箭头选取"工具,选中圆的外框,并按 Del 键将之删除。保留填充色,效果上为一球体。

(4) 按住 Ctrl 键不放,同时按住鼠标左键,拖动复制多个球体到基本结构图的交叉点上,布满即可,如图 3.30 所示。

图 3.29　调色板填充方式选择

5. 输入标题文字

(1) 选择绘图工具栏上的"文本"工具,在绘好的分子图上方拉出一个文本框(注:用静态文本方式)。

(2) 在底部文本的属性框中定义文本的字体为隶书、字号为 44、字间距为 35、颜色为蓝色。

(3) 在文本框中输入"石墨分子晶体结构俯视图",如图 3.31 所示。这样,石墨分子晶体的结构图形就绘制好了。

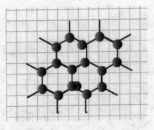

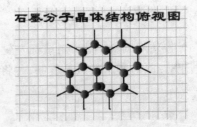

图 3.30　分子效果图　　　　　　　　图 3.31　输入标题文字

3.3.2　绘制盐（NaCl）分子晶体结构图形

盐（NaCl）分子晶体结构图形也是化学课件中的常用图形之一，与石墨分子晶体结构俯视有所不同，它是一个立体的透视图（注：NaCl 其实为离子晶体，而石墨则为原子晶体，这里称为分子晶体只是一种借用的说法）。

1. 学习要点

技巧：上例制作的是一个平面分子结构图形课件，本例将绘制一个立体透视图，从而进一步介绍 Flash 软件中调色板的灵活应用。

2. 操作步骤

从化学知识可知，盐（NaCl）的分子晶体结构图由基本框架、代表 Na＋的球体和代表 Cl－ 的球体构成。这样可以先绘制基本框架，然后用不同的大小和颜色绘制两种元素，再将代表 Na＋的球体和代表 Cl－的球体分别放在不同的位置上，组成完整的结构图。

1）设置文件属性

① 选择"修改"菜单下的"文档"菜单命令，打开如图 3.32 所示的"文档"属性设置对话框。

② 尺寸用系统默认值，背景颜色用淡绿色。

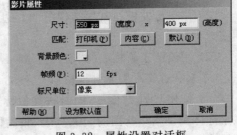

图 3.32　属性设置对话框

2）绘制基本框架

① 选择"视图"菜单下的"网格"和"显示网格"子命令。目的仍是有明显的参考线，以确保绘图的对称性。

② 选择绘图工具栏中的"矩形"工具，在工作区内先绘制一个矩形，纵向占据 2 条网格线的宽度，横向占据 4 条网格线的宽度。并将矩形的填充色删除，如图 3.33(a)所示。

③ 用绘图工具栏上的"直线"工具，在矩形的横、纵中点，画 2 条直线，如图 3.33(b)所示。

④ 先使用"套索"工具选中整个图形的所有线段，然后选择"修改"菜单下的"组合"命令，将其进行组合。

⑤ 选中组合好的图形，单击主工具栏上的"任意变形"工具，在图形上出现 8 个图形控点，如图 3.34(a)所示。此时将鼠标指针放在下面一条边线的中间控点上，当鼠标符号变成左右箭头形状时，向左拖动 3 条网格线，使矩形变成一个平行四边形，结果如图 3.34(b)所示。

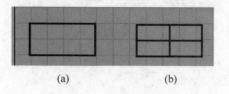

图 3.33　矩形框架

图 3.34　用主工具栏上的任意变形工具改变图形

3）绘制钠离子($Na+$)和氯离子($Cl-$)

① 选择绘图工具栏上的"椭圆"工具，在屏幕下方的属性面板中将其设置为无边框色。填充色选用金属色渐变，如图 3.35 所示。

② 填充方式改为"放射状"填充，这样绘制的图形具有立体感，如图 3.36 所示。

③ 绘制球体，要求尽量使绘制出的图形有一定的立体感，用其他填充方式绘出的图形不具备立体感。

④ 在界面中画一个大小适中的圆代表钠（$Na+$）离子，并选中，单击"修改"菜单下的"组合"命令，将其组合，如图 3.37 所示。

图 3.35　渐变色填充

图 3.36　放射状填充方式

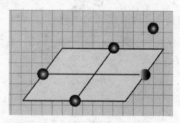

图 3.37　复制到位的 Na＋

⑤ 选中平行四边形后，再选择"修改"菜单下的"取消组合"命令，将平行四边形分离。

⑥ 按住 Ctrl 键不放，同时按住鼠标左键拖动（复制）到 4 个（$Na+$）离子放在平行四边形的中点，如图 3.37 所示。代表钠离子（$Na+$），由于钠离子是失去电子，所以其直径相对较小。

⑦ 选择绘图工具栏上的"椭圆"工具，在工作区内再画一个"圆"，填充为淡灰色。代表氯离子（$Cl-$），由于氯离子是得到电子，所以其直径相对要大一些。

⑧ 同样按住 Ctrl 键不放，同时按住鼠标左键拖动（复制）到另外 5 个交点上，如图 3.38 所示。

⑨ 用绘图工具栏上的"箭头选取"工具或"套索"工具选中所有图形，再选择"修改"菜单下的"组合"命令，将其组合后，复制 3 层，如图 3.39 所示。

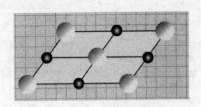

图 3.38　复制到位的 Cl−

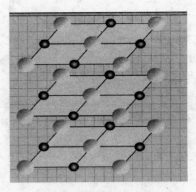

图 3.39　复制 3 层

⑩ 将中间层拖出,并选择"修改"菜单下的"取消组合"命令,然后将这两种离子交换位置。并重新组合,再拖回中间层的原位。如图 3.40 所示。

⑪ 用"箭头选取"工具或"套索"工具选中各层,再选择"修改"菜单下的"取消组合"命令,因为只有取消组合后才能进行编辑,否则结构中有的线段将不能显示。

⑫ 选择绘图工具栏上的"直线"工具。

⑬ 将上、中、下 3 层代表 Na^+ 和代表 Cl^- 的圆之间用直线连接起来,如图 3.41 所示。

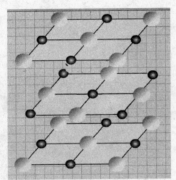

图 3.40　中间层两种离子换位

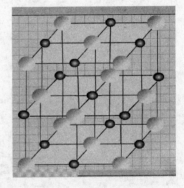

图 3.41　连接上下 3 层

⑭ 选择绘图工具栏上的"箭头选取"工具,再按住 Shift 键不放,单击图形中处于被遮挡部分的直线,将其选中(注:在 Flash 软件中选择多项时按 Shift 键)。

⑮ 选择"直线"工具,在屏幕下方属性面板中,将"线型"改为"虚线",如图 3.42 所示。

⑯ 选择绘图工具栏上的"箭头选取"工具或"套索"工具,将整个图形选中,选择"修改"菜单下的"组合"命令重新组合,如图 3.42 所示。

4) 输入标题文字

① 选择绘图工具栏上的"文本"工具,字体为隶书、大小为35、颜色为绿色。在绘制好的晶体结构图上方输入文字"NaCl 分子晶体结构"作为标题文字。

② 绘制好的结构效果,如图 3.43 所示。

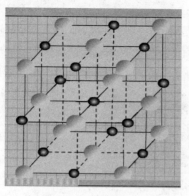

图 3.42　部分虚线

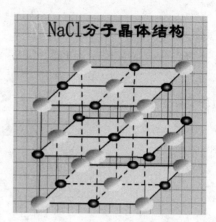

图 3.43　盐的分子晶体结构图

3.4　图形与元件的关系

　　元件相当于机械设备中的部件，一台完整的机械设备是由各种各样的部件组装起来的。一个完整的课件，同样也是由各种各样的部件(素材)和命令编辑在一起的。所以说，前面所绘制的各种图形其实就是"元件"之一，Flash 软件提供了三种元件形式，可以在课件设计开发时灵活调用。这三种元件分别是"图形"元件，这是静止的图形；"影片剪辑"元件，这是一种动画元件，是独立于主动画的又一种动画形式，通常嵌套在主动画中使用；"按钮"元件，也是一种静止的元件，主要是用来对课件进行控制操作。这些元件可以在"库"中作为重复使用的资源。

3.4.1　"图形"元件

　　在 Flash 软件中，"图形"元件可以是从外部导入的一幅图画、一段动画，也可以是自己动手绘制的任何图形。不管是哪种情况，总之"图形"元件可以是单位矢量图形、图像或是一段不具交互性的动画。当是外部导入的一段动画时，它有相对独立的编辑区域和播放时间，但会受到当前场景中时间轴的限制和其他交互设置的影响。如将"图形"元件动画导入"时间轴"中，运行起来不会产生动画效果，必须在"时间轴"上增加帧数才行。交互式的控制和音效不能作用于"图形"元件的序列动画，所以，"图形"元件是一种静止的图形。创建"图形"元件的方法有下面三种。

1. 外部导入

　　单击"文件"菜单下的"导入"命令，从外部导入的任何内容，无论是导入在库或舞台，系统都将自动的作为"图形"元件保存下来。

2. 利用"插入"菜单创建

选择"插入"菜单下的"新建元件"命令,弹出"创建新元件"对话框,如图 3.44 所示。如果选择"图形"单选按钮,单击"确定"按钮后,就进入图形元件创建和编辑窗口。当所创建的元件编辑完毕后,退出"元件"编辑窗口,就自动进入工作"场景"界面,进行主画面的创作。

图 3.44　新建元件对话框

3. 自制图形转换为元件

如果是在"场景"工作界面上绘制图形,需要重复使用时,可以转换成"图形"元件,方法是选中绘制好的图形,右击,在弹出的下拉菜单中,选择"转换成元件"命令。另一种方法是选中已绘制的图形,选择"插入"菜单下的"转换成元件"命令,在 Flash CS3、CS4 版本中,该命令移至"修改"菜单当中。

3.4.2　"影片剪辑"元件

"影片剪辑"元件好比电视中的画中画,是一种用于创建可独立于主影片时间轴播放的动画影片,如同主画面中的独立小动画。可以包含交互式控制、音效等,甚至可以包含其他的动画剪辑实例。"影片剪辑"元件的创建和编辑工作,与主影片完全一样,但其特点是能在主影片"时间轴"的某一帧上运行。而主影片则是要在整个时间轴上运行,"影片剪辑"元件的创建和编辑工作,将在后面的章节实例中作详细的讲解。

3.4.3　"按钮"元件

"按钮"元件是元件中的一种重要的类型,主要用于人机交互和影片的运行控制。当鼠标与课件之间进行交互时,可以显示不同的外观。"按钮"元件可以自行创建,也可以使用软件公用库中自带的"按钮"元件。为了更适合自身的创作风格和具有个性化,通常"按钮"元件都自己创作。创作时,"按钮"元件创建的时间轴上有 4 种外观状态,如图 3.45 所示。每种状态都有特定的功能名称与之对应。

图 3.45　"按钮"元件

"弹起"状态：是设计"按钮"元件的原始状态，即当鼠标没有进入按钮区域时，"按钮"元件处于一般的弹起状态的样子，叫原始状态。

"指针经过"状态：是"按钮"元件的触摸状态，当鼠标移动到按钮上面，但没有按下时，"按钮"元件处于被触摸状态。这种状态通常以颜色的改变来作标记，在应用中以这种方式提示操作者，这是一个控制器件。

"按下"状态：当鼠标左键按下时，"按钮"元件处于按下状态。在创作中，通常是改变一下"按钮"元件的外形大小，以达到一种机器开关"按钮"的仿真效果。

"点击"状态：用于设置按钮响应区域的大小，此状态下图形的范围大小为按钮响应区域的大小。

有关这 4 种状态的设置，将在 4.2.2 节的"按钮制作"过程中做详细介绍。

本 章 小 结

本章通过大量的图形绘制实例，介绍了绘图工具的使用及绘图技巧。从这些图形的效果和绘制过程可以看出，课件图形的绘制工作全部集中在对绘图工具的灵活使用与颜色搭配上。只要构思得当，充分利用好人眼对颜色的视觉差这一特点，就能绘制出非常好的二维图形来，纵观所有图形的绘制过程，有以下几个技术特点。

(1) 每选择一个绘图工具后，切记查看屏幕下方的"属性"面板，绘制的图形参数是否满足要求，包括颜色、填充方式、粗细等。

(2) "箭头选取"工具虽不能直接绘制图形，但它是修改图形外形的有效工具之一。

(3) "视图查看区"中界面显示比例的大小，直接影响到绘图的精确度。

(4) 在同一图形中，即使用同一颜色填充，选择不同的填充方式，也会得到不同的视觉效果。

上 机 练 习

1. 理工科在学习完本章后，建议根据自身学科的特点，绘制自身学科的相关图形。

2. 文科在学习掌握了绘图技巧和填充方式后，建议多做人物或景物图形的绘制练习，这些练习在第 9 章的实例中会广泛使用。

3. 使用绘图工具栏上的"颜料桶"工具，在自制的图形上，反复采用不同的填充方式，观察填充效果，从中找出规律。

4. 绘制一个正立方体，用绘图工具栏上的"任意变形"工具，进行扭曲、倾斜、转动、放大和缩小练习，并找出图形的"吸附点"的影响。

第 4 章 课件中的简单动画与课件输出

本章学习要点：

- "关键帧"技术及应用；
- "图层"概念及应用；
- 按钮制作；
- 简单控制语句。

4.1 简单动画

本节用一段文字为对象，来讲解"大小"变化动画的制作过程，再用矩形变成方形、红色球体变成灰白色球体来讲解"形态或形状"动画的制作过程，重点是学习"关键帧"技术。因为"关键帧"技术及应用是 Flash 软件作为课件开发平台的核心技术之一。特别是要充分理解和掌握所创作的课件对象在"关键帧"之前是课件中创作对象的初态，它可以是创作对象的位置、大小、形状，这些值是预设的初始值，创作的课件对象在"关键帧"之后的位置、大小、形态是课件中创作对象的最终状态，这个状态是想要达到的设置值，而两种状态间的过渡过程是如何实现的这一基本过程。只有掌握了这些基本概念，才能掌握 Flash 软件在课件开发中的核心技术。

4.1.1 简单的文字动画

学习目的

选择文字"多媒体课件设计与开发"作为动画的元素，设置大小变化动画、位置移动动画两种动画方式，理解"关键帧"的作用，达到学习和应用"关键帧"技术的目的。

制作步骤

（1）启动 Flash 软件后，出现如图 4.1 所示的工作界面。此时工作界面是系统自动建立的新的 Flash 文档文件，也叫"未命名"文档文件工作界面。

（2）用绘图工具栏上的文字工具"A"（注：Flash CS3、CS4 版本为"T"），在工作区内按下鼠标左键拖出一个输入文字的"文本框"，如图 4.2 所示。

（3）在屏幕下方的属性面板中，将字体设为黑体、字号为 30、颜色为红色、粗体、文本的性质为"静态文本"方式，如图 4.2 所示。

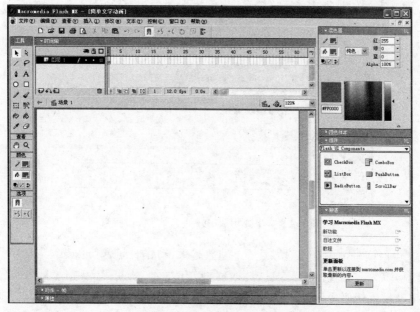

图 4.1　Flash 初始工作界面

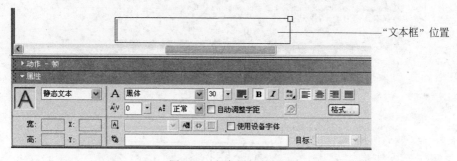

图 4.2　文本属性的设置

（4）在拖出的文本输入框内，输入"多媒体课件设计与开发"文字，如图 4.3（a）所示。请注意，这时的文字属性是预先设定的，除了包括文字的各项属性值外，同时还包括文字所在的位置，这时的属性值，称为课件创作对象的初始状态或创作对象的初始值。此时的内容是在时间轴的第一帧上的，是使用"关键帧"之前的值，如图 4.3（b）所示。

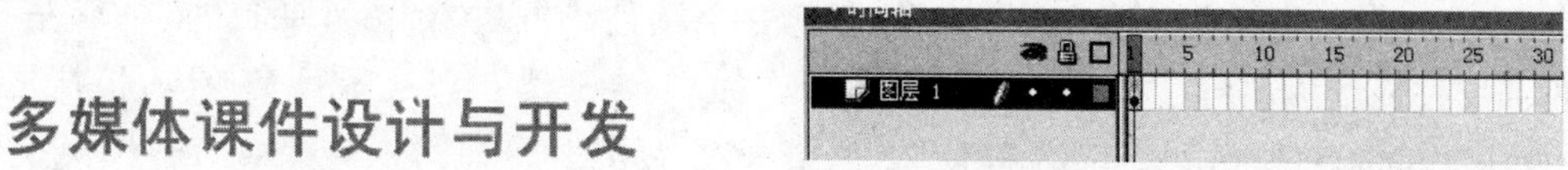

多媒体课件设计与开发

（a）

（b）

图 4.3　文字的初始状态和时间轴帧格

注意：这里要强调一点，系统自动将第 1 帧默认为"关键帧"。

（5）先用绘图工具栏上的"箭头选取"工具，将文字选中后，再单击主工具栏上的"缩放"工具,使文字处于被选中状态,文字的周围出现 8 个小方块,如图 4.4 所示。

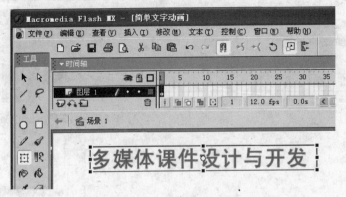

图 4.4　文字处于选中并处于缩放前的状态

（6）选中时间轴上的第 50 帧（注意：帧数越大,动作时间越长）,选择"插入"菜单下的"插入关键帧"命令,或直接按 F6 键,此时时间轴的第 1 帧和第 50 帧之间变成了深色块状,但文字没发生任何变化,尽管使用了关键帧,但并没有设定创作对象的最终状态或最终值,如图 4.5 所示。

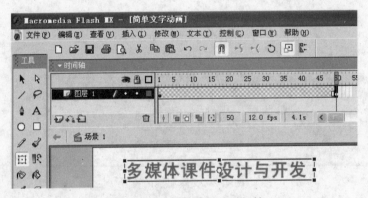

图 4.5　插入关键帧后的时间轴

注意：前面反复强调,"关键帧"之后是课件中创作对象的最终状态,这个状态是最终想要达到的效果,一定要明白,此时只是插入了"关键帧",并没有设定文字对象的最终状态,文字没发生任何变化,下面就来设定文字的第一个最终状态。

（7）将鼠标指针移动到文字周围的任何一个黑色小方块上,指针变成"上下或左右"箭头时,按住鼠标左键（左右和上下）拖动,拖到大小合适为止。这里只是放大,请注意这个被放大了的状态是插入了"关键帧"之后第一次达到的值,如图 4.6 所示。

现在,文字的初始状态（小）有了,最终状态（大）也有了,剩下的就是实现将文字从小变到大了。这个过程叫做动画,是计算机自动完成的,只需要告诉计算机怎么样做,它就会自动完成这个动画,或者说是通知计算机完成这一个动作。

（8）选中"关键帧"之前的那一帧（本例是第 49 帧）,再打开屏幕下方的"属性"面板,如图 4.7 所示。选择"补间"选项栏,是通知计算机要执行的动画动作选项。其中,"动作"

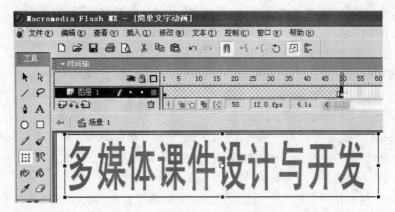

图 4.6 用缩放工具放大的文字

命令(有的汉化为"动画")执行的是位置、大小的变化;"形状"命令所执行的是对象的外形或颜色的变化。

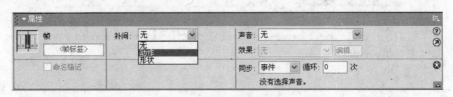

图 4.7 动画属性设置

(9) 选择"补间"选项中的"动作"命令,如图 4.7 所示。此时时间轴的第 1 帧至第 50 帧之间,产生了一条蓝色箭头线,表示动画创建成功,如图 4.8 所示。如果是一条虚线,说明动画创建失败。

图 4.8 动画创建后的时间轴

(10) 选择"控制"菜单下的"播放"命令,就可以观看第一个动画实例了。

分析:从上面这段动画的制作过程可以看出,对象的原始值是创作时创设的,这些值完全是根据开发课件的需要而自己设定的,当原始值确定后,插入"关键帧",在插入了"关键帧"之后则是创作对象的最终值。这些值是按课件的要求创设的最后效果,中间的过程是交给计算机自动完成的,只是通知计算机是要将所创作的对象完成"动作"还是完成"形状"的变化罢了。下面在大小变化的基础上制作位置的变化动画,重点仍是理解"关键帧"

的作用,及"关键帧"之前对象的值和"关键帧"之后对象所处的终值,以及两个"关键帧"之间的过渡过程。

连续:以上面第50帧处文字的终值为现在的初值。

(11)选中时间轴上的第100帧,选择"插入"菜单下的"插入关键帧"命令,或直接按F6键,此时时间轴的第50帧和第100帧之间又变成了深色块状,但文字的位置没发生任何移动,仍处于第50帧的位置。

注意:此时仅仅是又插入了第2个"关键帧",并没有在插入了第2个"关键帧"之后,设定文字对象的最终状态。也就是说,对第2次"关键帧"而言,只有初值,下面就来设定文字在第2个"关键帧"之后的最终状态。

(12)用绘图工具栏上的"箭头选取"工具,按住鼠标左键将文字拖动至工作区下方的底线处(注:也可以移动到其他位置),如图4.9所示。总之,这个状态是想要达到的最终状态。因此,想放在什么位置就可以放在什么位置。

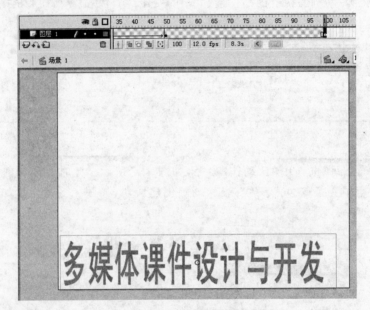

图4.9 对象的位置移动

现在,文字对象的第二个初始状态(位置)有了,最终状态(位置)也有了,剩下的仍旧是告诉计算机,如何把文字从一个位置自动的移动到另一个位置。

(13)选中第2次"关键帧"之前的那一帧(第99帧),再次打开屏幕下方的属性面板,如图4.7所示。

(14)选择"补间"选项中的"动作"命令(有的汉化为"动画"),如图4.7所示。此时时间轴的第50帧至第100帧之间,又产生了一条蓝色箭头线,表示第二段动画创建成功。

同样,选择"控制"菜单下的"播放"命令,可以从头到尾地观看动画实例。

归纳:从上面文字的大小变化到文字的位置变化制作过程分析,Flash动画的产生过程,实质就是创作对象在"关键帧"前后间设定值的不同,中间过程是交由计算机自动实现的。因此,只有掌握和理解了"关键帧"技术的应用,用 Flash 软件为平台开发课件才能掌握核心技术。

4.1.2　形状变化动画 1

1. 制作思路和目的

选择"矩形变成正方形"作为动画对象,设置"形状"变化动画方式,再次理解"关键帧"的作用,达到学习和巩固"关键帧"技术应用的目的。从而为理解生物课件中植物的生长过程或化学课件中新物质的生成过程的动画打下坚实基础。

2. 制作步骤

(1) 重新打开 Flash 文件,进入 Flash 文档工作界面。在打开的工作界面内,(系统默认在第 1 帧位置,该位置也是系统默认的关键帧)选择绘图工具栏上的"矩形"工具,按住 Shift 键,再用鼠标左键画一个正方形(按住 Shift 键画出来的只能是正方形),如图 4.10(a)所示。这个图形就是创作对象的初值。

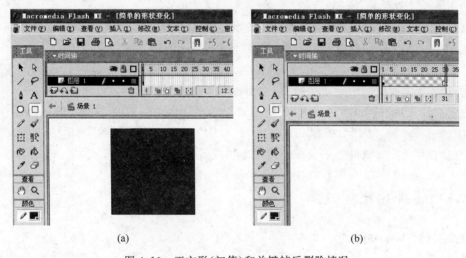

(a)　　　　　　　　　　　　(b)

图 4.10　正方形(初值)和关键帧后删除情况

(2) 选中时间轴上的第 30 帧,同样选择"插入"菜单下的"插入关键帧"命令,或直接按 F6 键,此时时间轴的第 1 帧和第 30 帧之间又变成了深色块状。但正方形没有任何变化,因为只是插入了"关键帧",并没有设定新的值。

(3) 将正方形选中并删除,留下空白,如图 4.10(b)所示。但这个空白并不是最终状态,留下空白是要设定(画)新的值(图形)。

(4) 选择绘图工具栏上的"矩形"工具,直接用鼠标左键画一个矩形(此时不要按住 Shift 键),如图 4.11(a)所示。

此时,不仅有了图形的初始位置,也有了图形的最终位置,中间也插入了"关键帧"命令,但"形状"动画并不会立即产生,还得告诉计算机怎样把一个正方形变成一个长方形。

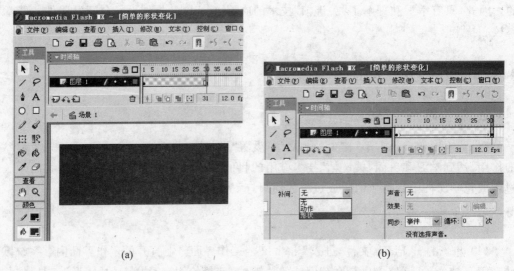

(a)   (b)

图 4.11 关键帧后使用的矩形与属性"形状"设定

(5) 选中"关键帧"之前的那一帧(本例是第 29 帧),再次打开屏幕下方的"属性"面板,如图 4.11(b)所示。

(6) 选择"补间"选项中的"形状"命令,如图 4.11(b)所示。此时时间轴的第 1 帧至第 30 帧之间,又产生了一条黄色箭头线,表示"形状"动画创建成功。

同样,选择"控制"菜单下的"播放"命令,可以观看"形状"动画。

归纳:从上面的图形变化可以看出,对象"形状"的变化动画,实质是创作对象在"关键帧"之前和之后不同形状的设定,中间过程仍然是交由计算机自动实现的,只是"补间"选项中的选择不同。因此,掌握和理解"关键帧"的功能,对"关键帧"技术的应用至关重要。它是在用 Flash 软件为平台开发课件中用得最多的核心技术。

4.1.3 形状变化动画 2

1. 制作思路和目的

以"红色球体变成灰白色"为例,反复学习"形状"动画,巩固"关键帧"技术的应用。

2. 制作步骤

(1) 重新建立新的 Flash 文档文件。

(2) 选用绘图工具栏上的"椭圆"工具,填充色选为"红色渐变",填充方式为"放射状",如图 4.12 所示。其中,左下角的 4 个球形色为直接选取的"金属渐变"、"红色渐变"、"绿色渐变"和"蓝色渐变"。

(3) 在工作区内,按住 Shift 键,用鼠标左键画一个圆形球体(按住 Shift 键画出来的只能是圆形)。再用绘图工具栏上的"箭头选取"工具,选中圆形球体的边线,然后按 Del 键删除,只保留填充色部分,如图 4.13(a)所示。这个红色的球体图形就是初值。

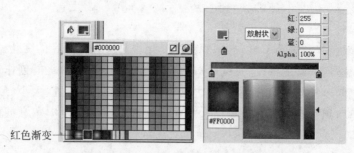

红色渐变——

图 4.12　选取"椭圆"工具后，使用的填充方式

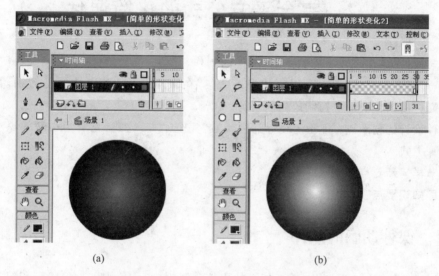

(a)　　　　　　　　　　　　(b)

图 4.13　红色球体和插入关键帧后的时间轴

（4）选中时间轴上的第 30 帧，同样选择"插入"菜单下的"插入关键帧"命令，或直接按 F6 键。此时时间轴的第 1 帧和第 30 帧之间又变成了深色块状，但球体没有任何变化。因为"关键帧"之后是要达到的最终值，这个值是人为设置的，现在还没有设置。

（5）单击绘图工具栏上的"颜料桶"工具，将填充色改为"金属灰色渐变"，对准红色球单击，球体的颜色将会被填充成如图 4.13（b）所示的金属灰色。这个金属灰色的球体图形是最终值。

现在，有了球体颜色的初值（红色），也有了球体颜色的终值（金属灰色）。接下来设置好动画的属性"形状"，计算机就自动地将红色变化成金属色灰色了。

（6）选中"关键帧"之前的那一帧（本例是第 29 帧），再次打开屏幕下方的"属性"面板，如图 4.11（b）所示。

（7）选择"补间"选项中的"形状"命令，如图 4.11（b）所示，此时时间轴的第 1 帧至第 30 帧之间，又产生了一条黄色箭头线，表示"形状"动画创建成功。

同样，选择"控制"菜单下的"播放"命令，可以观看"形状"动画了。

小结

从上面的颜色变化选项不难看出,颜色的变化也是一种"形状"的变化。但总结起来,无论是哪种变化,所依赖的都是"关键帧"前后值的不同。关键帧之前创作对象所处的位置、大小、形态、颜色等是初值;"关键帧"之后创作对象所处的位置、大小、形态、颜色等是终值,这个值是所想达到的最终效果。这是在课件开发中必须要牢牢掌握的逻辑关系和制作的思路。

4.2 完全平方公式的化简课件

本节通过《完全平方公式的化简》课件的制作,介绍 Flash 软件中"图层"的概念及应用,重点理解和掌握独立"动画层"与"静态图层"在课件中的应用及内容的区别,并掌握"按钮"元件的制作及简单控制语句的书写。

课件设计的创新点:将死记硬背的纯代数"完全平方"公式,化简为小学知识求解的面积计算方式。

本节学习新要点:"图层"的概念

巩固知识要点:"关键帧"的应用

4.2.1 课件动画的制作

1. 课件的总体构思:将正方形任意的边长分解为(a+b),则正方形的面积等于(a+b)×(a+b)。通过动画移动,实现完全平方公式的证明,同时达到用小学面积知识来求解的教学效果。

2. 课件的结构:课件由 4 个动画层、1 个静态层、1 个结论层组成。

3. 课件的教学效果:简单、直观,实现真正意义上的创新式教学。

4. 制作静态层

"静态层"是在课件开发内容的布局上使用的自定义术语。工具软件本身并没有这样的称呼,因为在界面上,无论是输入的文字,还是画出的正方形,在课件中始终都是静止不动的。通常把它们所在的"图层 1",叫作"静态层"。在以后的各个实例课件开发中,把静止不动的内容,其中包括图形、文字,都集中放在一个"图层"上,这是课件结构布局上要先考虑到的,这是有关"图层"应用中的一个重要合理布局。

(1) 打开 Flash 软件,建立一个新的 Flash 文档文件,系统默认为"图层 1"。

(2) 选用绘图工具栏上的"矩形"工具,填充色选黑色,按住 Shift 键,用鼠标左键在工作区的左侧画一个大小适当的正方形,如图 4.14 所示(可打开网格线)。

(3) 选用绘图工具栏上的"直线"工具,颜色选绿色,如图 4.14 所示把正方形的边长分解为(a+b),从而形成 4 块图形。

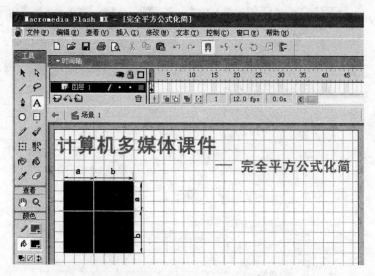

图 4.14　静态图层的所有内容

（4）选用绘图工具栏上的"直线"工具，颜色选黑色，如图 4.14 所示画出边长线，并用"文本"工具，分别注明 a 边和 b 边。

（5）选用绘图工具栏上的"文本"工具，在正方形的上方输入文字"计算机多媒体课件—完全平方公式化简"，字体、字号、颜色根据自己的风格任选（本例为黑体），如图 4.14 所示。

（6）选中时间轴第 100 帧，选择"插入"菜单下的"帧"命令，或者直接按 F5 键。这叫插入普通帧，目的是保持在动画过程中，这些静止的内容始终能显示出来。

（7）用绘图工具栏上"箭头选取"工具，分别选中每块图形，每选中一块图形，就选择"修改"菜单下的"组合"命令，让其填充色成为一个整体。组合后，用键盘上的上下左右箭头分别移动各图形，直到显示出分割线为止。

5. 制作动画层

一个独立的动画必须单独占一个图层，动画间不能共用"图层"。即课件画面上，有多少个动画，就要有多少个动画层。

（1）单击 4 次"图层"面板上的图层增加按钮，增加 4 个新图层，系统自动排序为"图层 2"、"图层 3"、"图层 4"、"图层 5"。如图 4.15 所示，此时，时间轴也同时增加至 5 层，上面的 4 层是用来制作移动动画的，因为第 1 层已用来放置静止内容了。

（2）用绘图工具栏上的"箭头选取"工具，选中左上方面积为 a^2 的图形，选择"编辑"菜单下的"拷贝"或"复制"命令。复制该正方形。

（3）先选中"图层 2"的第 1 帧，再选择"编辑"菜单下的"粘贴到当前位置"子菜单命令。这样在该位置就有两块相同的图形完全重合在一起，从视觉效果上看又只有一块图形，分别分布在"图层 1"和"图层 2"上。从时间轴上可以看见第 2 层的第 1 帧出现了加重色，如图 4.16 所示。

（4）在"图层 2"时间轴的第 20 帧处，插入"关键帧"，将小方块移动至图 4.16 中的位

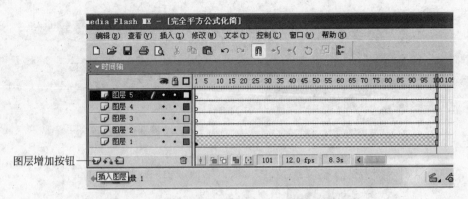

图 4.15　增加 4 个新图层后的面板

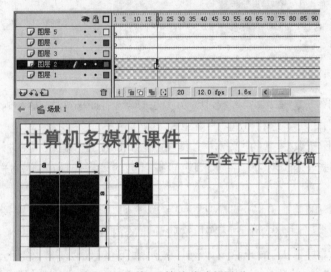

图 4.16　第 20 帧处移动的图形

置处,这是第 1 次"关键帧"之后的位置。视觉上,原有的正方形没有产生任何变动。

(5) 在"图层 2"时间轴的第 25 帧处,再插入"关键帧",将小方块向下移动至图 4.17 中的位置处。这一步是为了让图形排列整齐,即第 2 次插入"关键帧"之后的位置。

(6) 分别选中"图层 2"的第 19 帧、24 帧,在屏幕下方的"属性"面板中,选择"补间"选项中的"动作"或"动画"命令。

(7) 选中"图层 2"的第 100 帧,选择"插入"菜单下的"插入帧"命令,或按 F5 键插入帧。

可以看出,动画移动到第 25 帧后,就停止了,一直保持到最后第 100 帧的位置。后面的 75 帧是留给另 3 个动画层使用的空间。

(8) 再用绘图工具栏上的"箭头选取"工具,选中右上方面积为 ab 的图形,选择"编辑"菜单下的"拷贝或复制"命令。复制该长方形。

(9) 先选中"图层 3"的第 25 帧,插入"关键帧",再选择"编辑"菜单下的"粘贴到当前位置"命令。

这样在该位置就有两块相同的长方图形完全重合在一起,从视觉效果上看也是只有一块图形。但它们分布在"图层 1"的第 1 帧和"图层 3"的第 25 帧上。从时间轴上可以看见第 3 层的第 25 帧出现了加重色,如图 4.17 所示。

注意:这是布局的需要,因为"图层 2"的第 1 帧至第 25 帧,已经被用来创作第一个小正方形的动画,而课件中各个图形动画是连续的。

(10) 在"图层 3"时间轴的第 45 帧处,插入"关键帧",将面积为 ab 的长方形移至图 4.18 所示的位置,这是"图层 3"时间轴上的第 1 次使用"关键帧",这里需说明的是,任何一个"图层"时间轴的第 1 帧,系统都默认为"关键帧"。

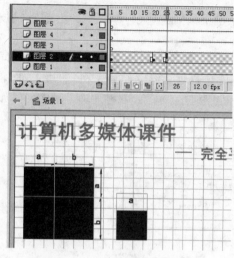

图 4.17 第 25 帧处移动的图形 　　　　　　　　　　图 4.18 "图层 3"的第一段动画

(11) 选中"图层 3"时间轴的第 50 帧,再选择"插入"菜单下的"插入关键帧"子菜单命令,将面积为 ab 长方形再向下移,并与 a^2 图形平行,这是第 2 次"关键帧"之后,图形最终的位置,如图 4.19 所示。

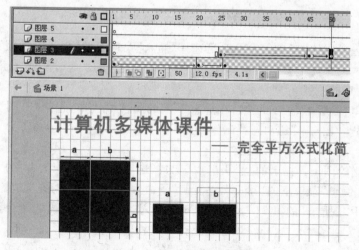

图 4.19 "图层 3"的第二段动画

（12）选中"图层3"的第100帧，选择"插入"菜单下的"插入帧"子命令，或直接按F5键插入帧。

（13）分别选中"图层3"的第44帧、49帧，在屏幕下方的属性面板中，选择"补间"选项中的"动作"选项（在Flash CS3、CS4中为"动画"），以建立正确的移动动画。

同样，动画移动到第50帧后，就停止了，一直保持到最后第100帧的位置。后面的50帧是留给另外2个动画层使用的空间。

（14）再用绘图工具栏上的"箭头选取"工具，选中左下方面积为ab的长方形图形，选择"编辑"菜单下的"拷贝"或"复制"命令，复制该长方形。

（15）选中"图层4"的第50帧，选择"插入"菜单下的"插入关键帧"子命令，或直接按F6键，这是"图层4"第1次插入"关键帧"。

（16）再选择"编辑"菜单下的"粘贴到当前位置"子命令，这样在该位置又有两块相同的长方形图形完全重合在一起，从视觉效果上看只有一块。但它们分布在"图层1"的第1帧和"图层4"的第50帧上。从时间轴上可以看见"图层4"的第50帧出现了加重色，如图4.20所示。

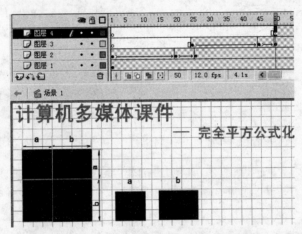

图4.20　粘贴在"图层4"第50帧处的图形

（17）先选中"图层4"的第70帧，再选择"插入"菜单下的"插入关键帧"子菜单命令，然后将面积为ab长方形移至图4.21所示的位置，这是"图层4"时间轴上插入使用的第1次"关键帧"之后的位置。

（18）选中"图层4"的第69帧，在屏幕下方的属性面板中，选择"补间"选项中的"动作"选项。这样，"图层4"的动画就制作完成了。

下面开始制作最后一个动画层。

（19）再用绘图工具栏上的"箭头选取"工具，选中右下方面积为b^2的大一点的正方图形后，选择"编辑"菜单下的"拷贝"或"复制"子命令，复制该正方形。

（20）选中"图层5"的第71帧，再按F6键插入"关键帧"后，再选择"编辑"菜单下的"粘贴到当前位置"命令。这样在该位置就有两块相同的正方图形完全重合在一起，从视觉效果上看只有一块。但它们分布在"图层1"的第1帧和"图层5"的第70帧上。从时间轴上可以看见"图层5"的第70帧出现了加重色，如图4.22所示。

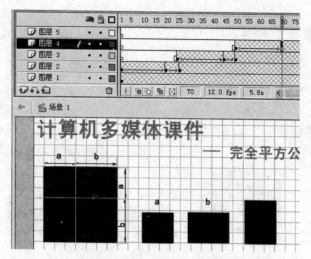

图 4.21　"图层 4"的动画与时间轴

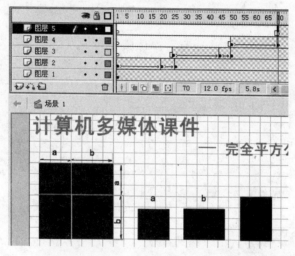

图 4.22　粘贴在"图层 5"第 70 帧处的图形

（21）在"图层 5"的第 100 帧处，按 F6 键插入"关键帧"后，将面积为 b^2 的正方形移至图 4.23 所示的位置，这是"关键帧"之后的最终位置。

（22）选中"图层 5"的第 99 帧，在屏幕下方的属性面板中，选择"补间"选项中的"动作"，以建立起正确的移动动画，这样，最后一个图层的动画就制作完成了。

6．制作结论层

结论应该是在整个动画运行完成后出现，在图层 6 的最后一帧按 F6 键插入"关键帧"后，再用文本形式输入有关结论内容，这样安排后，时间轴运行在其他位置时是不会显示结论内容。

（1）单击"图层"面板上的增加"图层"按钮"＋"，增加一个新"图层"，系统自动排序为"图层 6"，此时，时间轴增加至 6 层。

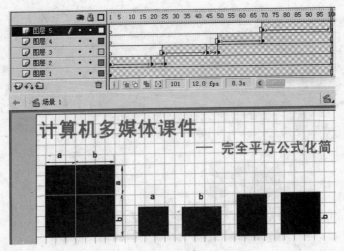

图 4.23 全部图层和时间轴

（2）选中"图层6"的第100帧，选择"插入"菜单下的"插入关键帧"子命令，或按F6键插入"关键帧"。

（3）用绘图工具栏上的"文本"工具，在图形的下方输入文本结论，如图4.24所示。

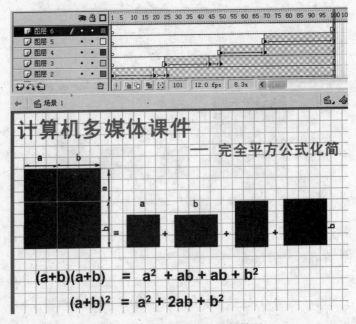

图 4.24 加上结论层的运行界面

至此，《完全平方公式的化简》课件基本制作完成，下面就为课件添加控制功能，使其能成为一个完整的课件。所谓的控制功能，就是在课件的界面上，首先添加控制"按钮"元件，然后为"按钮"元件编写程序命令，用"按钮"元件的操作来完成对课件的控制和交互，所以，要先制作控制按钮，也可以直接将公用库中的按钮拖出来使用。

4.2.2 控制按钮的制作

考虑到"关键帧"已使用的比较熟悉,在以后的章节中,凡是要插入"关键帧"的地方,都直接写成按 F6 键插入"关键帧"。

1. 目的

学习"按钮"元件的制作,制作适合教师自己风格的"按钮"元件。

2. 制作步骤

(1) 选择"插入"菜单下的"新建元件"命令,弹出如图 4.25 所示的"元件类型"选项框,在这个选项框中,只能选择按钮。

图 4.25 "创建新元件"对话框

(2) 单击"确定"按钮后,进入"按钮"元件编辑窗口,如图 4.26 所示。

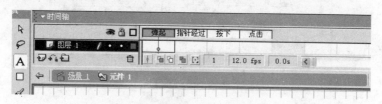

图 4.26 "按钮"元件编辑窗口

注意:此时第一帧格处于自动选中状态,是创作按钮的弹起状态。

(3) 用绘图工具栏上的"椭圆"工具,填充色为"红色渐变",填充方式选"放射状",按住鼠标左键不放,在工作区内画两个一大一小的椭圆,做按钮的基础,并用"箭头选取"工具,选中椭圆的边线删除,只保留填充体部分,如图 4.27 所示。

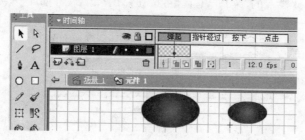

图 4.27 两个基础按钮

（4）用"箭头选取"工具，将小的椭圆拖到大的椭圆上面重合起来，使其呈现立体感，再用绘图工具栏上"颜料桶"工具，对准大圆的左边填充一次，再对准小圆的右边填充一次，使其呈现出非常强的立体感，如图 4.28 所示，这是按钮的弹起状态，也是"关键帧"之前的初始状态。

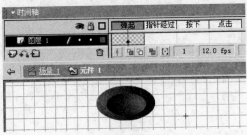

图 4.28　由两个基础椭圆组合为一个

（5）直接按 F6 键插入"关键帧"后，时间帧格自动移至第 2 帧格，第 2 帧格的作用是，当鼠标在经过按钮上面时，按钮本身有无变化，用这种方式提示操作者这是一个控制器件，本例选择绿色渐变方式，以形成非常强的颜色变化感。

（6）再次选择绘图工具栏上的"颜料桶"工具，填充色选为绿色渐变，此时所绘制的按钮色自动由红色转换为绿色。同样是对准大圆的左边填充一次，再对准小圆的右边填充一次，使其呈现出非常强的绿色立体感，如图 4.29 所示。这样，当鼠标再移动到按钮上面时，按钮就会变成绿色，当鼠标离开时，又会变成红色，起到提示和艺术美化的作用。

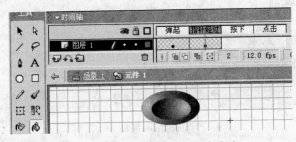

图 4.29　第 2 帧格上改为绿色渐变

（7）再直接按 F6 键插入"关键帧"后，时间帧格又自动移至第 3 帧格，第 3 帧格的作用是，按下按钮时，按钮的外形尺寸是否发生变化，为了使创作的按钮具备仿真感，通常在这一帧格上将按钮的尺寸缩小一点。

（8）选择主工具栏上的"缩放"工具，将按钮总的外形尺寸缩小一点，如图 4.30 所示。

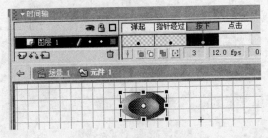

图 4.30　第 3 帧上被缩小

　多媒体课件设计与开发

（9）再直接按 F6 键插入"关键帧"后，时间帧格又自动移至第 4 帧格，第 4 帧格的作用是，定义按钮的有效区域。通常不定义直接按 F6 键插入"关键帧"。

至此按钮的制作就结束了，所制作的按钮会自动地存放在 Flash 文件的元件库中，当返回"场景 1"后，即可将库中的按钮拖出来使用了。

4.2.3 添加控制按钮

单击图层面板下面的"场景 1"，返回"场景 1"工作界面。

（1）选择"窗口"菜单下的"库"命令，打开元件库，库中的"元件 1"就是所创作的"按钮"，因为在创作按钮时，已自动的保存于库中。

（2）单击"图层"面板上的增加"图层"按钮"＋"，增加新图层，系统自动的将新增加的"图层"，排序为"图层 7"，这一层是专门用来放置控制按钮的。

（3）用鼠标左键，将库中的按钮拖 3 个出来，放在工作区的下方，如图 4.31 所示。

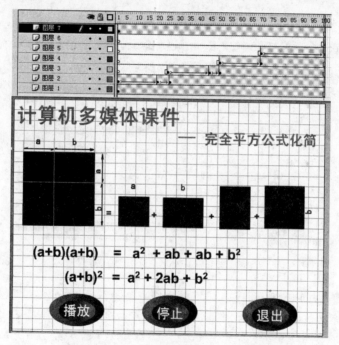

图 4.31　放置好控制按钮的界面和时间轴

（4）用绘图工具栏上的"文本"工具，字体选黑体、颜色为白色、字号为 24。

（5）分别在 3 个按钮的上面输入"播放"、"停止"、"退出"等操作提示文字内容，如图 4.31 所示。课件的时间轴和最后一帧的运行界面如图 4.31 所示。

4.2.4 为按钮添加控制命令

课件中，有了按钮，但是没有给按钮编写命令，这样的按钮是没有作用的。

事件命令：指鼠标操作过程中的"左击"、"右击"或"双击"等触发动作命令。

Flash MX：事件命令是直接在选项中打"√"，Flash CS3 和其他新版本中，就只能按规则书写，这就是推荐使用 Flash MX 作为课件开发平台的原因。

1. 播放命令的添加

(1) 用绘图工具栏上的"箭头选取"工具，选中"播放"按钮（不是选中文字），此时"播放"按钮被蓝色线框起来。屏幕下方出现"动作-按钮"面板，如图 4.32 所示。

图 4.32　选中按钮出现的"动作-按钮"面板

(2) 打开屏幕下方的"动作-按钮"面板，就会弹出如图 4.33 所示的事件命令和语句编辑选择对话框。在该对话框中，再双击 goto 命令，语句的格式和事件命令就自动地添加到语句栏中了。也可以双击 play，如图 4.33 所示。

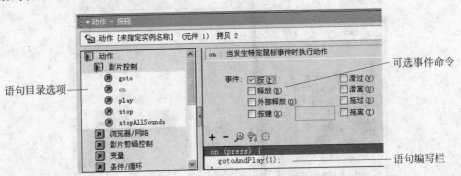

图 4.33　双击 goto 自动添加语句

注意：两条语句的区别，play 只完成播放头在当前位置的播放，通常是第 1 帧到最后一帧的播放。所以当播放完毕后，再单击"播放"按钮时，就不起作用了。而由 goto 组成的语句，每次播放完毕后，当重新单击"播放"按钮时，又重新从第 1 帧开始播放。

这里需要强调的是，图 4.33 右面所示"按"、"释放"、"外部释放"、"按键"等复选框，是指各种鼠标事件动作，一旦选定后，与之相对应的命令就自动在语句栏生成，无须再编写。但如果是 Flash CS3、CS4 或其他新的版本，就只能在语句栏中用英文按如下的格式编写语句命令，其语句和格式及语句的相应功能如下：

```
On (release) {                    //事件命令+"开始符"
    GotoAndPlay(1);               //每次跳转至第 1 帧播放
}                                 //配对使用的结束符
```

2. "停止"命令的添加

"停止"命令的添加方式和"播放"命令相同,在语句目录栏双击 stop 命令,其他的都是自动完成添加,这比起 Flash CS3 来要省很多事,特别是对编程不熟练的开发人员而言更为重要。

3. "退出"命令

关于"退出"命令的编写,将在后面的章节中讲解,因为该命令要在课件生成影片后才生效,在此就不再讲解。

技术小结

从这个课件的结构和制作过程可以总结出以下几条规律:

1. 同一个教学内容,基本只用一个场景,这样可以减小文件长度。

2. 在同一个画面上,所有的静止内容尽量都放在一个图层上,这样有利于减少图层量。

3. 在同一个画面上,课件中有多少个独立动画,就要有多少个动画层,即一个独立的动画,要单独的占据一个图层。

4. 控制按钮单独占用一层。

4.2.5 课件的输出格式

课件制作完毕后,保存文件,这个文件,称为源文件。

课件在输出影片之前,请检查一下影片的第 1 帧和最后一帧是否加上 stop 命令,如果没有加,当影片生成后,会自动播放不停止。这条命令不同于按钮中的 stop 命令。它们的区别在于,前者是放置在控制按钮中,实现课件的交互操作,它的面板为"按钮-动作",而后者是在"帧"上,它的面板是"动作-帧",目的是阻止生成影片后,影片不失控,所以添加时的控制面板也不同。下面就是为帧添加 stop 命令的过程。

1. 添加帧停止命令

(1) 选中任何一层的第 1 帧(因为第 1 帧系统默认为关键帧),屏幕下方都会出现"动作-帧"面板,如图 4.34 所示。

(2) 打开"动作-帧"面板后,在语句目录栏双击 stop 命令,此时时间轴上出现"a"标记,表明该帧有可控命令。

▶ 动作 - 帧
▶ 属性

图 4.34 "动作-帧"面板

(3) 选中结论控制层的最后一帧,同样在这一帧上添加 stop 命令。这样处理,影片生成后,就不会自动播放了。

注意:有的"图层"最后一帧不是"关键帧",不是"关键帧"的地方是无法添加 stop 命令的,也就是说,无论哪一层,只要最后一帧是"关键帧",都可以进行此操作。

2. 输出课件影片

源文件制作完毕后，还要生成课件影片，才能进行功能全面、流畅地播放，输出课件影片的步骤是：

(1) 选择"文件"菜单下的"输出影片"（有的为"导出影片"）命令，在如图4.35所示的对话框中，输入文件名，在"保存类型"一栏中，选择.swf格式后，再单击"保存"按钮，再次弹出如图4.36所示的播放器版本和影片品质设置框。

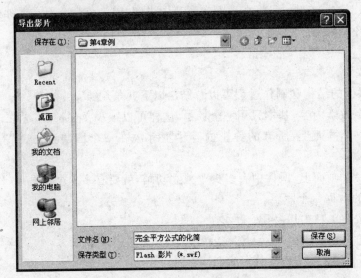

图4.35 "导出影片"对话框

图4.36 播放器和品质设置对话框

(2) 在图4.36中，如果选择各项参数为默认值，就单击"确定"按钮，此时系统将会生成一个.swf格式的影片。

4.3 实验室乙烯制取实验课件

本节通过《实验室乙烯制取实验》课件的制作,重点学习绘图工具的灵活应用,同时巩固"关键帧"、"图层"、"按钮"等核心技术的概念及简单控制语句的书写。掌握静态层,理解独立动画与"图层"的关系。

1. 知识学习要点

(1)继续学习绘图工具的灵活应用;(2)巩固"关键帧"的应用技术;(3)巩固"图层"的概念及应用知识;(4)学习简单控制语句的格式及编写。

2. 学习本课件的目的

本例虽然是以化学实验装置为例,运用 Flash 进行图形绘制的一个综合学习,但对物理课程中的很多绘图,仍是大同小异,如下面要绘制的铁架,也可用来做物理课程中的单摆运动铁架。

3. 制作思路和操作步骤

首先启动 Flash 软件,绘制组成化学实验装置图的基本图形,然后再加以适当的修改。在动画方面,首先将酒精灯做成动画形式,再与其他图形组合成成套仪器。

4.3.1 绘制图形

1. 铁架台

(1)选择"视图"或"查看"菜单下的"网格"和"显示网格"子命令,使工作区中出现网格线,用作绘图时的参考基准线。

(2)选择绘图工具栏中的"矩形"工具。

① 打开绘图工具栏下方的"矩形"工具属性栏,如图 4.37 所示,此属性栏不在屏幕下方。

② 将边框色设置为黑色,填充色设置为深灰色,边框宽度设置为2。

图 4.37 矩形属性设置

在"矩形设置"对话框中,"边角半径"框输入 10,意为矩形角的弧度为 10 点。

③ 然后单击"确定"按钮,进行此项设置后,所绘制的矩形为圆角矩形。

(3)绘制铁架台。先绘制基座,用两个大小不等的矩形组合,如图 4.38(a)所示。

① 将两个矩形选中并居中对齐,如图 4.38(b)所示。

② 用"箭头选取"工具,选中多余部分,按 Del 键将其删除,如图 4.38(c)所示。

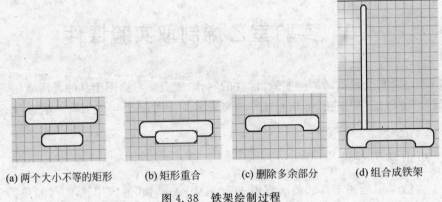

| (a) 两个大小不等的矩形 | (b) 矩形重合 | (c) 删除多余部分 | (d) 组合成铁架 |

图 4.38 铁架绘制过程

③ 再用"矩形"工具,画一个竖形架,与基座组成支架,如图 4.38(d)所示。

④ 用绘图工具栏上的"套索"工具,将画好的支架图形全部选中,选择"修改"菜单下的"组合"命令,将其组合起来。再适当调整大小。

⑤ 选中组合铁支架,右击图形,在弹出的快捷菜单中,选择"转换成元件"命令,作为"图形"元件,命名后存放于库中,最后组装时可拖出来使用。

⑥ 保存文件,选择"文件"菜单下的"另存为"命令,在文件名一栏输入《实验室制取乙烯课件》,以后所有的图形都存入这个文件的库中,每次制作时都打开这个文件。

⑦ 清除当前场景中的铁架子。

2. 绘制烧瓶

(1) 用绘图工具栏上的"椭圆"工具,边框粗细为2,画圆作为烧瓶的底部,再用"箭头选取"工具,选取填充区域,将其删除后再组合,如图 4.39(a)下部所示。

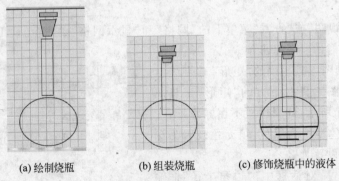

| (a) 绘制烧瓶 | (b) 组装烧瓶 | (c) 修饰烧瓶中的液体 |

图 4.39 烧瓶绘制过程

(2) 用绘图工具栏上的"矩形"工具,边框粗细为2,画细长矩形作为烧瓶的颈部,并删除填充区域后再将其组合,如图 4.39(a)中部所示。

(3) 用绘图工具栏上的"钢笔"工具画一个梯形,每次画完后双击释放,并填充上适当的颜色,缩小后作为橡皮塞,并将其选中,选择"修改"菜单下的"组合"命令,组合起来,如

图 4.39(a)的上部所示,也可用"直线"工具完成。

（4）将组成烧瓶的各图形放在适当的位置上。用"套索"工具全选中后,选择"修改"菜单下的"组合"命令,如图 4.39(b)所示。调整好大小后再取消组合,以便画修饰线。

（5）选择绘图工具栏上的"直线"工具,在底部画三条线,以修饰烧瓶中的液体。如图 4.39(c)所示,并用绘图工具栏上的"套索"工具,选中整个图形。

（6）选择"插入"菜单下的"转换成元件"命令,或右击图形本身,在弹出的快捷菜单中,选择"转换成元件"命令,作为"图形"元件命名后自动存放于库中。

（7）清除当前场景中的烧瓶,因为元件库中已经自动保存了,所以清空界面后再画别的图形。

3. 绘制酒精灯瓶

（1）选择绘图工具栏上的"直线"工具,设置线形为实线、粗细为 2、颜色为黑色,先绘制酒精灯瓶轮廓线。绘制时以网格线作为参考依据,这样画出的图形具有对称性,如图 4.40(a)所示。

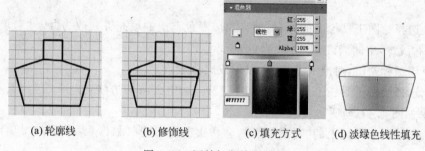

(a) 轮廓线　　　(b) 修饰线　　　(c) 填充方式　　　(d) 淡绿色线性填充

图 4.40　酒精灯瓶绘制过程

（2）再用绘图工具栏上的"直线"工具,在酒精灯瓶轮廓的颈部画一条修饰直线,如图 4.40(b)所示。

注意:修饰线与瓶体线间不能有断点,否则无法填充。

（3）选择绘图工具栏上的"颜料桶"工具,调色板上的填充色为左、右白色,中间为淡绿色,填充方式为"线性",如图 4.40(c)所示。

（4）用"颜料桶"工具对准瓶体的中部进行填充,使左边和右边的颜色出现白色,中间为绿色,模拟瓶中的酒精液体,如图 4.40(d)所示。

（5）用绘图工具栏上的"套索"工具,选中酒精灯图,选择"修改"菜单下的"组合"命令,将瓶子组合。

（6）选择"插入"菜单下的"转换成元件"命令,或右击图形本身,在弹出的快捷菜单中,单击"转换成元件"命令,作为"图形"元件命名后存放于库中,同样在组合时拖出来用。

（7）清除当前场景中的烧瓶。

4. 绘制酒精灯火苗

（1）选取绘图工具栏上的"直线"工具，在工作区内先画一条长 1.5cm 左右的横直线，用"箭头选取"工具，顶出一个高度约 2.5cm 的峰，作火苗的外形。

（2）再用绘图工具栏上的"直线"工具，在峰的底部画一条直线，与峰形成闭合的空间，如图 4.41(a)所示。

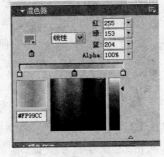

(a) 火苗外形　　　　　　(b) 填充方式　　　　　　(c) 填充效果

图 4.41　火苗的绘制与填充方式

（3）选择绘图工具栏上的"颜料桶"工具，混色器上的填充方式改为"线性"，填充色设置为左、右浅绿，中间淡红，如图 4.41(b)所示。

（4）用鼠标左键，对准火苗填充，以形成火苗形状。

（5）选择绘图工具栏上的"箭头选取"工具，选中火苗的边线，按 Del 键将其删除，最后的效果如图 4.41(c)所示。

（6）用绘图工具栏上的"套索"工具，套住火苗图，选择"修改"菜单下的"组合"命令，将火苗组合。

（7）选择"插入"菜单下的"转换成元件"命令，或右击图形本身，在弹出的快捷菜单中，选择"转换成元件"命令，作为"图形"元件命名后存放于库中，同样在组合时拖出来用。

（8）清除当前场景界面中的火苗图形。

混色器调色块使用说明：系统打开时，通常默认的只有左、右两色块，当鼠标指针移至某个色块下方出现"＋"号时，按住左键不放拖动，就会增加色块。单击色块时，可以在色样中选择新的颜色。

5. 绘制铁夹

（1）选择绘图工具栏中的"矩形"工具。

（2）将边框色设置为黑色，填充色设置为深灰色，边框宽度设置为 2 点。

（3）打开绘图工具栏下方的"矩形"按钮，打开如图 4.42 所示的"矩形设置"对话框。在"边角半径"框中输入 10，单击"确定"按钮。进行此项设置后，所绘制的矩形为圆角矩形，矩形角的弧度为 10 点(磅)。

（4）在工作区内绘制 2 个矩形，作为固定烧瓶的架子，如图 4.43 所示。

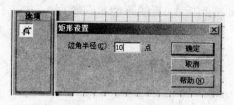

图 4.42 矩形属性设置框

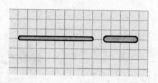

图 4.43 绘制 2 个矩形

（5）分别用绘图工具栏上的"套索"工具套住每个图形，选择"修改"菜单下的"组合"命令。

（6）选中图形后，选择"插入"菜单下的"转换成元件"命令，或右击图形本身，在弹出的快捷菜单中，选择"转换成元件"命令，作为"图形"元件命名后存放于库中，同样在组合时拖出来用。

（7）清除当前场景中的火苗。

6. 绘制水槽

（1）先选用绘图工具栏上的"矩形"工具。

① 将边框色设置为黑色，填充色设置为深灰色，边框宽度设置为 2 点。

② 单击绘图工具栏下方的"矩形"属性按钮，打开"矩形设置"对话框。在"边角半径"框中输入 10，然后单击"确定"按钮，进行此项设置后，所绘制的矩形为圆角矩形，矩形角的弧度为 10 点（磅）。

（2）填充色选为左、右白色，中部淡绿色，填充方式选"线性"，如图 4.44（a）所示。

(a) 填充色和方式　　　　(b) 填充效果　　　　(c) 修饰水平线

图 4.44 绘制水槽

（3）选择绘图工具栏上的"颜料桶"工具，在矩形的中点填充，填充效果如图 4.44（b）所示。

（4）选择绘图工具栏上的"直线"工具，在水槽内画 3 条水平线，以修饰水面，如图 4.44（c）所示。

（5）选择绘图工具栏上的"套索"工具，套住整个水槽，选择"修改"菜单下的"组合"命令，组合后自动处于选中状态。

（6）参照前面的做法，转换成元件保存，并清除当前场中的图形内容。

7. 绘制导管

（1）先将工作区显示设置为 200，再选择绘图工具栏上的"直线"工具，画一条如

图 4.45(a)所示的折线。并用"箭头选取"工具将此折线(折线不能出现断点)选中。

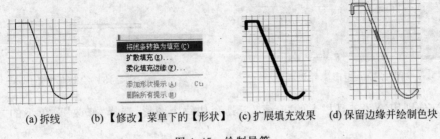

(a)折线　　(b)【修改】菜单下的【形状】　(c)扩展填充效果　(d)保留边缘并绘制色块

图 4.45　绘制导管

(2) 用"箭头选取"工具,拖动折线底部的线段,使之成为一条弧线,如图 4.45(a)的下部所示,并选中整条折线。

(3) 选择"修改"菜单下的"形状"命令,再选择"将线条转换为填充"命令,如图 4.45(b)所示,再选择"修改"菜单下的"形状"命令后,再选择"扩展填充"子命令,在弹出的对话框中,边距输入 5,单击"确定"按钮,结果如图 4.45(c)所示。

(4) 选择"修改"菜单下的"形状"命令后,再选择"柔化填充边缘"命令。

(5) 用绘图工具栏上的"箭头选取"工具,选中折线的中间填充部分,并按 Del 键,将其删除,剩下的管状图形作为导管。

(6) 用绘图工具栏上的"铅笔"工具,在导管的适当位置绘制一个橘红色色块,代表导管中的乳胶管,如图 4.45(d)所示。

注意:绘制色块时,将显示比例设置为 400,画好色块后再返回 100。

(7) 用绘图工具栏上的"套索"工具,套住整个导管,选择"修改"菜单下的"组合"命令。

(8) 参照前面的做法,转换成元件后保存在库中,并清除当前场中的图形内容。

8. 绘制温度计

(1)用绘图工具栏上的"矩形"工具,填充色选用白色,边角半径仍用 10 点,绘制一个细长圆角矩形代表温度计的外形,如图 4.46(a)所示。

(2) 用绘图工具栏上的"直线"工具,属性的粗细设为 0.75,颜色设为黑色,画一条 0.5cm 长的横线,作为温度计的刻度线如图 4.46(a)所示。

(3) 用绘图工具栏上的"箭头选取"工具,选取"刻度线",按住 Ctrl 不放,再用鼠标左键拖动并复制多条粘贴在温度计的形状内,成为刻度线,如图 4.46(a)所示。

(4) 同样用绘图工具栏上的"直线"工具,粗度设为 2.5,颜色设为红色,画一条竖线,作为温度计的浮动线,如图 4.46(b)所示。

(5) 用绘图工具栏上的"椭圆"工具,填充色设为红色,边线色任意,画一个直径大约为 0.5cm 的椭圆,并删除边框,只保留红色填充部分,如图 4.46(b)的底部所示。

技巧:画此椭圆时,离开竖线画好画一些,画好后再移动组合为整体。

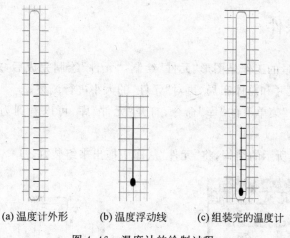

(a) 温度计外形　　(b) 温度浮动线　　(c) 组装完的温度计

图 4.46　温度计的绘制过程

（6）将红色椭圆移至浮动线的下方，用"套索"工具套住椭圆和浮动线后，选择"修改"菜单下的"组合"命令，将其组合，使其成为完整的温度计浮动线，如图 4.46(b) 所示。

（7）用绘图工具栏上的"箭头选取"工具，选中温度计浮动线后，用鼠标左键拖动，移至温度计的外壳内，并调整好位置、大小，再用"套索"工具套住全部图形，再选择"修改"菜单下的"组合"命令，组合成完整的温度计，如图 4.46(c) 所示。

（8）参照前面的做法，转换成元件保存在库中，并清除当前场中的图形内容。

9. 绘制集气瓶

（1）选择绘图工具栏上的"直线"工具，绘制集气瓶轮廓，如图 4.47(a) 所示。

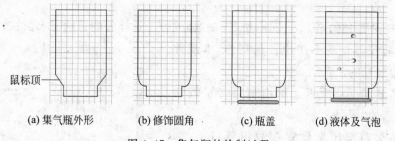

(a) 集气瓶外形　　(b) 修饰圆角　　(c) 瓶盖　　(d) 液体及气泡

图 4.47　集气瓶的绘制过程

（2）选择绘图工具栏上的"箭头选取"工具，将鼠标指针移动到如图 4.47(a) 所示的位置上，待鼠标指针变成弧线时，按住鼠标左键顶出弧度，效果如图 4.47(b) 所示。

（3）选择绘图工具栏上的"矩形"工具，填充色选灰色，画瓶盖，如图 4.47(c) 所示。

（4）选择绘图工具栏上的"直线"工具，颜色选用浅绿色，在瓶内画 3 条修饰线，如图 4.47(d) 所示。

（5）选择绘图工具栏上的"椭圆"工具，填充色为灰色，填充方式选"放射状"，在瓶内画 3 个圆，并删除圆的边线，留下填充部分以模拟气泡，如图 4.47(d) 所示。

4.3.2　组装课件

这个课件中大量的工作是图形"元件"绘制,"元件"绘制完成后,就是组装,在组装过程中,根据界面的尺寸和总体布局,再对"元件"的大小进行调整。

(1) 选择"窗口"菜单下的"库"命令,打开"元件"库,可以看到为课件绘制的各个元件,如图 4.48 所示。

(2) 按图 4.49 所示的结构,将"元件"从库中拖出来组装好。

图 4.48　在窗口菜单下打开的"元件"库

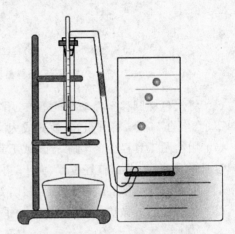

图 4.49　由"元件"组装的结构图

注意:这些图形全是静止的,在整个课件中,不产生任何动画,所以都放置在同一图层上。

(3) 在"图层 1"的第 100 帧处,按 F5 键"插入帧",这样做的目的是火苗在燃烧的过程中,整个实验仪器设备不产生任何动作,本课件没有考虑温度计的上升动画。

(4) 单击"图层"面板上的增加"图层"按钮"＋",增加新的"图层 2"。

(5) 将火苗拖出来放置在酒精瓶口上,如图 4.50 所示。

(6) 在"图层 2"的时间轴上,每隔 20 帧插入一个"关键帧",此时时间轴如图 4.51 所示。

(7) 每插入一次"关键帧",就将火苗向左或向右移一小段距离,模拟风吹动火苗的效果。

(8) 分别选中每个"关键帧"之前的那一帧,在屏幕下方的属性面板中,选择"补间"选项中的"动作"或"动画"选项。

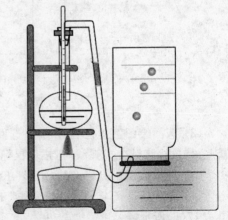

图 4.50　放置火苗

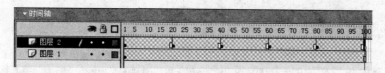

图 4.51 "图层 2"的时间轴

4.3.3 控制按钮的制作

关于按钮的制作,在 4.2.2 节中也作过介绍,所以这是第二次制作按钮,有关图解部分就省略了,只用文字说明,图解部分可以参阅 4.2.2 节。

(1)选择"插入"菜单下的"新建元件"命令,在弹出的"元件类型"复选框中,选择"按钮"。

(2)单击"元件类型"复选框中的"确定"按钮,就自动进入"按钮"元件编辑窗口。

注意:此时第一帧格处于自动选中状态,它是创作"按钮"的弹起状态。

(3)用绘图工具栏上的"椭圆"工具,填充色为红色渐变,填充方式选"放射状",按住鼠标左键在工作区内画一大一小的两个椭圆,并用"箭头选取"工具,选中椭圆的边线删除,颜色可根据自己的风格选取。

(4)再用"箭头选取"工具和鼠标左键,将小的椭圆拖到大的上面重合起来,使其呈现立体感,再用绘图工具栏上"颜料桶"工具,对准大圆的左边填充一次,再对准小圆的右边填充一次,使其呈现出非常强的立体感,这是"按钮"的弹起状态,即原始的状态。

(5)直接按 F6 键插入"关键帧"后,时间帧格自动移至第 2 帧格,第 2 帧格的作用是,当鼠标在经过按钮上面时,按钮本身有无变化,用这种方式提示操作者这是一个控制器件(本例仍采用改变填充颜色的方式)。

(6)再次选择绘图工具栏上的"颜料桶"工具,填充色选为绿色渐变,此时所绘制的按钮自动由红色转换为绿色。对准大圆的左边填充一次,再对准小圆的右边填充一次,使其呈现出非常强的绿色立体感。这样,当鼠标移动经过按钮上面时,按钮就由红色变成绿色,离开时,又会变成红色。起到提示和艺术美化的作用。

(7)再直接按 F6 键插入"关键帧",让时间帧格自动移至第 3 帧格,第 3 帧格的作用是,按下按钮时,按钮的外形尺寸是否发生变化,为了具有仿真感,通常在这一帧格上将按钮的尺寸缩小一点。

(8)先选中按钮,再用主工具栏上的"缩放"工具,将按钮总的外形尺寸缩小一点。

(9)再直接按 F6 键插入"关键帧"后,时间帧格自动移至第 4 帧格,第 4 帧格的作用是,定义按钮的有效区域。通常不定义直接按 F6 键,插入"关键帧"。

至此第二次按钮的制作就结束了,所制作的按钮自动存放在 Flash 文件的元件库中,同样是返回"场景 1"后,即可将库中的按钮拖出来使用了。

4.3.4 添加控制按钮及命令

单击图层面板下面的"场景 1",退出"按钮"元件编辑区,进入"场景 1"工作界面。

1．"按钮"的布置

(1) 选择"窗口"菜单下的"库"命令,打开元件库。找到创作好的按钮。

(2) 单击"图层"面板上的增加"图层"按钮"＋",增加新的图层,系统自动地将新增加的"图层"排序为"图层 3",这一层是专门用来放置控制按钮的。

(3) 用鼠标左键,将库中的按钮拖 3 个出来,放在工作区的下方,如图 4.52 所示。

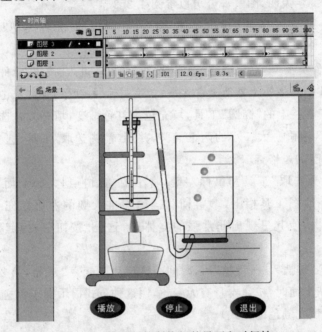

图 4.52　放置好控制按钮的界面和时间轴

(4) 用绘图工具栏上的"文本"工具,设置字体为黑体、颜色为白色、字号为 24。

(5) 在 3 个按钮的上面输入"播放"、"停止"、"退出"等操作提示性文字,如图 4.52 所示。

2．为按钮添加控制命令

说明:如果使用 Flash MX 作为课件的开发平台,则事件命令是直接在选项中打"√",如果用 Flash CS3、CS4 或其他新版本,就只能按规则书写。

(1) 播放命令的添加

① 用绘图工具栏上的"箭头选取"工具,选中"播放"按钮(不是选中文字),此时"播放"按钮被蓝色线框起来。

② 打开屏幕下方的"动作-按钮"面板,再打开"动作"下的"影片控制"目录,系统弹出

事件命令目录栏,双击 goto 命令,事件命令和相关的格式语句就自动的添加到语句栏中了,也可以双击 play 命令,如图 4.53 所示。

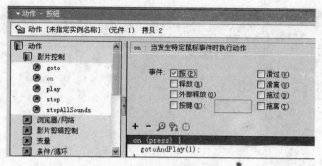

图 4.53 双击 goto 自动添加语句

注意:两条语句的区别上,play 只完成第 1 帧到最后一帧的播放。当播放完毕后,再单击"播放"按钮时,就不起作用了。而由"gotoAndPlay(1)"组成的语句,每次播放完成后,重新单击"播放"按钮时,又会重新从第 1 帧播放。

这里需要强调的是,如果是 Flash CS3 或其他新的版本,就只能在"时间轴控制"目录下用英文格式编写语句命令了,其语句及功能如下:

```
On(release){              //事件命令+"开始符"
    GotoAndPlay(1);       //跳转语句
}                          //结束符
```

（2）"停止"命令的添加

"停止"命令的添加方式和"播放"命令相同,只是双击 stop 命令,其他的都是自动完成添加,这比起 Flash CS3 来要省事很多,这点特别是对编程不熟练的开发人员更为重要。

（3）添加帧停止命令（stop）

① 选中任何一层的第 1 帧（因为第 1 帧系统默认为关键帧）,屏幕下方的状态栏出现"动作-帧"面板,如图 4.54 所示。

② 打开"动作-帧"面板后,双击 stop 命令,此时时间轴上出现 a 标记。

▶ 动作 - 帧
▶ 属性

图 4.54 "动作-帧"面板

③ 选中控制命令按钮层的最后一帧,同样在这一帧上添加 stop 命令。这样处理后,影片生成后,就不会自动播放了。

（4）退出命令

关于"退出"命令的编写,将在后面的章节中讲解,因为该命令要在课件生成影片后才生效,在此就不再讲述。

4.3.5 输出课件

（1）选择"文件"菜单下的"输出影片"命令,在弹出的如图 4.55 所示的对话框中输入文件名,在"保存类型"一栏中,选择.swf格式后,再单击"保存"按钮,再次弹出如图4.56的播放器版本和影片品质参数设置框。

图 4.55　保存文件对话框

图 4.56　播放器和品质设置对话框

　　(2) 如果采用系统默认值,就在图4.56中,单击"确定"按钮,即可输出.swf格式的影片了。

本节技术小结

从这个课件的结构和制作过程可以总结出以下几条规律:

1. 在课件中,只要是静止的图形、图像、文本,可根据课件界面的大小,放在同一个"图层"上。

2. 在同一个画面上,课件中有多少个动画,就要有多少个动画层,即一个独立的动画,要单独的占据一个图层。

   3. 控制按钮单独占用一层。

上 机 练 习

1. 本课件中,请将温度计指示线的动画从低位升向高位。
2. 构思并制作气泡动画过程。

第 **5** 章 课件中的场景、影片剪辑和空白关键帧

本章学习要点：

- Flash 软件的"场景"及概念、"影片剪辑"动画、"空白关键帧"的概念及在课件开发中的应用

巩固的知识点：

- 关键帧技术、图层的应用、简单语句的书写、按钮制作

5.1 课件中场景与影片剪辑的应用

本节通过为《完全平方公式化简》课件增加封面，来说明"场景"、"影片剪辑"动画的应用。在第 4 章做完《完全平方公式化简》课件后，如果就这样使用，显得有点无头有尾的感觉，不能说是一个完整的课件。为课件增加封面，是每个课件设计开发人员所面对的第一关，封面的效果，直接影响到整个课件的感染力。从某种意义上讲，课件封面一方面体现了开发人员的艺术风格，同时又能反映出课件对使用者的感染力，所以封面涉及设计开发人员的总体风格。

5.1.1 课件封面素材

课件封面素材有：

- 课件名称：用以说明课件所属的学科类型、教材版本等基本信息。
- 单位：用以说明课件作者所在的单位，如果是参赛课件，应该注明参赛单位。
- 日期：用以说明课件使用或制作的日期，如果是比赛课件，应注明比赛日期。
- 版权：用以说明课件的版权归属人。
- 封面的背景图片或颜色要反应出课件的特色，对课件表述的内容要有帮助。
- 背景音乐：课件使用前应自动播放，进入使用时要停止。

5.1.2 课件封面的形式

课件封面的形式多样化，只要能体现课件设计开发人员的个人风格就可以了，但通常情况下有一些基本的要求。

（1）从外部引入的图片一定要与课件主题相吻合，不能太花哨，没有合适的图片时，先空起来比用与课件主题无关的图片效果好。

（2）课件封面上用的背景音乐是为了在课件使用前或在中间休息时，创设一种轻松的环境，所以一般不采用打击乐和摇滚乐之类的作品。

（3）文字的大小、字体、颜色要通用、醒目，特别是文字的颜色，一定要和背景颜色有非常大的区别，不能让人看起来有费劲的感觉。

（4）导航要醒目，不能让课件的使用者在界面上到处找入口。

总之，课件的封面，不仅要体现个人的风格，也要考虑到对使用者有足够的感染力和方便。

5.1.3 《完全平方公式化简》课件封面素材的制作

（1）打开办公套件中的 PowerPoint，选择"模板"下的"舞台幕布"，并处于放映状态。

（2）按 Ctrl 键不放，再按 Print 键，将屏幕复制下来，并将 PowerPoint 最小化。

（3）打开《完全平方公式化简》课件，选择"插入"菜单下的"场景"命令，增加新的"场景 2"。

（4）选择"编辑"菜单下的"粘贴"命令，将复制的屏幕"粘贴"到新增加的"场景 2"上，如图 5.1 所示。也可以用其他素材库中的图片，如果是其他图片，就选择"文件"菜单下的"导入"命令。

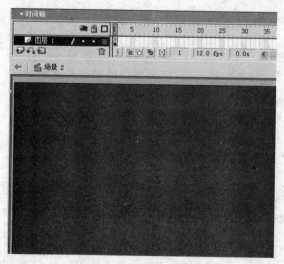

图 5.1 "粘贴"的课件封面背景

（5）制作"影片剪辑"七彩封面文字。

注意：这里有个新的知识点，"遮罩层"概念及应用。

① 选择"插入"菜单下的"新建元件"命令，在弹出的"创建新元件"对话框中，选择"影片剪辑"单选按钮，如图 5.2 所示，然后单击"确定"按钮。

② 单击"确定"按钮，弹出"影片剪辑"元件的编辑工作界面，如图 5.3 所示。可以看出，影片剪辑元件的编辑界面与主画面的唯一区别在于，一个是在"元件"编辑状态，而另一个则是在"场景"的工作编辑状态。

图 5.2　元件属性框

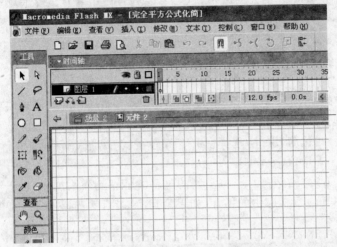

图 5.3　"元件"影片剪辑工作界面

③ 选择绘图工具栏上的"文本"工具"A"或"T"，在屏幕下方文字的"属性"面板设置字号为 55、字体为黑体、颜色为红色，在工作区内拖画一个文本框。

④ 在拖画的文本框内，输入文字"— 完全平方公式化简"，并选中时间轴的第 20 帧、按 F5 键"插入帧"，时间轴及输入的文本如图 5.4 所示。

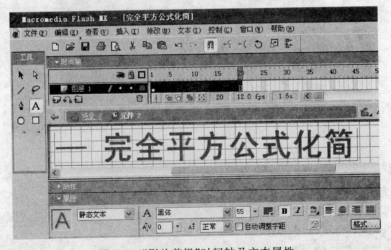

图 5.4　"影片剪辑"时间轴及文本属性

⑤ 单击"图层"面板上的增加"图层"按钮"＋"，增加一个新的图层，系统自动排序为

"图层 2"。

⑥ 选择绘图工具栏上的"矩形"工具,填充色选为七彩色,如图 5.5 所示。

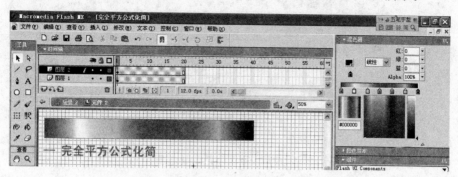

图 5.5　矩形的图层位置、彩色及时间轴

⑦ 在文字的上方画一个宽度稍大于文字,长度是文字的 2 倍的矩形,如图 5.5 所示。这是真正的彩色文字部分,只是通过遮罩的方式显示罢了。

⑧ 选中整个七彩矩形,选择"修改"菜单下的"组合"子命令,将七彩矩形组合。

⑨ 选中"图层 2"的第 10 帧,按 F6 键插入"关键帧",将七彩矩形拖动至文字左侧,直到把文字遮住为止,如图 5.6 所示。

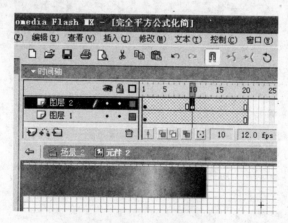

图 5.6　矩形向左移遮住文字

⑩ 选中"图层 2"的第 20 帧,按 F6 键插入"关键帧",将七彩矩形拖动至文字右边,直到把文字遮住为止,如图 5.7 所示。

⑪ 分别选择"关键帧"之前的那一帧,本"影片剪辑"是第 9 帧和第 19 帧。

⑫ 在屏幕下方的属性面板中,选择"补间"选项中的"动作"或"动画"。

⑬ 将鼠标指针移至"图层 1"上,按住鼠标左键不放,将"图层 1"拖动到"图层 2"的位置松开,与"图层 2"交换位置,使"图层 1"在"图层 2"的上面,如图 5.8 所示。

⑭ 右击"图层 1"面板,在弹出的下拉快捷菜单中,选择"遮罩层"子菜单命令,这样"图层 2"就被"图层 1"所遮罩,只显示出七彩文字,如图 5.8 所示。

⑮ 这样,一个七彩文字的"影片剪辑"动画就制作好了。

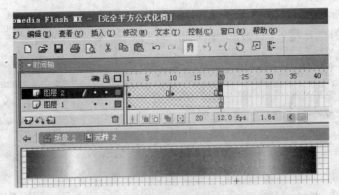

图 5.7 矩形向右移遮住文字

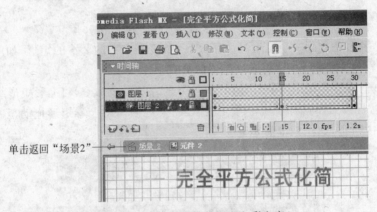

单击返回"场景2"——

图 5.8 交换的"图层"位置和七彩文字

注意：在"影片剪辑"的制作过程中，并没有使用 stop 命令或其他交互命令，目的是放置在封面上时能自动播放。在"影片剪辑"的制作过程中，同样可以添加各种交互命令，实现交互控制功能。

⑯ 单击"图层2"就退出"元件"影片剪辑的编辑界面，返回"场景2"。

（6）选择绘图工具栏上的"文本"工具，字体选白色，在界面上输入如图 5.9 所示的文字。这里可以根据自己的风格和计算机字库情况，选择自己喜爱的字体。

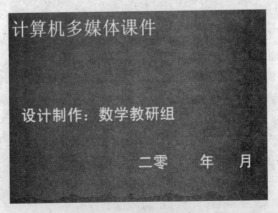

图 5.9 输入封面文字

（7）打开"窗口"菜单下的"元件库"子命令菜单，用鼠标左键从打开的库中拖出影片剪辑放置在界面上，如图5.10所示。

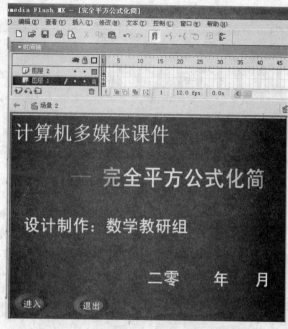

图5.10　放置在界面上的按钮和影片剪辑

（8）单击"图层"面板上的增加"图层"按钮"＋"，增加一个新的图层，系统自动排序为"图层2"，这个新的"图层2"是用来放置控制按钮的。

（9）用鼠标左键在已打开的"元件库"中，拖出两个按钮，放在界面的左下角，如图5.10所示。

（10）选择绘图工具栏上的"文本"工具，颜色设为白色，在按钮上输入相应的操作提示文字，如图5.10所示。

（11）选中"图层1"的第1帧，封面只有1帧。打开屏幕下方的"动作-帧"面板，如图5.11所示。

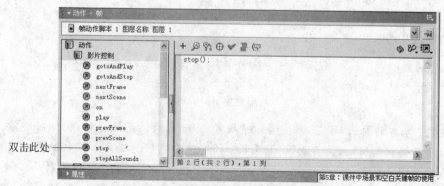

图5.11　为帧添加 stop 命令

（12）双击图 5.11 所示中的 stop 命令，该命令就自动添加到动作语句编写栏上了。

（13）用"箭头选取"工具选中"进入"按钮，打开屏幕下方的"动作-按钮"面板，如图 5.12 所示。

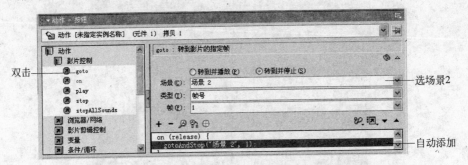

图 5.12　打开的"动作-按钮"面板及自动添加的语句

（14）双击如图 5.12 所示中的 goto 命令，在右边的选项中，选择"转到并停止"，在"场景"一栏选择"场景 2"，这样命令不用书写就自动添加到动作语句栏上了。

（15）用"箭头选取"工具选中"退出"按钮，打开屏幕下方的"动作-按钮"面板，在视图选项中，切换至"专家模式"，如图 5.13 所示。

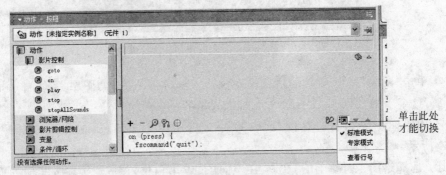

图 5.13　标准模式和专家模式切换

（16）先双击左边的 on 命令，再在右边的事件命令选项中选 press 或 release。

（17）输入 fscommand("quit");。

如果使用 Flash CS3 或 CS4 版本，这些动作语句在如图 5.14 所示的目录栏中书写，其语句格式及功能

```
On (press) {                    //鼠标单击时的事件命令+任务开始识别符
Fscommand("quit");              //退出命令
}                               //配对使用的识别符
```

注意：增加的封面"场景 2"，是排在"场景 1"后面的。系统在播放时，将会按照制作的先后顺序播放。因此，需要更改"场景"在影片中的顺序。刚才所设计的各项命令才会有正确的操作。

（18）选择"修改"菜单下的"场景"命令（在 Flash CS3 或其他新版本中，该命令在"窗口"菜单下的"其他面板"里），弹出"场景"修改面板，如图 5.15(a)所示。

语句版本选择 —— ActionScript 1.0 & 2.0

语句书写区

图 5.14 新版本的开发平台控制语句输入栏

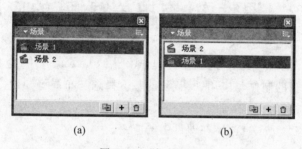

(a)　　　　　　(b)

图 5.15 "场景"面板

（19）用鼠标左键将"场景 1"拖动到"场景 2"的位置，如图 5.15(b)所示。

（20）再双击，将"场景 1"改为"场景 2"，"场景 2"改为"场景 1"，这样刚才书写的命令才是正确的。

（21）单击"场景 2"面板，进入"场景 2"界面（更改前为"场景 1"），用绘图工具栏上的"文本"工具，将按钮上原来的"退出"改为"返回"。

（22）用绘图工具栏上的"箭头选取"工具，单击"返回"按钮，打开屏幕下方的"动作-按钮"面板。

（23）双击 goto 命令后，按照图 5.16 所示选择设置语句命令。

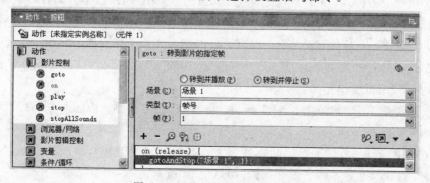

图 5.16 返回"场景 1"命令设置

至此，一个完整的《完全平方公式化简》课件就制作完毕了，从课件封面的制作过程和部分命令可知，封面上使用的"元件"影片剪辑，其实也是一个动画制作过程，只不过它是以"元件"的形式用于某一个帧上。控制语句看似复杂，其实很简单，只要会在复选框中正确的选择就可以了，该课件的输出与第4章中所介绍的相同，这里不再描述。

本节技术小结

1. 不同的教学内容，放置在不同的"场景"中来制作。

2. "元件"影片剪辑与主"场景"的动画制作相同。

3. 以 Flash MX 为平台开发课件时，一般的控制语句只是打开在"动作-按钮"面板后，进行正确的选择。

5.2　课件中"空白关键帧"的应用

本节通过文科课件《一剪梅》的制作过程，来介绍 Flash 课件中"空白关键帧"的应用，巩固"元件"影片剪辑的制作与应用、"图层"的基本概念与布局等知识。本课件的封面、艺术风格等内容可以根据自身学科的特点和教学风格去思考完善。这样为读者留出更多的发挥空间，集中讲解"空白关键帧"在课件中的应用。

5.2.1　素材分析与制作

对于文科课件，如果规划不好，就成了典型的将粉笔板书转换成电子板书，因此，素材的需求分析很重要，包括历史图片、风景图片、配音等。本课件意在制作技术的讲授，故素材方面没有刻意去选择，特别是配音朗读部分，留给读者的空间大，可根据自己的需要，配上为《一剪梅》所创作的歌曲和词的朗读。

(1) 封面图片选择，考虑到李清照是南宋时期的女词人，在她的中、晚年生活中充满着批评与凄凉，所以选择了一幅樱花作为封面图片进行反衬。

(2) 历史资料图片，由于李清照本人并未留下珍贵图片，所以选择图片时只能按象征意义来选取。

(3) 打开 Flash 软件，建立 Flash 文档文件，进入文档工作界面。

(4) 选择"插入"菜单下的"新建元件"命令，选取"影片剪辑"后，单击"确定"按钮，进入"影片剪辑"编辑工作界面。

(5) 用绘图工具栏上的"文本"工具，在"影片剪辑"工作界面内的下方，输入《一剪梅》词句，如图 5.17 所示。

(6) 选中"影片剪辑"图层时间轴的第 210 帧，插入"关键帧"，将词移至上方，之所以用 210 帧的长度，是为了便于配音朗读，如图 5.18 所示。

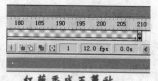

红藕香残玉簟秋，
轻解罗裳，独上兰舟；
云中谁寄锦书来？
燕子回时，月满西楼；
花自飘零水自流，
一种相思，两处闲愁；
此情无计可消除，
才下眉头，却上心头。

图 5.17　位于屏幕下方的词句　　　　图 5.18　"影片剪辑"的时间轴与文本

（7）打开屏幕下方的"属性"栏，选择"补间"选项中的"动作"或"动画"，从而形成向上的移动字幕。

（8）选中"影片剪辑"图层时间轴的第 200 帧，打开在屏幕下方的"动作-帧"面板，双击 stop 命令，使该"影片剪辑"从下移动至上方后，就停止在这个位置，作为主板书，保持到最后。

（9）在 Word 文档中，输入艺术字《一剪梅》，用复制/粘贴方式作为图片保存在 Flash 文件的元件库中，制作课件"主板书"时拖出来使用。

（10）参见 4.2.2 节的方法，制作控制按钮，保存在元件库中。

（11）单击"场景 1"图标，退出"影片剪辑"编辑状态，返回"场景 1"工作界面。

5.2.2　课件主要工作界面的制作思路

为了更好地讲清楚"空白关键帧"在课件中的应用和巩固"图层"的概念，本课件在构思时，沿用了主板书和副板书的书写方式。将词作为课件的主板书，保持在界面的左侧；将解析内容作为副板书，以动画形式在界面的右侧，通过控制按钮进行播放切换。

掌握知识点

（1）"空白关键帧"相当于一页新的界面，好比写作时一页纸写完之后，要换另一页新的空白纸一样。在 Flash 软件中"空白关键帧"就相当于一页新纸（界面）。所以在制作课件时，当所要描述的内容一页写不完时，就用插入"空白关键帧"的方式获得新的工作界面。

（2）"关键帧"与"空白关键帧"的区别。它们的共同点都是可以在帧上进行编辑内容，不同点是"空白关键帧"要切换界面，换成新界面，进行新内容的编辑，与前面的内容没有动画上的连续性。而"关键帧"则不切换界面，对前面的内容进行连续的编辑，也就是说，有动画动作的产生。

掌握了"关键帧"与"空白关键帧"的区别，在课件的开发中，什么时候用"关键帧"，什么时候用"空白关键帧"就心中有数了。

5.2.3 课件"封面"制作过程

返回"场景1"工作界面后,系统默认在"场景1"的"图层1"第1帧位置。

(1)选择"文件"菜单下的"导入"命令,分三次从素材库中导入外部图片,一张用作封面,另两张是象征李清照的人物图片,在外部导入图片时,导入的图片不仅工作区界面上有,"元件"库中也自动保存。

(2)先删除界面上的所有图片,清空界面,再打开"元件"库,用鼠标左键把李清照的人物照拖到界面上。右击图片,在弹出的下拉菜单中,选择"转换为元件"命令,目的是将"导入"的位图转换成"图形"元件(矢量图),以便调整属性,如图5.19所示。

图 5.19　将位图转成矢量图

(3)清空界面,重新用鼠标左键将"樱花"图片拖回界面上,调整大小,刚好能覆盖整个工作界面,再将已转成矢量图形的李清照人物图片拖出来,放在右上角,处于选中状态。

(4)打开屏幕下方的"属性"面板,将颜色下的 Alpha 值调到 50% 左右,如图5.20所示。

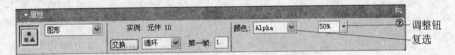

图 5.20　图片的 Alpha 值调整

(5)用绘图工具栏上的"文本"工具,字体、字号按个人的风格设置,在界面上输入封面文字,如图5.21所示。

注意:所作的内容只在"图层1"的第1帧上。

(6)单击"图层"面板上的增加"图层"按钮"＋",增加新的"图层2",并选中"图层2"的第2帧,按F7键,插入"空白关键帧","图层2"的第1帧空起来,不加任何内容。

(7)选中"图层2"的第2帧,用鼠标左键从库中将做好的"元件"影片剪辑拖出来,放置在第2帧上,稍靠近下方,留出一段从下至上的移动空间,如图5.22所示。

图 5.21　《一剪梅》课件的封面

图 5.22　"图层2"上第2帧放置的内容

注意：影片剪辑动画只在生成影片后才运行，在源文件中是不运行的。

(8) 再用鼠标左键从库中将导入的图片元件"梅竹"拖出来，放在界面的右侧，并将属性中的 Alpha 值调至 35％，作为背景之一，如图 5.22 所示。

(9) 同样用鼠标左键从库中将导入的图片元件《一剪梅》拖出来，放在界面的上方中央，如图 5.22 所示。

注意：这些内容作为主板书，在整个课件播放过程中始终要显示出来。

(10) 单击"图层"面板上的增加"图层"按钮"＋"，增加新"图层 3"，并选中"图层 3"的第 3 帧，按 F7 键插入"空白关键帧"，"图层 3"的第 1、第 2 帧空起来。

注意：第 1 帧的位置已被"图层 1"的封面所用，而"图层 2"第 2 帧的位置又被主板书所占据，并且要持续到最后。

(11) 用绘图工具栏上的"文本"工具，在"图层 3"的第 3 帧上输入副板书《作者介绍》及相关内容，如图 5.23 所示。

(12) 选中"图层 3"的第 60 帧，按 F6 键插入"关键帧"，从第 3 帧至第 60 帧的这段时间，是作为阅读《作者介绍》的时间，所以没有任何动作设定。

(13) 选中"图层 3"的第 130 帧，按 F6 键插入"关键帧"，将《作者介绍》等内容向右移出，形成副板书的移动动画，并在第 130 帧处，插入 stop 命令，即课件播放到此，就会停下来，留出足够的时间空间进行作者介绍和讲解，完成后再单击界面上的"下一步"按钮，才会继续播放。

副板书的制作思路：阅读时是静止方式，移出时是动画方式，中间的停止时间完全由操作者自己掌控。

(14) 选中"图层 3"的第 131 帧，按下 F7 键插入"空白关键帧"。

(15) 用绘图工具栏上的"文本"工具，在"图层 3"的第 131 帧上输入副板书《作者介绍》续的文本内容，如图 5.24 所示。

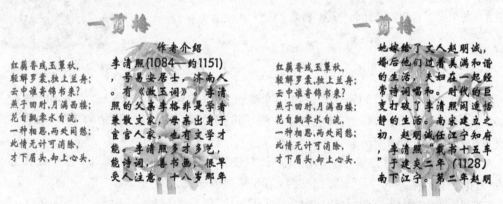

图 5.23　"图层 3"第 3 帧的内容　　　　图 5.24　"图层 3"第 131 帧的内容

(16) 选中"图层 3"的第 190 帧，按 F6 键插入"关键帧"，从第 132 帧至 190 帧间，不设置动画，作为阅读时间。

(17) 选中"图层 3"的 210 帧，按 F6 键插入"关键帧"，将副板书移至屏幕的上方界面后，再选中"图层 3"的 209 帧，打开屏幕下方的"属性"面板，选择"补间"选项中的"动作"，形成第2幅副板书的移动动画。

（18）选中"图层3"的第210帧，打开屏幕下方"动作-帧"面板，双击stop命令。目的是单击"下一步"按钮时，第3幅副板书才会出现。

（19）选中"图层3"时间轴的第211帧，按F7键插入"空白关键帧"。

（20）用绘图工具栏上的"文本"工具，在"图层3"的第211帧上输入副板书《作者介绍》的最后一段内容，如图5.25所示。

（21）选中"图层3"的第260帧，按F6键插入"关键帧"，从第211帧至第260帧间，不设置动画，同样作为阅读时间。

（22）选中"图层3"的第290帧，按F6键插入"关键帧"，先用主工具栏上的"缩放"工具，将副板书缩小后，移至屏幕的上方界面外后，再选中第289帧，打开屏幕下方的"属性"面板，在"补间"选项中选择"动作"，形成第3幅副板书的移动动画。

（23）选中"图层3"的第290帧，打开屏幕下方"动作-帧"面板，双击stop命令。目的是单击"下一步"按钮时，第4幅副板书就会出现。

（24）选中"图层3"的第291帧，按F7键插入"空白关键帧"。

（25）用鼠标左键从库中拖出李清照"美容"的图片，放在副板书的位置，如图5.26所示。

图5.25　"图层3"第211帧的内容　　　　　图5.26　"图层3"第291帧的内容

（26）选中"图层3"的第320帧，按F6键插入"关键帧"再选中图片，将Alpha值设为20%后，再选中第319帧。打开屏幕下方的"属性"面板，选择"补间"选项中的"动作"，形成第4幅副板书的渐变动画。

（27）打开屏幕下方的"动作-帧"面板，双击stop面板命令，为第321帧建立停止功能，目的是操作者单击"下一步"按钮时，第5幅副板书就会出现。

（28）选中"图层3"的第321帧，按F7键插入"空白关键帧"。

（29）用绘图工具栏上的"文本"工具，在"图层3"的第321帧上输入副板书《注释》内容，如图5.27所示。

（30）选中"图层3"的第355帧，按F6键插入"关键帧"，从第321帧至第355帧间，不设置动画，作为阅读时间。

（31）选中"图层3"的第380帧，按F6键插入"关键帧"，用主工具栏上的"缩放"工具，选中《注释》内容,用"移动+缩放"的方式,向左上方移出界面。

(32)选中"图层3"的第379帧,打开屏幕下方的属性面板,在"补间"选项中选择"动作",形成副板书向左上方弹出的动画过程。

(33)选中"图层3"的第380帧,打开屏幕下方的"动作-帧"面板,双击stop命令,为第380帧建立停止功能。

(34)选中"图层3"的第381帧,按F7键插入"空白关键帧"。

(35)用绘图工具栏上的"文本"工具,在"图层3"的第381帧上输入副板书《赏析》内容,如图5.28所示。

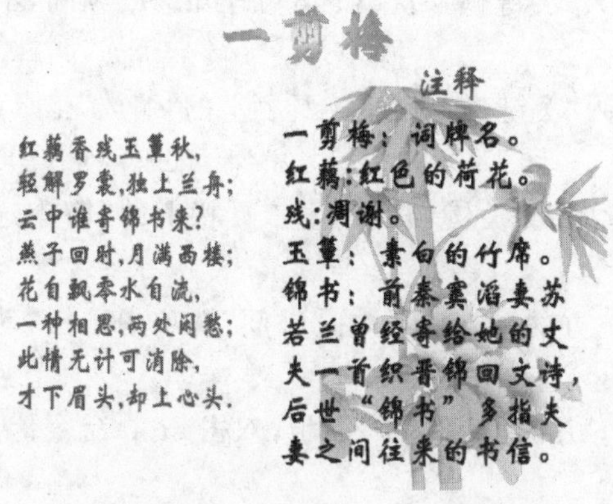

图5.27 "图层3"第321帧上的内容

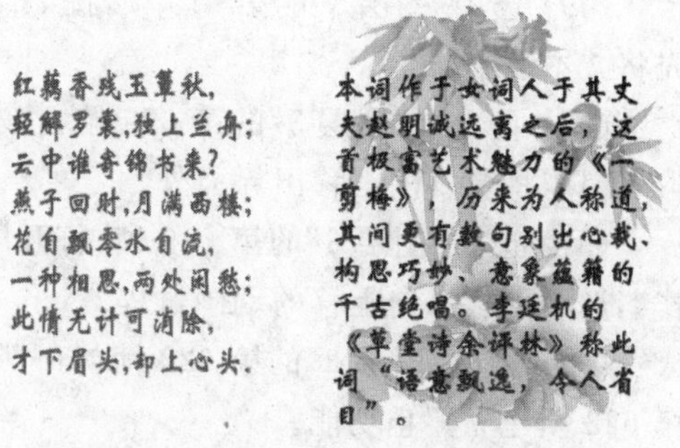

图5.28 "图层3"第381帧上的内容

(36)选中"图层3"时间轴的第420帧,按F6键插入"关键帧",从第381帧至第420帧间,不设置动画,作为阅读时间。

(37)选中"图层3"的第455帧,按F6键插入"关键帧",用绘图工具栏上的"箭头选取"工具,选中《赏析》的文本内容,向右方移出界面,形成向右移的移动动画。

(38)选中"图层3"的第454帧,打开屏幕下方的属性面板,在"补间"选项中选择"动作",形成副板书向右移的动画过程。

(39)选中"图层3"的第455帧,打开屏幕下方的"动作-帧"面板,双击stop命令,为第455帧建立停止功能。

(40)选中"图层3"的第456帧,按F7键插入"空白关键帧"。

(41)用绘图工具栏上的"文本"工具,在"图层3"的第456帧上输入副板书《赏析》的第2部分内容,如图5.29所示。

(42)选中"图层3"的第490帧,按F6键插入"关键帧"。从第456帧至第490帧间,不设置动画,作为阅读时间。

(43)选中在"图层3"的第545帧,按F6键插入"关键帧",用绘图工具栏上的"箭头选

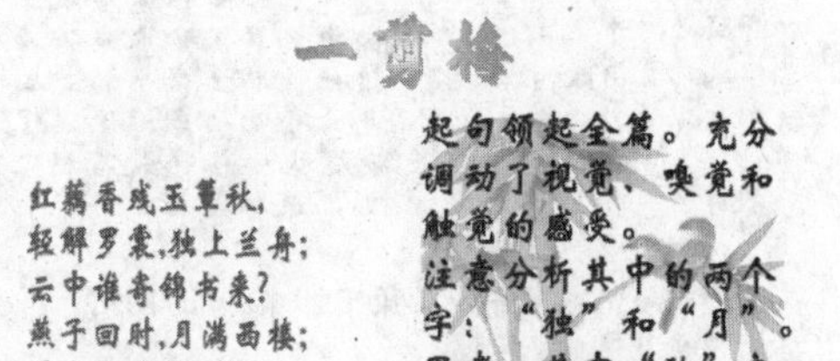

图5.29 "图层3"第456帧上的内容

取"工具,选中《赏析》内容,向上方移出界面。

（44）选中"图层3"的第544帧,打开屏幕下方的属性面板,在"补间"选项中选择"动作",形成副板书向上移的动画过程。

（45）选中"图层3"的第545帧,打开屏幕下方的"动作-帧"面板,双击stop命令,为第545帧建立停止功能。

（46）选中"图层3"的第546帧,按F7键插入"空白关键帧"。

（47）用绘图工具栏上的"文本"工具,在"图层3"的第546帧上输入副板书《意象与意境》内容,如图5.30所示。

（48）选中"图层3"的第595帧,按F6键插入"关键帧",从第546帧至第595帧间,不设置动画,作为阅读时间。

（49）选中"图层3"的第615帧,按F6键插入"关键帧",用主工具栏上的"缩放"工具,先将文本缩小。

（50）再选中"图层3"的第620帧,按F6键插入"关键帧",用主工具栏上的"箭头选取"工具,将文本向上移出界面外。

（51）选中"图层3"的第619帧,打开屏幕下方的属性面板,在"补间"选项中选择"动作",形成副板书向上移的动画过程。

（52）选中"图层3"的第620帧,打开屏幕下方的"动作-帧"面板,双击stop命令,为第622帧建立停止功能。

（53）选中"图层3"的第621帧,按F7键插入"空白关键帧"。

（54）用绘图工具栏上的"文本"工具,在"图层3"的第621帧上输入副板书"思考题"内容,如图5.31所示,并添入stop命令,为第621帧建立停止功能。

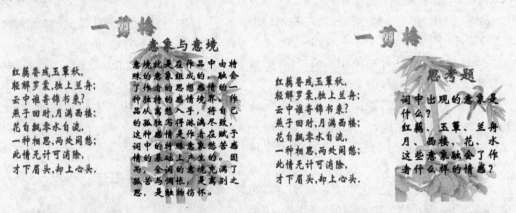

图5.30　"图层3"第546帧上的内容　　　　图5.31　"图层3"第621帧上的"思考题"

（55）选中"图层3"时间轴上的第622帧,按F7键插入"空白关键帧"。

（56）用绘图工具栏上的"文本"工具,在"图层3"的第622帧上输入副板书"选择题"内容。同样的为第622帧加入stop命令,建立停止功能。

　　说明：由于在本帧上的内容涉及"文本"的性质"输入文本",故留在后面章节中用专门的例题讲解制作。

(57) 单击"图层"面板上的增加"图层"按钮"＋",增加新"图层4"。

(58) 将制作好的"按钮"元件从库是拖出来,放置在界面上"图层4"的位置。

(59) 用绘图工具栏上的"文本"工具,在按钮上分别输入文字"停止"、"下一页"、"返回"等操作提示文字,如图5.32所示。

图 5.32　课件封面与时间轴

注意:在制作过程中,"图层1"只用了1帧,因为这是封面,课件运行后就不再显示,所以只用1帧。"图层2"是主板书,第1帧空,但第2帧的内容要显示到全部内容结束,所以"图层2"的时间轴,应该在第622帧处插入帧,或直接在622帧处按F5键,只有这样才能保持主板书内容的显示,时间轴的长短如图5.32所示。

(60) 为"停止"按钮添加控制命令,用绘图工具栏上的"箭头选取"工具,选中"停止"按钮,打开屏幕下方的"动作-按钮"面板。

(61) 双击"影片控制"下的stop命令。

(62) 为"下一页"按钮添加控制命令,同样用绘图工具栏上的"箭头选取"工具,单击"下一页"按钮,打开屏幕下方的"动作-按钮"面板。

(63) 双击"影片控制"下的play命令。

(64) 为"返回"按钮添加控制命令,同样是用绘图工具栏上的"箭头选取"工具,选中"返回"按钮,打开屏幕下方的"动作-按钮"面板。

(65) 双击"影片控制"下的goto命令,按图5.33所示的选项进行设置。

"返回"按钮的作用是返回第1帧,并停止在第1帧上。

(66) 该课件的影片输出格式与第4章中所介绍的相同,这里不再描述。

至此,一个完整的文科课件《一剪梅》就制作完毕了。在本例的制作中,封面没有用影

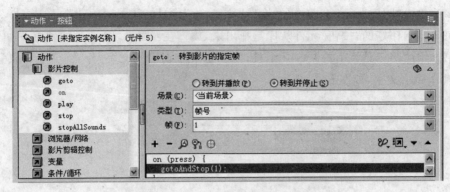

图 5.33 "返回"按钮的语句设置

片剪辑,而是在主画面中使用影片剪辑,与在封面中使用的不同是,在影片剪辑的最后一帧加入了 stop 命令,而封面中则是一直在自动播放。

本节技术小结

1. "空白关键帧"相当于一页新纸或新的界面使用,连续的文档教学内容当用一页无法写完时,用插入"空白关键帧"的方法来换页。

2. 控制语句其实很简单,只要学会打开"动作-按钮"面板,在右侧的语句编写区域进行正确的选择就行了。

3. 当使用 Flash CS3 或其他新的版本作为开发平台时,控制语句的编写仍按计算机语言的规则编写。

5.3 综合应用(电路与电流)

本节通过《电路与电流》课件的制作,来巩固提高"场景"、"影片剪辑"、"空白关键"和"关键帧"知识在课件设计制作中的综合应用。

5.3.1 课件的总体构思

内容分析:本节应包括电路的定义、电路的构成、电路的三种状态等主要内容。

"场景"布局:本课件有 3 个主体内容表现,因此分 3 个"场景"来分别进行描述,加上课件的封面,共 4 个"场景"要完成。

课件本身的目的:通过学习达到理解和掌握电路的工作原理,懂得如何防止触电。课件的总体结构如图 5.34 所示。

课件的素材需求分析:依据课件的总体结构和布局,课件封面上应该有代表电路性质的

图 5.34 电路课件的总体结构

背景图片、影片剪辑、按钮等主要素材。在课件主场景中应该有构成电路的开关、电路的负载(灯泡)和象征电流运动的电子等。

主场景分析:无论是从学科知识的传授或是从课件开发的角度讲,这个"场景"的内容都显得较为重要,不但要求内容精练,而且要把电路的概念表述清楚,所以,在这个场景规划时,电路用影片剪辑、控制按钮用文字的形式、对器件进行说明的"箭头"用影片剪辑、灯泡发光用逐帧动画。

5.3.2 课件的制作过程

1. 课件封面的制作

(1) 打开 Flash 软件,建立一个新的 Flash 文档文件,当进入工作界面后,选择"修改"菜单下的"文档"属性,将文档的背景色改为淡绿填充。

(2) 根据第 3 章介绍的绘图知识,用绘图工具栏上的"绘图工具",在界面上绘制具有象征意义的常用电工符号。画好所有符号后,全部选中选择"修改"菜单下的"组合"命令,并右击,在弹出的下拉菜单中,选择"转换成元件"命令,将屏幕下方属性面板中的 Alpha 值调为 25%,作背景图片,如图 5.35 所示。

(3) 再用绘图工具栏上的直线、椭圆和文本工具,画电压表、电流表、电池等符号,嵌入图中,如图 5.35 所示中的加亮部分。

(4) 用绘图工具栏上的"文本"工具,在封面上输入"计算机多媒体课件、电工教研室"等文字,字体、大小、颜色按自己的风格设定,如图 5.36 所示。

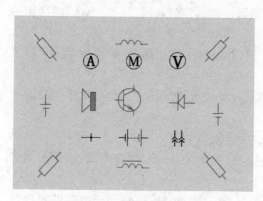

图 5.35　背景电路符号

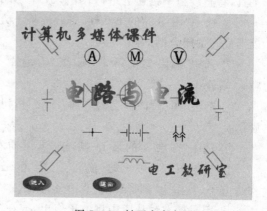

图 5.36　封面内容布置

(5) 参照 5.3.1 节的方法,制作影片剪辑标题《电路与电流》,并放置在背景层的中心位置,如图 5.36 所示。

(6) 参照 4.2.2 节,制作按钮元件的内容。

(7) 单击"图层"面板上的增加"图层"按钮"+",增加新的"图层 2"。这一层是用来放置控制按钮的,并用鼠标左键从"元件"库中把按钮拖出来,放置在屏幕的下方,用绘图工具栏上的"文本"工具,在按钮上输入"进入"、"退出"文字,如图 5.36 所示。

2. 电路及组成场景的制作

（1）选择"插入"菜单下的"场景"命令，增加新的"场景 2"，进入"场景 2"的工作区界面。

注意：系统默认在"场景 2"中"图层 1"的第 1 帧。

（2）电路影片剪辑的制作。

① 选择"插入"菜单下的"新建元件"命令，在弹出的"元件类型"复选框中，选择"影片剪辑"命令后，再单击"确定"按钮，进入"影片剪辑"工作编辑界面。

② 根据第 3 章介绍的绘图知识，用绘图工具栏上的绘图工具，在界面上绘制一个电路图，如图 5.37(a)所示。这是作为静止的图形，放在"图层 1"。

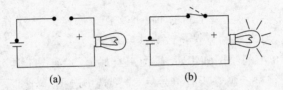

图 5.37　元件影片剪辑中的电路

③ 单击"图层"面板上的增加"图层"按钮"＋"，增加新的"图层 2"，作为开关的动画层（由于开关接通电路后就要保持接通状态，但接通的时间短，故只用 10 帧来做动画）。

④ 用绘图工具栏上的"直线"工具，在"图层 2"上画斜直线作为开关，不接通。

⑤ 选中"图层 2"的第 10 帧，按 F6 键插入"关键帧"，并用绘图工具栏上的"箭头选取"工具，将直线拖来接通电路，如图 5.37(b)所示。

⑥ 选中"图层 2"的第 9 帧，打开屏幕下方的属性面板，在"补间"选项中，选择"动作"，以形成开关闭合的动画。

⑦ 选中"图层 2"的第 90 帧，按 F5 键插入帧，此层第 1 帧至第 10 帧动画，第 11 帧至第 90 帧静止。

⑧ 单击"图层"面板上的增加"图层"按钮"＋"，增加新的"图层 3"，作为电子运动的动画层。

⑨ 选中"图层 3"的第 11 帧，按 F6 键插入"关键帧"。

⑩ 用绘图工具栏上的"椭圆"工具，填充色用红色渐变，按 Shift 键不放，画圆形图形作为电子，并作为"图形"元件保存于库中。

⑪ 用鼠标左键从库中将电子拖出，放在"图层 3"的第 11 帧，并且处于电源的正极位置，如图 5.38(a)所示。

注意：时间轴的第 1 帧至第 10 帧在"图层 2"中已被开关所用。

⑫ 选中"图层 3"的第 20 帧，按 F6 键插入"关键帧"，并将电子移动到上端。如图 5.38(b)所示，这是电子流动的第一段路径。

⑬ 选中"图层 3"的第 40 帧，按 F6 键插入"关键帧"，并将电子经开关移动到右端。如图 5.38(c)所示，这是电子流动的第二段路径。

⑭ 选中"图层 3"的第 50 帧，按 F6 键插入"关键帧"，再将电子移动到灯泡上方。如

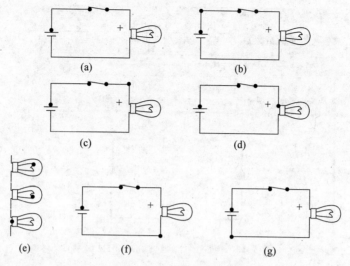

图 5.38　电子流动的路径

图 5.38(d)所示,这是电子流动的第三段路径。

⑮ 分别选中"图层 3"的第 51 帧、第 52 帧、第 53 帧,按 F6 键插入 3 次"关键帧",并将电子经灯丝移动至灯泡下方。如图 5.38(e)所示,这是电子在负载内部的移动过程。

⑯ 选中"图层 3"的第 60 帧,按 F6 键插入"关键帧",并将电子移动到下端。如图 5.38(f)所示,这是电子流动的第四段路径。

⑰ 选中"图层 3"的第 79 帧,按 F6 键插入"关键帧",并将电子移动到左端下方。如图 5.38(g)所示,这是电子流动的第五段路径。

⑱ 选中"图层 3"的第 88 帧,按 F6 键插入"关键帧",并将电子移动到电源负极,这是电子流动的第六段路径。

⑲ 选中"图层 3"的第 89 帧、第 90 帧,按 F6 键插入"关键帧",并将电子移动到电源正极,这是电子在电源内部的流动路径。

⑳ 分别选中"关键帧"87 帧、78 帧、59 帧、49 帧、39 帧、19 帧,在屏幕下方"属性"面板中,选择"补间"选项中的"动作",形成各段电子运动的动画。

㉑ 单击"图层"面板上的增加"图层"按钮"+",增加新的"图层 4",作为灯泡发光的动画层。

㉒ 灯泡发光应该从开关接通开始,即"图层 4"前 10 帧仍然空,选中第 10 帧,按 F6 键插入"关键帧",用"直线"工具,画长短不一的红色直线表示,采用逐帧动画方式,每间隔 2 帧,按 F_7 键插入"空白关键帧",以形成闪烁动画。

电路影片剪辑画面及时间轴,如图 5.39 所示。

(3) 按钮(文字)的制作。

技巧: 将按钮图形改用文字,其他方法与图形做法相同。

① 选择"插入"菜单下的"新建元件"命令,在弹出的"元件类型"复选框中,选择"按钮"命令后,单击"确定"进入"按钮"编辑界面。

② 在第 1 帧格上,用绘图工具栏上的"文本"工具,文字的属性为红色、字体为宋体、

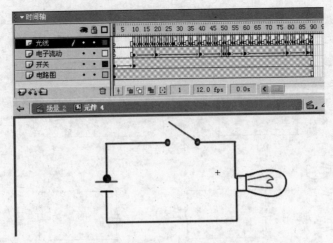

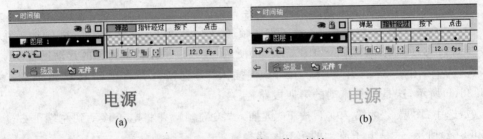

图 5.39　电路影片剪辑画面及时间轴

大小为 30，在界面上输入"电源"两个字，如图 5.40 所示，并按 F6 键进入第 2 帧格。

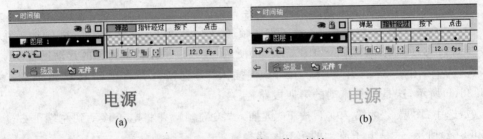

(a)　　　　　　　　　　　　　　　　(b)

图 5.40　文字按钮第 1、第 2 帧格

③ 在第 2 帧格上，将文字改为绿色后，连续按 3 次 F6 键，这样用文字"电源"作按钮的制作就了。

④ 参照"文字"按钮的作法，再创建以"控制器件"、"负载"等内容形式的文字按钮。

（4）箭头"影片剪辑"的制作

① 再选择"插入"菜单下的"新建元件"命令，在弹出的"元件类型"复选框中，选择"影片剪辑"后，再单击"确定"按钮，进入"影片剪辑"编辑界面。

② 在第 1 帧上，用绘图工具栏上的"直线"工具，直线的属性为红色，粗细为 2，画一个空心箭头。

技巧：为了画好箭头线，将界面的显示比例设置为 400。

③ 选中画好的箭头，选择"修改"菜单下的"组合"命令，将箭头组合为整体。

④ 选中第 6 帧，按 F6 键插入"关键帧"，将画好的箭头向前移动 1.5cm 左右，形成动画路径。

⑤ 选中第 5 帧，在屏幕下方的属性面板中，选取"补间"选项中的"动作"。

至此，本"场景"所需的"元件"全部制作完毕，单击"场景"面板上的"场景 2"，返回"场景 2"工作界面，此时停在"场景 2"的"图层 1"第 1 帧。

（5）用绘图工具栏上的"文本"工具，在界面的上方输入《电路的定义》及其文字内容，如图 5.41 的文本部分所示。

(6) 单击"图层"面板上的增加"图层"按钮"＋"，增加新的"图层 2"，并将制作好的库中"影片剪辑"元件拖出来，放置在文本内容的下方。如图 5.41 中电路部分所示。

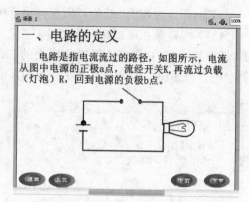

图 5.41 "场景 2"各层第 1 帧的内容

(7) 再单击"图层"面板上的增加"图层"按钮"＋"，增加新的"图层 3"，并将制作好的库中控制按钮拖出来，放置在电路的下方，如图 5.41 所示。

(8) 用"文本"工具，在按钮上输入相应的操作提示文字内容。

(9) 在"图层 1"的第 2 帧处按 F7 键插入"空白关键帧"，"图层 2"、"图层 3"的第 2 帧按 F5 键。

(10) 再单击(两次)"图层"面板上的增加"图层"按钮"＋"，增加新的"图层 4"、"图层 5"。

(11) 按住鼠标左键不放，将"图层 3"移到最顶，并双击"图层"名称，分别将"图层"名称改为"文字 1"、"电路"、"文字 2"、"文字按钮"、"图形按钮"。

(12) 选中重命名的"文字 2"层的第 2 帧，按 F6 键插入"关键帧"，并用绘图工具栏上的"文本"工具，在界面上输入如图 5.42 所示的文字，文字中的空隙是用来放置"文字"按钮的。

(13) 选中重命名的"文字"按钮层的第 2 帧，按 F6 键插入"关键帧"，将库中制作好的"文字"按钮拖出来，放置在"文字 2"层所留的空隙中间，如图 5.43 所示。

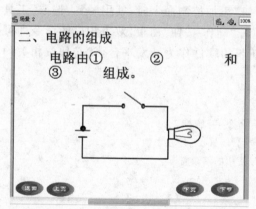

图 5.42 "文字 2"层的第 2 帧的内容

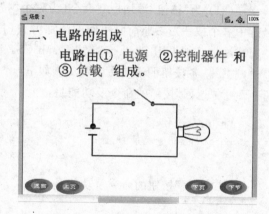

图 5.43 各层第 2 帧上放置的内容

(14) 在重命名的"文本 1"图层的第 3 帧处，按 F7 键"插入空白关键帧"。

(15) 用鼠标左键将库中的"空心箭头"影片剪辑元件拖出来，放在电源的左侧，调整好方向后，再用绘图工具栏上的"文本"工具，属性为红色、宋体、字号为 22，输入文字内容，如图 5.44 所示。

(16) 在其他"图层"的第 3 帧处，按 F5 键以补齐时间轴长度。

(17) 在重命名的"文本 1"图层的第 4 帧处,按 F7 键插入"空白关键帧"。

(18) 同样是用鼠标左键将库中的"空心箭头"影片剪辑元件拖出来,放在开关的下方,调整好方向后,再用绘图工具栏上的"文本"工具,属性为红色、宋体、字号为 22,输入文字内容。如图 5.45 所示,并在其他图层的第 4 帧处,按 F5 键以补齐时间轴长度。

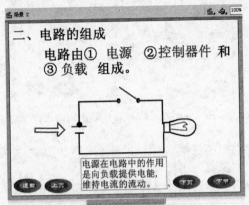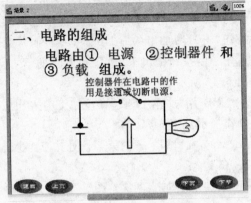

图 5.44　第 3 帧上的内容　　　　　　图 5.45　第 3 帧上的内容

(19) 在重命名的"文本 1"图层的第 5 帧处,按 F7 键插入"空白关键帧"。

(20) 同样是用鼠标左键将库中的"空心箭头"影片剪辑元件拖出来,放在开关的下方。调整好方向后,再用绘图工具栏上的"文本"工具,属性为红色、宋体、字号为 22,输入文字内容。并在其他图层的第 5 帧处,按 F5 键以补齐时间轴长度、内容及总的时间如图 5.46 所示。

(21) 为"按钮"添加控制命令(为哪个"按钮"添加控制命令时,就用"箭头选取"工具选中哪个按钮),参照前面两例的添加方式,打开"动作-按钮"面板,双击相应的命令即可完成添加。如果用 Flash CS3 或 Flash CS4 新版的软件作为开发平台,就必须按相关的规则书写,各按钮的语句命令及功能如下。

① "返回"按钮的命令及功能是:

```
On (perss) {                    //事件命令+开始符
gotoAndStop ("场景 1",1);        //跳转到"场景 1",停在 1 帧
}                               //配对使用的结束符
```

② "上页"按钮的命令及功能是:

```
On (perss){                     //事件命令+开始符
prevFrame();                    //上一帧
}                               //配对使用的结束符
```

③ "下页"按钮的命令及功能是:

```
On (perss) {                    //事件命令+开始符
nextFrame ();                   //下一帧
}                               //配对使用的结束符
```

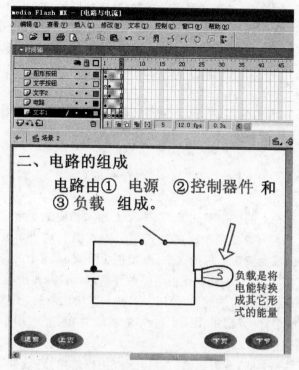

图 5.46 时间轴及第 5 帧的内容

④ "下节" 按钮的命令及功能是：

```
On (perss){                    //事件命令+开始符
gotoAndStop("场景 3",1);         //跳转到 "场景 3", 停在 1 帧
}                              //配对使用的结束符
```

⑤ "电源" 按钮的命令与下页相同, 都是向下移动一帧, 即：

```
On (perss) {                   //事件命令+开始符
nextFrame ();                  //下一帧
}                              //配对使用的结束符
```

⑥ "控制器件" 按钮的命令与下页也相同, 都是向下移动一帧, 即：

```
On (perss) {                   //事件命令+开始符
nextFrame ();                  //下一帧
}                              //配对使用的结束符
```

⑦ "负载" 按钮的命令及功能是：

```
On (perss) {                   //事件命令+开始符
gotoAndStop (5);               //跳转到第 5 帧停止
}                              //配对使用的结束符
```

(22) 最后为文件的开始帧和最后一帧添加 stop 命令, 以防止生成影片后自动播放。

可选择"文本1"图层的最后一帧和"图形"按钮的第1帧添加。

说明：大括号是命令格式，指机器执行到"{"时，任务开始，执行语句命令，当执行到"}"，表明一个任务结束。它们必须配对使用，有时把中间的内容称为函数体。

3. 电路的3种状态"场景"的制作

分析：从学科知识的角度讲，这个"场景"的内容主要是讲清楚电路的3种状态，特别是"短路"工作状态是不允许的，因此在"元件"中，还要制作一个电源的防"短路"标志。

(1) 选择"插入"菜单下的"场景"命令，增加新的"场景3"，进入"场景3"的工作区界面。

(2) 用绘图工具栏上的"文本"工具，在界面上输入相应的文字，如图5.47所示。并将库中的电路影片剪辑元件拖出来放在文字的下方，如图5.47所示。

(3) 并将库中的控制按钮元件拖出来，放置在如图5.47所示的位置。由于这一帧内容为电路的正常工作状态，它的知识点由电路影片剪辑元件与相应的文字就能表达清楚。

(4) 再单击"图层"面板上的增加"图层"按钮"+"，增加新的"图层2"。

(5) 双击"图层"名称，分别将"图层"名称改为"文本电路"、"图形按钮"，这层是专门用来放置控制按钮的。

(6) 用绘图工具栏上的"箭头选取"工具，选中图中的电路，选择"插入"菜单下的"转换成元件"命令，将其转换成图形"元件"(不影响库中的"影片剪辑")。

(7) 选中"文本电路"层的第2帧，按F7键插入"空白关键帧"。

(8) 用绘图工具栏上的"文本"工具，在界面上输入电路处于开路时的学科知识内容，并将转换成"图形"元件的电路拖出来放在文字的下方，如图5.48所示。

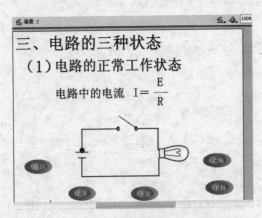

图 5.47 "文本电路"层和"图形按钮"层
第1帧的内容

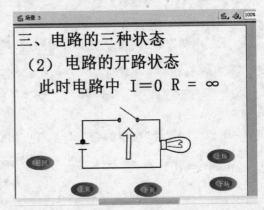

图 5.48 第 2 帧的内容

(9) 用鼠标左键，将库中的"空心箭头"影片剪辑元件拖出来放在开关处，形成电路处于开路的工作状态时的指示标记，如图5.48所示。

(10) 选中"文本电路"层的第2帧，按F7键插入"空白关键帧"。

（11）用绘图工具栏上的"文本"工具，在界面上输入电路处于短路时的学科知识文字内容，关键点内容用红字加重。

（12）并将转换成"图形"元件的电路拖出来放在文字的下方，如图5.49所示。

（13）用鼠标左键，将库中的短路"箭头"符号拖出来放在短路处，形成电路处于短路的工作状态的指示标记符，如图5.49所示。

（14）为各控制按钮添加语句命令，添加方法与"场景2"相同，各控制按钮的命令语句与功能分别是：

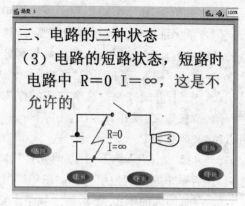

图 5.49　第 3 帧的内容

①"返回"按钮的命令与功能是：

```
On (preass) {                    //事件命令+开始符
gotoAndStop("场景 1",1)          //跳转到"场景 1"，停在 1 帧
}                                //配对使用的结束符
```

②"上场"按钮的命令与功能是：

```
On (preass) {                    //事件命令+开始符
gotoAndStop("场景 2",1)          //跳转到"场景 2"，停在 1 帧
}                                //配对使用的结束符
```

③"下场"按钮的命令与功能是：

```
On (preass) {                    //事件命令+开始符
gotoAndStop("场景 4",1)          //跳转到"场景 4"，停在 1 帧
}                                //配对使用的结束符
```

④"上页"按钮的命令与功能是：

```
On (preass) {                    //事件命令+开始符
prevFrame ();                    //上一帧
}                                //配对使用的结束符
```

⑤"下页"按钮的命令与功能是：

```
On (preass) {                    //事件命令+开始符
nextFrame ();                    //下一帧
}                                //配对使用的结束符
```

（15）最后分别为第 1 帧和最后一帧添加停止命令，防止生成影片后自动播放。选中"图形按钮"层的第 1、第 3 帧，打开屏幕下方的"动作-帧"面板，在语句目录栏双击 stop 命令后，该命令就添加到时间轴的帧上了。

4．思考题"场景"的制作

思考题"场景"的制作技术适合于任何学科，任何层次的课件开发，除了使用前面使用过的基本语句外,还主要应用到了条件语句,尽管在第 1 章做过介绍,但相对来说,稍难一点。但为了保证本例的模板性和完整性,这个场景的内容是完整的,在借用时,只需将题目的具体内容作相应的更改,程序语句部分保留,就可放心的使用。

(1) 选择"插入"菜单下的"场景"命令,增加新的"场景 4"。

(2) 先制作"暗按钮",这个按钮的作用是在进行选题操作时,表面是在选题,实质是进行单击"按钮"的动作,而且这个"暗按钮"只在源文件中显示,生成影片后是看不见的,所以称为"暗按钮"。

① 选择"插入"菜单下的"新建元件"命令,在弹出的"元件类型"选项中,选择"按钮"选项,然后单击"确定"按钮,进入"按钮"元件的编辑工作界面。

② 在时间轴的第 1、第 2、第 3 帧格上,什么都不用做,直接按 F6 键,插入 3 次"关键帧",如图 5.50(a)所示,自动跳至第 4 帧格。即"点击"帧格上。

(a) 前 3 帧空白

(b) 第 4 帧格上作图

图 5.50 "暗按钮"的制作过程

③ 在"点击"帧格上,用绘图工具栏上的"矩形"工具,在界面内画一个大小合适的矩形,只要能遮盖题目就行了,如图 5.50(b)所示。

(3) 单击"场景 4"图标,返回"场景 4"的工作界面。

(4) 用绘图工具栏上的"文本"工具,在工作界面上输入如图 5.51 所示的文字,此时文字的性质为静态文本,而且放在"图层 1"的第 1 帧上。

(5) 用绘图工具栏上的"文本"工具,文字的性质为静态文本,在界面上输入小括号。

注意:小括号中间的空位是用来显示所选题号和答案的,所以不能在一个文本框中输入完,只能先左,再右彼此独立,绝不能在"静态文本框"中套用"动态文本框"。

(6) 单击"图层"面板上的增加"图层"按钮"+",增加新的"图层 2",将库中的控制按钮拖出来放在屏幕的下方,如图 5.51 所示,并输入相应的操作提示文字。

(7) 界面中"动态文本框"的制作。

① 选择绘图工具栏上的"文本"工具,字号大小选 25 左右,在"图层 1"的第 1 帧上的位置先画两个文本框。

② 先选中左面的文本框,打开屏幕下方的"属性"面板,如图 5.52 所示。

③ 在文本类型一栏,选择"动态文本";在

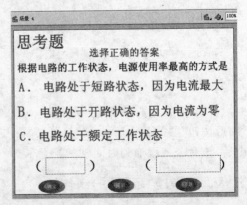

图 5.51 第 1、2 层第 1 帧的内容

更改文本
的性质

此处输入
变量名

图 5.52　文本框属性设置

变量一栏,输入"k1"。这个"k1"是为文本框所命名的名字如图 5.52 所示。

④ 再选中右面的文本框,同样在文本类型一栏中,选择"动态文本";在变量一栏中,输入"k2",这是为第 2 个文本框起的名字。

(8) 再单击"图层"面板上的增加"图层"按钮"＋",增加新的"图层 3",将库中的"暗按钮"拖出来放在题目的上面,如图 5.53 所示。这里,"暗按钮"又单独占了一个"图层"。前面也讲到,这样处理的目的是,当选择题目时,表面上是在选题目,实质是在单击"按钮",这个"按钮"只是操作者看不见而已。

加深处为源文件
中的 "暗按钮"

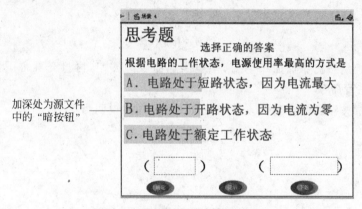

图 5.53　"暗按钮"放在题目的上面

(9) 为"暗按钮"添加命令,这个命令相对简单,只完成操作者在选题时,能在"动态文本框 k1"中显示所选的题号就可以了。

① 用绘图工具栏上的"箭头选取"工具,先选中 A 题上的"暗按钮"后,打开屏幕下方的"动作-按钮"面板,在动作语句的视图选项中,切换至"专家模式",输入如图 5.54 所示语句。如果是 Flash CS3 等其他的版本,直接在语句栏书写,无需切换。

各选题"暗按钮"的命令语句及功能是:

② A 题"暗按钮"的命令及功能是:

```
on (press) {            //事件命令+开始符
  k1="A";               //将"A"给 k1
}                       //配对使用的结束符
```

③ B 题"暗按钮"的命令及功能是:

```
on (press) {            //事件命令+开始符
  k1="B";               //将"B"给 k1
```

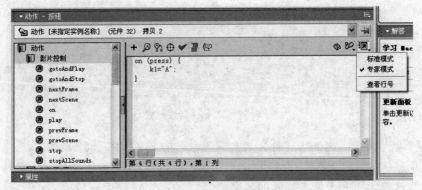

图 5.54　选题语句

```
}                                    //配对使用的结束符
```

④ C 题"暗按钮"的命令及功能是：

```
on (press) {                         //事件命令+开始符
k1="C";                              //将"C"给 k1
}                                    //配对使用的结束符
```

(10) 为控制按钮添加命令，先选中要添加命令的按钮，再打开屏幕下方的"动作-按钮"面板，再书写命令。

① "确定"按钮的命令如图 5.55 所示，文字及功能说明为：

```
on(press){                           //事件命令+开始符
if(k1=="C"){                         //如果 k1=C 的话
k2="正确";                           //k2 就显示"正确"
}
else k2="错了";                      //否则 k2 就显示"错了"
}                                    //配对使用的结束符
```

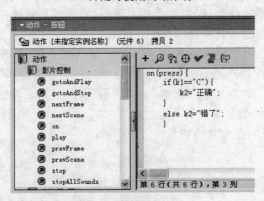

图 5.55　"确定"按钮的命令

② "提示"按钮的命令和功能为：

```
on(press){                           //事件命令+开始符
```

```
    k2="C";                        //将 C 给 k2
}                                  //配对使用的结束符
```

③ "下一题"按钮的命令和功能为：

```
on(press){                         //事件命令+开始符
    nextFrame();                   //下一帧
}                                  //配对使用的结束符
```

(11) 选中"图层 1"的第 2 帧,按 F7 键插入"空白关键帧"。在这帧上输入如图 5.56 所示的文字内容,同样也画两个"动态文本框"。"动态文本框的"变量(名称)分别是 k3 和 k4,小括号只能先左后右再彼此独立。

(12) 选中"图层 2"的第 2 帧,按 F7 键插入"空白关键帧",将库中的"暗按钮"拖出来放在题目的上面,如图 5.56 所示。

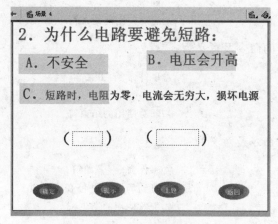

图 5.56　第 2 帧的内容

(13) 选中"图层 3"的第 2 帧,按 F5 键插入帧,这是总的控制层。

① A 题"暗按钮"的命令及功能是：

```
on(press) {                        //事件命令+开始符
  k3="A";                          //将"A"给 k3
}                                  //配对使用的结束符
```

② B 题"暗按钮"的命令及功能是：

```
on (press) {                       //事件命令+开始符
k3="B";                            //将"B"给 k3
}                                  //配对使用的结束符
```

③ C 题"暗按钮"的命令及功能是：

```
on (press) {                       //事件命令+开始符
k3="C";                            //将"C"给 k3
}                                  //配对使用的结束符
```

（14）为控制按钮添加命令，先选中要添加命令的按钮，打开屏幕下方的"动作-按钮"面板，再书写命令。

① "确定"按钮的命令及意义为：

```
on(press){                    //事件命令+开始符
    if(k3=="C"){              //如果 k3 里面显示的是 C
        k4="正确";            //k4 处就显示"正确"
    }else k4="错了";          //否则,k4 就显示"错了"
    }                         //配对使用的结束符
```

② "提示"按钮的命令及意义为：

```
on(press){                    //事件命令+开始符
    K3=" ";                   //k3 里面清空
    k4="C ";                  //k4 显示 C
}                             //配对使用的结束符
```

③ "上一题"按钮的命令及意义为：

```
on(press){                    //事件命令+开始符
    prevFrame();              //上一帧
}                             //配对使用的结束符
```

④ "返回"按钮的命令及意义为：

```
on (release) {                //事件命令+开始符
gotoAndStop("场景 1",1);      //跳到场景 1,并停在第 1 帧上
}                             //配对使用的结束符
```

本节技术小结

在本例中，除了多次使用到前面反复使用过的简单交互语句外，还新增加了一条控制语句，只要认真分析语句的意义及功能就可以发现，这些语句其实是将自然语言转换成了计算机能够识别和处理的语言。所谓计算机能识别和处理，就是按计算机的要求去表述自然语言的目的和过程罢了。

上 机 练 习

1. 为课件《电路与电流》再增加 3 道选题。

2. 参照 5.3 节"思考题"场景中的语句命令，为课件《一剪梅》添加一个新的场景，并制作 3 至 5 道选择题，能对选择结果的正确或错误实现自动判断。

3. 用绘图工具栏的"铅笔"工具和"颜料桶"工具，学习绘制人物图像。

第 **6** 章 引导层、遮罩层、声音的引入

本章学习要点:

• 引导层、遮罩层在课件中的应用、声音的导入与同步

巩固的知识点:

• 关键帧技术、图层、场景的应用、简单语句的书写

6.1 引导层的基本应用原理

本节的学习要点:被引导对象始点和终点的设置。

所谓引导,就是开发制作课件中的某个对象,按照预设的轨迹去运动。比如说物理课件中的《平抛运动》、《衰减振荡》、《电解原理》中的物质运动、军事模拟中的《飞行器拦截》等,都是利用软件提供的引导技术来进行仿真和创设实验情景的,下面先通过简单的引导应用,来说明引导层的功能和原理,然后逐步引向课件应用。

6.1.1 简单的圆周运动制作

要点:始点与终点的设置。

条件:被引导的对象一定是图形"元件"。

(1)打开 Flash 软件,建立一个 Flash 文档文件,进入文档工作界面。

(2)用绘图工具栏上的"椭圆"工具,填充色用红色渐变,按 Shift 键不放,在界面上画一个直径约 1cm 左右的球体。

(3)用绘图工具栏上的"箭头选取"工具,选中球体的边线,按 Del 键删除。

(4)再用绘图工具栏上的"箭头选取"工具,选中球体,先选择"修改"菜单下的"组合"命令,组合后再选择"插入"菜单下的"转换成元件"命令,在弹出的"元件类型"复选框中,选择"图形"选项后,单击"确定"按钮。

(5)单击"图层"面板上的增加"引导层"按钮,增加一个"引导层",如图 6.1 所示。

(6)选中"引导层"的第 1 帧,用绘图工具栏上的"椭圆"工具,在界面上画一个直径约 10×6cm 左右的椭圆。

图 6.1 增加引导层

（7）用"箭头选取"工具，选中椭圆的填充色部分，按 Del 键删除，保留边线，作为引导线。

（8）用绘图工具栏上的"橡皮"工具，在边线上的任何位置，擦出一个很小的口子。

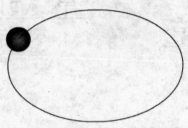

（9）选中"图层 1"的第 1 帧，将球体拖放在"引导层"边线的一个端点上，如图 6.2 所示。

（10）选中"图层 1"的第 50 帧，按 F6 键插入"关键帧"，此时需在"引导层"第 50 帧处按 F5 键插入帧，否则看不见引导线，生成影片后，引导线是不显示的。

图 6.2　放在引导线端点上的球体

（11）用"箭头选取"工具，按住鼠标左键不放，将球体拖住，沿引导线走一周，止于引导线的另一端点上。

（12）选中"图层 1"的第 49 帧，打开屏幕下方的"属性"面板，选择"补间"选项中的"动作"或"动画"，以形成圆周运动，如图 6.3 所示。

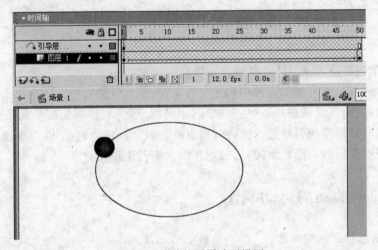

图 6.3　简单的圆周动画界面

6.1.2　衰减振荡

衰减振荡是物理学科中经常出现的一个名词，比如说，声音是随距离的延长幅度而越来越小的波，这是典型的衰减振荡。

要点：1. 被引导对象始点与终点的设置；2. 被引导的对象一定是图形"元件"。

（1）仍用绘图工具栏上的"椭圆"工具，填充色用红色渐变，按住 Shift 键不放，在界面上画一个直径约 1cm 左右的球体。

（2）同样用绘图工具栏上的"箭头选取"工具，选中球体的边线，按 Del 键删除。

（3）再用绘图工具栏上的"箭头选取"工具，选中球体，先选择"修改"菜单下的"组合"命令，组合后再选择"插入"菜单下的"转换成元件"命令（也可以右击该球体），在弹出的"元件类型"复选框中，选择"图形"选项后，单击"确定"按钮。

（4）单击"图层"面板上的增加"运动引导层"按钮,增加一个"引导层",如图 6.1 所示。

（5）用绘图工具栏上的"直线"工具,先在"引导层"工作界面上画一条长直线,再在纵向上画多条间隔线段,如图 6.4(a)所示(这是绘制衰减正弦波的技巧)。

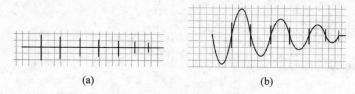

(a) (b)

图 6.4 衰减引导线的绘制

（6）用绘图工具栏上的"箭头选取"工具,向上、向下顶出波峰,如图 6.4(b)所示。

（7）用绘图工具栏上的"箭头选取"工具,选中纵向线段,按 Del 键删除。

（8）选中"图层 1",将球体拖至引导线的左端点。

（9）选中"图层 1"的第 100 帧,按 F6 键插入"关键帧",同时在"图层 2"的第 100 帧处按 F5 键插入帧,目的是能显示引导线,否则将看不见。

（10）选中"图层 1"的第 100 帧,将球体沿引导线拖至引导线的右端点。

（11）选中"图层 1"的第 99 帧,打开屏幕下方的"属性"面板中,选择"补间"选项中的"动作"或"动画",以形成衰减运动动画,如图 6.5 所示。

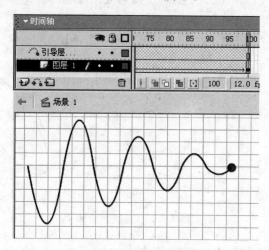

图 6.5 衰减振荡动画界面

6.2 物理课件——平抛运动

教材分析:根据学科知识要求,通过平抛物体的实验,提示两个概念:一是物体在平抛的过程中,在水平方向作直线匀速运动;二是在下降过程中,作垂直方向的自由落体运动,验证一个特点,不管在水平方向的速度如何,都不影响垂直方向的自由落体运动。

课件的总体构思:为了实现学科知识对课件的要求,紧扣"引导层"的应用,课件应采用多层引导技术,即在画面上应该有 3 个动画同时出现,代表 3 个水平方向不同速度的物体。同时,为了体现课件的主体,在课件的封面上也采用引导技术制作影片剪辑。

6.2.1　封面制作

1. 封面素材

(1) 建立 Flash 文档后,选择"插入"菜单下的"新建元件"命令,在弹出的"元件类型"复选框中,选择"影片剪辑"选项后,单击"确定"按钮,进入"影片剪辑"编辑工作界面。

(2) 用绘图工具栏上的"椭圆"工具,填充色用红色渐变,在界面内画一个直径为 1cm 左右的红色球体。

(3) 用绘图工具栏上的"箭头选取"工具,选中球体的边线,按 Del 键将边线删除。

(4) 用绘图工具栏上的"箭头选取"工具,选中球体,选择"修改"菜单下的"组合"命令,将球体组合并处理于选中状态。

(5) 再选择"插入"菜单下的"转换成元件"命令,转换成图形"元件",以便引导。

(6) 单击"图层"面板上的增加"运动引导层"按钮,增加一个"引导层"。

(7) 用绘图工具栏上的"椭圆"工具,边线用红色,在界面内"引导层"上画一个直径为 14 格的红色球体,并删除填充色,保留边线,用绘图工具栏上的"任意变形"工具,调整为如图 6.6(a)所示的向右斜,再用"橡皮"工具擦出一个小口,如图 6.6(a)所示。

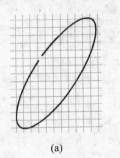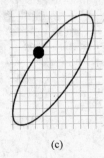

|(a)|(b)|(c)|

图 6.6　引导线与球体

(8) 选中"引导层"的第 100 帧,按 F5 键插入帧。

(9) 选中"图层 1"的第 1 帧,将红色球体拖放在"引导线"开口处的下方端点上,如图 6.6(b)所示。

(10) 选中"图层 1"的第 100 帧,按 F6 键插入"关键帧",然后用鼠标左键拖住球体,沿引导线绕行至开口处的上一端点,如图 6.6(c)所示。

(11) 选中"图层 1"的第 99 帧,打开屏幕下方的"属性"面板,在"补间"选项中,选择"动作"或"动画"。

重复上述步骤(1)~(11),制作另外两个影片剪辑,在上述步骤(7)时的引导线斜的方向和球体的颜色有所区别,如图6.7(a)和(b)所示。

至此,封面的影片剪辑就制作完毕,单击"场景1"图标,返回"场景1"的工作界面,进入封面影片剪辑组装及相应的文字输入。

2. 封面制作

(1)用鼠标左键将制作好的3个影片剪辑拖出,按图6.8所示的大小、位置放置。

(2)用绘图工具栏上的"文本"工具,输入图6.8所示的标题文字。

(3)单击"图层"面板上的增加"图层"按钮,增加一个新的"图层2"。

(4)参见4.2.2节,制作好控制"按钮"并放置在屏幕的下方,用"文本"工具在按钮上输入相应的操作提示文字,如图6.8所示。

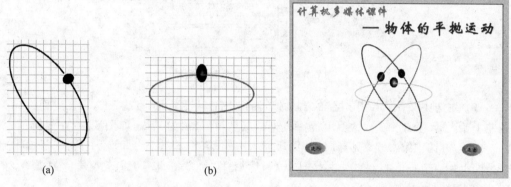

图6.7 封面的第2、第3引导方向   图6.8 物体平抛运动课件的封面

6.2.2 课件主场景的制作

在课件的主场景中,作为平抛物体的3个不同颜色的球体已转成"元件",自动保存在库中,可以重复使用,因此不再制作。

(1)选择"插入"菜单下的"场景"命令,增加一个新的"场景2",此时系统默认在"场景2"的"图层1"的第1帧位置,作第1个平抛物体的动画层。

(2)单击"图层"面板上的增加"运动引导层"按钮,增加一个"引导层",作为第1个平抛下落球体的引导线。

(3)单击"图层"面板上的增加"图层"按钮,增加一个新的"图层3",用来作第2个平抛物体的动画。

(4)单击"图层"面板上的增加"运动引导层"按钮,再增加一个"引导层",用来引导第2个平抛下落的球体。

(5)单击"图层"面板上的增加"图层"按钮,增加一个新的"图层5",用来作第3个平抛球体的动画。

(6)单击"图层"面板上的增加"运动引导层"按钮,再增加一个"引导层",用来引导第3个平抛下落的球体。

（7）单击"图层"面板上的增加"图层"按钮，增加一个新的"图层 7"，用来作引导后的文字结论和引导物体的运动轨迹。

（8）单击"图层"面板上的增加"图层"按钮，增加一个新的"图层 8"，用来放置控制按钮。

主场景总的图层数与对应的时间轴，如图 6.9 所示。

图 6.9　课件主场景的图层排列

（9）先选中第 1 个"引导层"的第 1 帧，用绘图工具栏上的"直线"工具，在界面上画一条左上始，右下止的斜线，然后用"箭头选取"工具，将其顶为弧线，如图 6.10 左线所示。

（10）再选中第 2 个"引导层"的第 1 帧，用绘图工具栏上的"直线"工具，在界面上画一条左上始，右下止的斜线（注意间隔）。然后用"箭头选取"工具，将其顶为弧线，如图 6.10 中线所示。

（11）再选中第 3 个"引导层"的第 1 帧，用绘图工具栏上的"直线"工具，在界面上画一条左上始，右下止的斜线（注意间隔），然后用"箭头选取"工具，将其顶为弧线，如图 6.10 右线所示。

（12）分别选中 3 个引导层的第 100 帧，按 F5 键插入帧。

（13）按住 Shift 键不放，用鼠标左键，将 3 条引导线同时选中，选择"编辑"菜单下的"拷贝"命令，复制这 3 条引导线。

（14）再选中"图层 7"的第 1 帧，选择"编辑"菜单下的"粘贴到当前位置"命令。

（15）将图层 1 至图层 6 图标的"眼睛"关闭，只留"图层 7"可见。

（16）分别选中 3 条引导线，在屏幕下方的"属性"面板中，将线型改为虚线，作为被引导物体的轨迹，如图 6.11 所示。

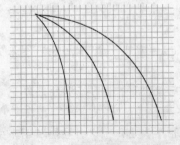

图 6.10　各引导层的引导线

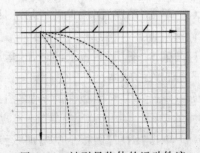

图 6.11　被引导物体的运动轨迹

（17）再用绘图工具栏上的"直线"工具，在界面上画出水平方向和垂直方向的箭头线，如图6.11所示。

（18）选中"图层7"的第100帧，按F5键插入帧。

（19）选中"图层1"的第1帧，用鼠标左键将库中的"蓝色"球体拖出来，放在第1个"引导层"的始点上，如图6.12（a）所示。

（20）选中"图层1"的第100帧，按F6键插入"关键帧"，用鼠标左键将"蓝色"球体拖至引导线的止点，如图6.12（b）所示。

（21）选中"图层1"的第99帧，打开屏幕下方"属性"面板，在"补间"选项中，选择"动作"或"动画"，完成第1个引导动画。

（22）选中"图层3"的第1帧，用鼠标左键将库中的"红色"球体拖出来，放在第2个"引导层"的始点上，如图6.12（a）所示。

（23）选中"图层3"的第100帧，按F6键插入"关键帧"，用鼠标左键将"红色"球体拖至引导线的止点，如图6.12（b）所示。

（24）选中"图层3"的第99帧，打开屏幕下方的"属性"面板，在"补间"选项中，选择"动作"或"动画"，完成第2个引导动画。

（25）选中"图层5"的第1帧，用鼠标左键将库中的"绿色"球体拖出来，放在第3个"引导层"的始点上，如图6.13（a）所示。

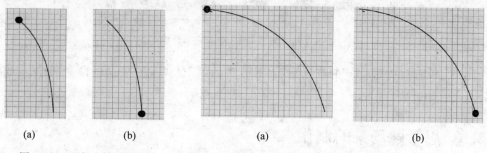

(a)	(b)	(a)	(b)

图6.12　蓝色球体的引导　　　　　　图6.13　第3个引导物体

（26）选中"图层5"的第100帧，按F6键插入"关键帧"，用鼠标左键将"绿色"球体拖至引导线的止点，如图6.13（b）所示。

（27）选中"图层5"的第99帧，打开屏幕下方的"属性"面板，在"补间"选项中，选择"动作"或"动画"，完成第3个引导动画。

（28）选中"图层7"的最后一帧，按F6键插入"关键帧"，本帧虽没有动画，但要在最后引导动画动作完成后，显示结论，所以需用"关键帧"。

（29）用绘图工具栏上的"文本"工具，在"引导线"的左、右两侧输入如图6.14所示的结论性文字内容。

（30）选中"图层8"的第1帧，用鼠标左键将库中的控制按钮元件拖出来，放在屏幕的下方，如图6.14所示界面的下方位置。

（31）用绘图工具栏上的"文本"工具，属性为：隶书、18、蓝色，分别在按钮上输入"播放"、"停止"、"慢放"、"慢退"、"思考"等操作提示性文字，如图6.14所示。

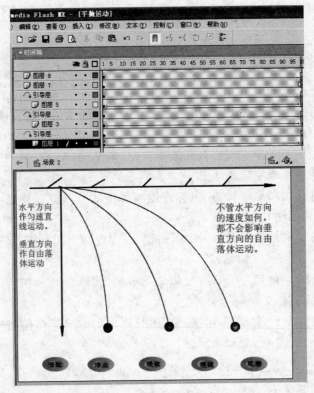

图 6.14 "场景 2"的整体工作界面

(32) 分别选中"图层 3"的第 1 帧和"图层 7"的第 100 帧,添加 stop 命令,确保生成影片后不会自动播放。

6.2.3 思考题场景的制作

(1) 选择"插入"菜单下的"场景"命令,增加一个新的"场景 3",此时"场景 3"默认在"图层 1"的第 1 帧。

(2) 用绘图工具栏上的"文本"工具,在画面上输入两道思考题,如图 6.15 所示。

(3) 单击面板上的增加"图层"按钮,增加一个新的"图层 2",用来放置控制命令按钮,如图 6.15 所示。

(4) 选中"图层 1"的第 1 帧,打开屏幕下方的"动作-帧"面板,在语句目录栏双击 stop 命令,保证课件文件在生成影片后不会自播放。

至此,物体的平抛运动课件的主要制作工作就结束了。

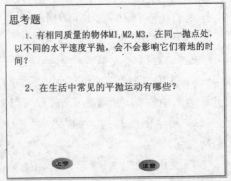

图 6.15 "场景 3"的工作界面及内容

6.2.4　各按钮控制语句及功能

　　下面为各"场景"中的控制命令按钮添加相应的命令语句,这个实例的命令语句很简单,基本上都是在软件提供的语句目录下,双击相应的语句命令自动添加完成的,为了保证使用不同版本的 Flash 软件作为开发平台的用户完成课件的开发工作,现将本例的语句及功能全部编写出来,以供参考。(语句必须在英文状态下输入)

1. "场景 1"各按钮的命令与功能

(1)"进入"按钮的命令及功能:

```
on (release) {                    //事件命令+开始符
    gotoAndStop("场景 2", 1);      //跳转至"场景 2",停在第 1 帧上
}                                 //配对使用的结束符
```

(2)"退出"按钮的命令及功能:

```
on (press) {                      //事件命令+开始符
    fscommand("quit");            //退出影片
}                                 //配对使用的结束符
```

2. "场景 2"各按钮的命令与功能

(1)"播放"按钮的命令及功能:

```
on (release) {                    //事件命令+开始符
    gotoAndPlay(1);               //跳转至第 1 帧开始播放
}                                 //配对使用的结束符
```

(2)"停止"按钮的命令及功能:

```
on (release) {                    //事件命令+开始符
    stop();                       //任意位置停止
}                                 //配对使用的结束符
```

(3)"慢放"按钮的命令及功能:

```
on (release) {                    //事件命令+开始符
    nextFrame();                  //移至下一帧
}                                 //配对使用的结束符
```

(4)"慢退"按钮的命令及功能:

```
on (release) {                    //事件命令+开始符
    prevFrame();                  //移至上一帧
}                                 //配对使用的结束符
```

（5）"思考"按钮的命令及功能：

```
on (release) {                          //事件命令+开始符
    gotoAndStop("场景 3", 1);            //跳转至"场景 3",停在第 1 帧上
}                                       //配对使用的结束符
```

（6）"上节"按钮的命令及功能：

```
on (release) {                          //事件命令+开始符
    gotoAndStop("场景 2", 1);            //跳转至"场景 2",停在第 1 帧上
}                                       //配对使用的结束符
```

（7）"返回"按钮的命令及功能：

```
on (release) {                          //事件命令+开始符
    gotoAndStop("场景 1", 1);            //跳转至"场景 1",停在第 1 帧上
}                                       //配对使用的结束符
```

本节技术小结

本节重点是介绍"引导层"的应用,从课件的制作过程可知,能成功引导的关键有两点：一是被引导的物体必须是"元件",二是被引导物体始点和终点的对准,即被引导物体的"中点"必须对准引导线的端点。

6.3　遮罩技术在课件中的应用

本节的学习要点：被遮物体的放大处理

遮罩就是用不透明的方法,去遮住另一个物体,达到从视觉效果上只能看见不透明的物体。如果在不透明的物体上剪开个洞,那么在剪开的区域内,被遮罩的物体就变得可见了,Flash 软件提供的这种技术在生物课件、医学解剖课件、企业中一场事故的演练分析、某个产品局部剖析等课件中得到了广泛的应用。

6.3.1　图片遮罩原理

（1）打开 Flash 软件,建立新的 Flash 文档,进入工作界面。

（2）选择"文件"菜单下的"导入"命令,导入到库或舞台都可以,导入一张素材库中的"花金鱼"图片,如图 6.16 所示。

（3）选择"图层 1"的第 200 帧,按 F5 键"插入帧"。这里使用第 200 帧的时间长度,是保证运动时间长,以便观察效果。

（4）单击"图层"面板上的增加"图层"按钮"＋",增加新的"图层 2"。

（5）选择绘图工具栏上的"椭圆"工具,填充色只要不用白色即可,先单击"图层 2"的

第 1 帧，在金鱼的左侧画一个长形椭圆，如图 6.17 所示（注：此图形是在"图层 2"上）。

图 6.16　导入的图片

图 6.17　用作遮罩工具的椭圆

（6）按住 Shift 键不放，用绘图工具栏上的"箭头选取"工具，选中"椭圆"的边线和填充色部分，再选择"修改"菜单下的"组合"命令，将"椭圆"组合为整体。

（7）选中"图层 2"的第 200 帧，按 F6 键插入"关键帧"。

（8）用绘图工具栏上的"箭头选取"工具，选中"椭圆"按住鼠标左键移至金鱼的右侧。

（9）选中"图层 2"的第 199 帧，关键帧之前的一帧，打开屏幕下方的"属性"面板，在"补间"选项中选择"动作"或"动画"。

（10）右击"图层"面板上的"图层 2"，在弹出的下拉菜单中，选择"遮罩层"子菜单命令，这样，只有"椭圆"经过的地方才能显示出"金鱼"图片，其他部位将被遮挡，如图 6.18 所示。

图 6.18　"图层"面板与第 70 帧时的显示画面

这样，一个简单的图片遮罩动画就制作完毕了，选择"控制"菜单下的"播放"命令就可以观看了。

6.3.2　七彩文字制作

七彩文字不但经常用于课件封面,也广泛用于网页文字或广告文字,制作它的关键技术就是遮罩技术的应用。虽然在第4章的例题封面中已讲过"元件"影片剪辑的使用,但本例更详细实用。

(1) 打开 Flash 软件,建立新的 Flash 文档,进入工作界面。

(2) 用绘图工具栏上的"文本"工具,文字属性为:行书、40、静态文本、红色,在界面内输入"多媒体课件设计与开发",并在 30 帧的地方按 F5 键"插入帧"。

(3) 单击"图层"面板上的增加"图层"按钮"+",增加新的"图层 2"。

(4) 选择绘图工具栏上"矩形"工具,填充色选"七彩",如图 6.19 所示。

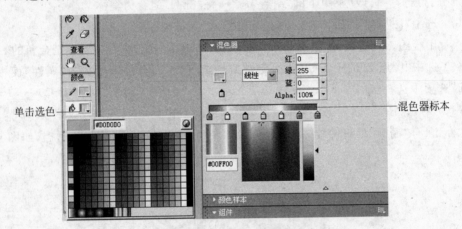

图 6.19　填充色与填充方式

(5) 在"图层 2"上画一个大于"文本框"宽,长为"文本框"2 倍的七彩矩形框,如图 6.20 所示,这是用来制作遮罩的图形(实际是文字遮图形)。

图 6.20　文本与遮罩矩形

(6) 选中全部七彩矩形和边线,选择"修改"菜单下的"组合"命令。

(7) 单击"图层 2"的第 1 帧,将七彩矩形移动到文字的上面,矩形的左侧刚好遮住文字的左侧。

(8) 选中"图层 2"的第 15 帧,按 F6 键插入"关键帧",将七彩矩形向左移动,刚好遮住文字的右侧,即与文本右对齐。

(9) 选中"图层 2"的第 30 帧,按 F6 键插入"关键帧",将七彩矩形向右移动,刚好遮住文字的左侧,即与文本左对齐。

可以看出,七彩矩形在文字上左右移动了一个周期。

(10)分别选中"关键帧"之前的第 14 帧、第 29 帧,在屏幕下方的"属性"面板中,选择"补间"选项中的"动作"或"动画"。

(11)用鼠标左键按住"图层"面板上的"图层 1",移至"图层 2"的位置,此时的文字到了七彩矩形的上面,如图 6.21(a)所示。

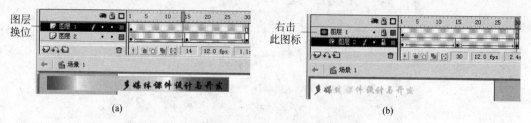

(a)   (b)

图 6.21 文字遮罩矩形的效果

(12)右击"图层 1"图标,在弹出的下拉菜单中,选择"遮罩层"命令,此时的文字就显示为七彩文字,如图 6.21(b)所示。

6.3.3 生物课件——门静脉及其属支

以前,这类课都是通过挂图形式,或扫描教材附图方式插入幻灯片呈现给学生,本例采用 Flash 软件中的遮罩技术,打破了这种传统方式,并巧妙的使用"图层"与遮罩,将图片进行放大,更便于细微的观察和学习。这种方式不仅适合于生物、动物、植物、医学等学科,同样适合于企业事故分析、产品攻关分析等。

(1)打开 Flash 软件,建立新的 Flash 文档,进入工作界面。

(2)选择"修改"菜单下的"文档"命令,打开"文档"参数设置窗口,将影片尺寸改为 550×500 像素。

(3)选择"文件"菜单下的"导入"命令,导入到库或舞台都可以,导入素材库中的"门静脉与其属支"图片,导入的图片为"位图"格式,如图 6.22 所示。

(4)右击导入的图片,再选择弹出的下拉菜单中的"转换为元件"命令,将导入的位图转换成"图形"元件,保存在库中。

(5)选中该图片,打开屏幕下方的"属性"面板,将图片的透明属性 Alpha 值设为 50%,如图 6.23 所示。

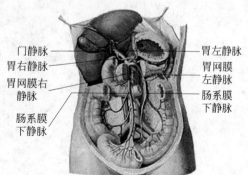

图 6.22 导入的图片

(6)选中"图层 1"的第 50 帧,按 F5 键"插入帧",此时只有一层。

(7)单击"图层"面板上的增加"图层"按钮"＋"号,增加新的"图层 2"。

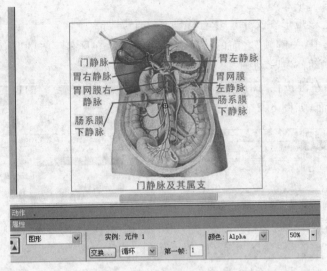

图 6.23　图片的 Alpha 值

（8）选中"图层 2"的第 1 帧,用鼠标左键将库中导入的"位图"图片拖出来放在"图形元件"的上面。

（9）单击"图层 1"面板的"眼睛"按钮,使第 1 层暂不显示。

（10）选中"图层 2"的"位图"图片,再单击工具栏上的"缩放"工具,将"位图"图片放大约 1.5 倍,放大后的图片如图 6.24 所示。

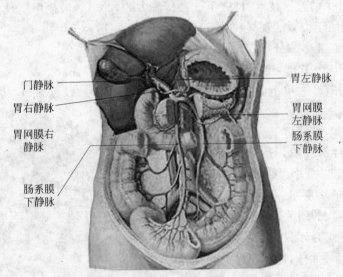

图 6.24　放大后的"位图"图片

（11）选中"图层 2"的第 50 帧处,按 F5 键"插入帧",并单击"图层 1"的"眼睛"按钮。

（12）再单击"图层"面板上的增加"图层"按钮"＋"号,增加新的"图层 3"。

（13）将工作界面的显示比例设置为 50,便于全界面观看。

（14）用绘图工具栏上的"矩形"工具,边线和填充色都选深色。

　　　　　　　　　　多媒体课件设计与开发

（15）选中"图层3"的第1帧，在图片的左侧画一个比图片稍高一点的矩形框，作遮罩体用，如图6.25所示。

（16）用绘图工具栏上的"箭头选取"工具，选中矩形（边线一起选）。

（17）选择"修改"菜单下的"组合"命令，将矩形组合成整体。

（18）选中"图层3"的第50帧，按F6键插入"关键帧"，将矩形移至图片的右侧，如图6.26所示，这是遮罩体的全部路径。

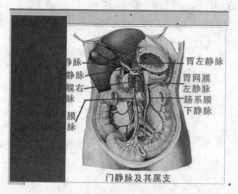

图6.25　位于图片左侧的遮罩矩形

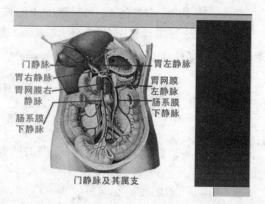

图6.26　位于图片右侧的遮罩矩形

（19）选中"图层3"的第49帧，即"关键帧"之前的一帧。

（20）同样在屏幕下方的属性面板中，选择"补间"选项中的"动作"或"动画"。

（21）右击第3层的图标"图层3"，在弹出的下拉菜单中，选择"遮罩层"命令，选中时间轴的25帧左右，就可以观察到放大的效果了，如图6.27所示。

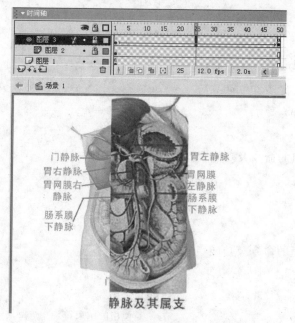

图6.27　具有放大功能的25帧

可以看出,通过这样的处理,物体的整体性得到了保留,要进行分析的主体也得到了放大和突出。

(22) 参照 6.2.3 节添加"动作-帧"的方法,分别选中"图层 1"的第 1 帧、"图层 3"的最后一帧,添加 stop 命令。

(23) 按前面几例制作控制按钮的方法,制作控制按钮,自动保存在库中。

(24) 再单击"图层"面板上的增加"图层"按钮"＋",增加新的"图层 4"。

(25) 选中"图层 4"的第 1 帧,将库中的按钮拖出来,放在屏幕的下方。

(26) 用绘图工具栏上的"文本"工具,分别在按钮上输入"播放"、"停止"、"慢放"、"慢退"、"退出"等操作提示性文字,如图 6.28 所示的文字。

图 6.28　按钮与相关的文字

(27) 为各按钮添加命令语句,本例的所有命令都可以在软件提供的语句栏中双击后自动添加。

① "播放"按钮的命令及功能:

```
on (release) {              //事件命令+开始符
    gotoAndPlay(1);         //每次从第 1 帧开始播放
}                           //配对使用的结束符
```

② "停止"按钮的命令及功能:

```
on (release) {              //事件命令+开始符
    stop()                  //任意单击停止
}                           //配对使用的结束符
```

③ "慢放"按钮的命令及功能:

```
on (release) {              //事件命令+开始符
    nextFrame();            //执行下一帧
}                           //配对使用的结束符
```

④ "慢退"按钮的命令及功能:

```
on (release) {              //事件命令+开始符
    prevFrame();            //执行上一帧
}                           //配对使用的结束符
```

⑤ "退出"按钮的命令及功能(在"专家模式"下书写):

```
on (release) {              //事件命令+开始符
    fscommand("quit");      //退出影片
}                           //配对使用的结束符
```

至此,一个具有放大功能的生物课件主体就制作完毕了。本例的主要目的是介绍利用遮罩技术,实现放大功能在课件中的应用。为了确保课件的模板性,对课件的封面、思考题等附属内容留给读者制作完善。

本节技术小结

本节通过一般图片遮罩、文字遮罩及通过遮罩取得放大效果等 3 个不同处理方式中遮罩技术的处理技巧,来充分揭示在"遮罩层"与"被遮罩层"之间的关系。这种关系的实质是"显示的只是遮罩层与被遮罩层之间的重叠区域"。

6.4 课件的配音

本节学习要点:声音的设置与格式、声音与图像的同步

配音为课件的教学效果起到了非常大的助推作用。特别是语言类教学课件,如果没配音,课件就相当于纸质载体,完全失去了课件的作用。本节通过英语学习课件的开发制作,来介绍 Flash 软件中,对声音文件的要求及课件中声音与图像的同步。

Flash 软件能兼容的声音文件格式是一些通用文件格式,如 MP3、WAV 等。一些文科课件的声音可以利用网上资源获得,但对一些理工科课件,声音就只能自录了。在使用中,无论是外部导入的声音文件,还是自录的声音文件,加载进 Flash 课件中的方法都是相同的。

6.4.1 配乐古诗课件——春夜喜雨

1. 课件构思

本课件为文科课件,主要目的是在音乐的伴奏下,欣赏和理解诗人对"春雨"的赞美。因此,在课件总体构思时,一是要充分考虑"欣赏"需求,选择具有诗情画意的图片作为背景;二是配乐中除了要有诗句的朗读外,最好叠加民乐;三是诗句和欣赏内容采用滚动字幕动画,以活跃课件。同时,为了便于将本课件作为模板使用,课件的封面和课文详细分析两个场景留给读者补充完善。所以课件用一个"场景"、5 个"图层"来完成布局,5 个"图层"分别放置声音、背景、古诗、析文、控制按钮。

2. 素材需求与制作

(1) 打开 Flash 软件,建立 Flash 文档,进入工作界面。

(2) 导入背景图片,存入库中。

(3) 导入《古筝配乐朗读——春夜喜雨》声音文件,存入库中。

(4) 制作下雨的影片剪辑元件。

① 选择"插入"菜单下的"新建元件"命令,在弹出的"元件类型"复选框中,选择"影片

剪辑"选项后,选择"确定"按钮,进入"影片剪辑"工作界面。

②　用绘图工具栏上的"椭圆"工具,填充色选灰白,在界面顶端画一个 $1×0.5$ cm 左右的椭圆,删除边线,将填充色选中后,选择"修改"菜单下的"组合"命令,进行组合,这是代表雨滴的图形。

③　选中第 7 帧,按 F6 键插入"关键帧",将已组合的椭圆下移至屏幕底端。

④　选择第 6 帧,打开屏幕下方的"属性"面板,在"补间"选项中,选择"动作"或"动画"。

⑤　选择"图层"面板上的增加"图层"按钮"+",增加新的"图层 2"。

⑥　选中"图层 2"的第 3 帧,按 F6 键插入"关键帧",再用绘图工具栏上的"椭圆"工具,填充色选灰白,在界面顶端画一个 $1×0.5$ cm 左右的椭圆,删除边线,选择"修改"菜单下的"组合"命令,进行组合。

⑦　选中第 10 帧,按 F6 键插入"关键帧",将第 2 个组合的椭圆下移至屏幕底端,注意拉开与第一滴的平行距离。

⑧　单击 2 次"图层"面板上的增加"图层"按钮"+",增加新的"图层 3"和"图层 4"。

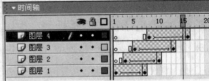

图 6.29　雨滴层的时间轴

重复上述制作过程,与相邻的帧间相隔 3 帧,各雨滴层的时间轴分布如图 6.29 所示。单击"场景 1"图标,返回主场景。

3. 主场景的制作

(1) 选择"窗口"菜单下的"库"命令。

(2) 按鼠标左键先将导入的声音文件拖出来,拖到工作区界面上时松开左键,声音文件就自动的添加到"图层 1"上去了,此时在"图层"的时间轴上出现声音信号标志。

(3) 观察声音文件的长短,在时间轴上按 F5 键,直到声波信号消失为止,从第 1 帧到信号消失的帧止,就是播放声音文件所需要的时间轴长度,如图 6.30 所示。

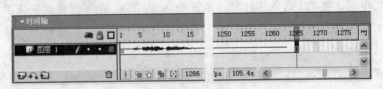

图 6.30　声音文件所占时间轴长度

注意: 本例经试听后确定,背景音乐从第 1 帧至第 1040 帧,朗读声音从第 5 帧开始至第 750 帧结束。

(4) 选择"图层"面板上的增加"图层"按钮"+",增加新的"图层 2"。

(5) 按住鼠标左键将导入的背景图片拖出来,放在"图层 2"上,"图层 2"将自动的与"图层 1"的时间轴对齐。

（6）选择"图层"面板上的增加"图层"按钮"＋"，增加新的"图层3"。

（7）用绘图工具栏上的"文本"工具，属性为：隶书、40、蓝色、静态文本，在接近工作区底端的右侧位置输入古诗全文，这是字幕的初始位置。

（8）选中"图层3"的第750帧。按F6键插入"关键帧"，将诗句全文整体移到接近界面的上端，这是诗句由下至上移动的路径。

（9）选择"图层3"的第749帧，即第1个"关键帧"之前的那一帧，在屏幕下方的"属性"面板中，选择"补间"选项中的"动作"或"动画"。这个过程实际是全诗的朗读过程。

（10）选中"图层3"的第760帧。按F6键插入"关键帧"，将诗句全文整体移到界面的左侧，这个时间很短，只用了10帧，这以后，诗句将保持到"析文"走动完毕和音乐结束。

（11）选择"图层3"的第759帧，即第2个"关键帧"之前的那一帧，在屏幕下方的属性栏中，选择"补间"选项中的"动作"或"动画"。这时"析文"动画开始。

（12）选择"图层"面板上的增加"图层"按钮"＋"，增加新的"图层4"。

（13）选择"图层4"的第760帧，按F6键插入"关键帧"。

（14）用绘图工具栏上的"文本"工具，属性为：碑体、20、褐色、静态文本，在刚才诗句起始的位置输入"析文"全文内容，这也是"析文"字幕的初始位置。

（15）在"图层4"的第1040帧处，按F6键插入"关键帧"。并将"析文"字幕向上移出界面一部分，使"析文"的文尾移动至垂直方向的居中位置。

（16）参照前面例子的做法，分别在第1帧和最后的第1040帧添加stop命令。

（17）参照前面例子的做法，在界面上添加"播放"和"退出"按钮。

时间轴第760帧的运行界面和最后第1040帧的运行画面如图6.31(a)、(b)所示。

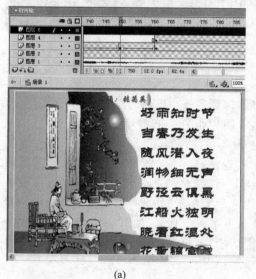

(a)

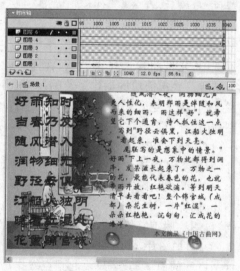

(b)

图6.31　课件运行在第760帧和第1040帧的画面

6.4.2　配乐英语听力课件

1．课件构思

本课件为文科课件,课件要达到的主要目的是在音乐的伴奏下,听懂小男孩与服务员间的对话,进行少年儿童的听力和口语培养,达到能听、能说的能力,这类课件适用人群是少年儿童,不像成人学习课件那样简单。因此,在课件总体构思时,要充分考虑儿童的"接收"需求,这里借助《奥林匹克儿童英语》中的录音,参考《奥林匹克儿童英语》中的图片内容,学习声音文件和动画的同步处理技术。在课件的背景图片选择时,仍选择少年儿童喜欢的西餐店图片作为背景,从用餐环境中感受学习,以活跃学习环境。

2．素材分析与制作

本课件的素材用得相对较多,除了声音文件外,大量的环境资料图片需要自制。但必须清楚,本课件的目的不是绘画,而是进行语音的训练。所以在进行绘画时,画好线条后,大量使用填充色进行大面积的填充,图形只要能与声音同步,起到点缀作用就可以了,因为开发的是学习课件,不是视频录像。

（1）打开 Flash 软件,建立 Flash 文档,进入工作界面。

（2）背景图片,选择具有用餐环境的西餐店图片,可以自画,也可以用素材库的图片,这里参考原作品的图片,但需要在"文件"菜单下"导入"原图片后,再在"修改"菜单下选择"分离"命令,重新着色、布局后,存入"元件库",这是一张静止的背景图片,如图 6.32 所示。

图 6.32　修改后的背景图片

（3）因为本课件为儿童英语学习课件,所以在本例中,儿童图片选择小男孩,在对话过程中,小男孩有一些很简单的动作。绘画时,先画一个基本图形后,根据对话的内容,用绘图工具栏上的"任意变形"工具,做简单移动变位后,得到多幅小男孩的图片,全部存入元件库。在制作时,拖出来放置在不同的对话位置,基本图片如图 6.33（a）所示。

（4）根据声音试听分析,对话中有一个女服务员的声音,因此必然要画一个女服务员图片,女服务员的动作相对要多一些,有来回往返动作。画一个基本图形后,根据对话的内容和时间,用绘图工具栏上的"任意变形"工具,作简单移动变位后,得到多幅女服务员的图片,同样存入"元件库"中,在制作时,拖出来放置在不同的对话位置,同时根据位置的不同,再用绘图工具栏上的"椭圆"工具,为女服务员画上耳环,如图 6.33（b）和（c）所示。

（5）附加图片,附加图片主要是小男孩说话的"嘴形"和女服务员将"比萨"放在餐桌上这一过程的简单动作,只要起到点缀作用就可以了。

（6）声音文件,导入已录制好的声音文件,情节内容如下:

小男孩坐下后,先敲击餐桌,女服务员走过来,开始他们俩人间的对话。

Would you like some drink?　　　　　　　　　……你想喝饮料吗?

(a) 小男孩

(b) 小男孩

(c) 小男孩

图 6.33　绘制的人物

I want a cup of orange juice。　　　　　　……我想要一杯橙汁。
What would you like to eat?　　　　　　　……请问你喜欢吃什么？
Please give me a piece of pizza。　　　　　……请给我一份比萨。
Which one do you like, This one or that one?　……比萨和橙汁你更喜欢哪样？
It doesn't matter to me。　　　　　　　　……可以不用管我了。

听到小男孩的回答后,女服务员将一份比萨和一杯橙汁送上餐桌,于是小男孩高兴的吃了起来。

3. 布局与制作

(1) 各素材图片绘制完毕后,清空界面,选择"图层1",用鼠标左键将库中的声音文件拖出来放在"场景"的界面上。时间轴上将自动的出现声音波形标记,并在时间轴的第725帧处按F5键"插入帧",这是声音文件播放所需的时间,并双击"图层"图标名称,将"图层"名称改为"配音"。

(2) 单击"图层"面板上的增加"图层"按钮"＋",增加新的"图层2",用鼠标左键将库中的背景图片拖出来放在第2层上,同样是在时间轴的第725帧处按F5键"插入帧",使背景文件与声音文件播放所需的时间相等,并双击"图层"图标名称,将"图层"名称改为"背景"。

(3) 单击"图层"面板上的增加"图层"按钮"＋",增加新的"图层3",时间轴自动延伸至第725帧,用鼠标左键将库中的小男孩图片拖出来,放在"图层3"上,并双击"图层3"图标名称,将"图层3"名称改为"小男孩"。制作完该层的内容后,再删除多余的帧。

(4) 分别选择"小男孩"层的14、19、32、37、50、55、60帧,按F7键插入"空白关键帧",并在每一个"空白关键帧"上,根据"小男孩"敲击餐桌的声音,放置"小男孩"手抬起和放下的图片,点缀敲击餐桌的动作,因为这些帧都配有敲击餐桌的声音,只能在这些帧上制作简单动画来满足声音文件的要求。

(5) 再单击"图层"面板上的增加"图层"按钮"＋"2次,增加新的"图层4"和"图层5",并双击"图层"图标名称,将"图层4"名称改为"服务员1",将"图层5"名称改为"文本",时间轴的长度会自动延伸。最后制作完这两层的内容后,再将多余的帧删除。

(6) 先选中"服务员1"层的第75帧,按F7键插入"空白关键帧"后,再分别选中第

80、85、90、95、100、105帧,按F7键插入"空白关键帧"。因为在"声音层"这些帧的位置上配有服务员走路的声音,要制作的动画是服务员出场和返回工作间的动作。

(7) 用鼠标左键将库中的"服务员背"和有"前趋动作"姿势的图片拖出来,分别放在这些帧上。放置时,向"小男孩"的位置逐步靠近移动,形成走路的动作动画。

(8) 选中"文本"层的第75帧,按F7键插入"空白关键帧"后,用绘图工具栏上的"文本"工具,属性为白色、字号20,在餐桌旁输入"Would you like some drink ?"。

(9) 选中"文本"层的第90帧,按F6键插入"关键帧"后,用绘图工具栏上的"缩放"工具,将文字作适当的放大后,再选中"关键帧"之前的那一帧,在屏幕下方的"补间"选项中,选择"动作"或"动画",形成女服务员问小男孩时的文字动画。

(10) 选中"文本"层的第165帧,按F7键插入"空白关键帧",使文本一直保持这段时间。

(11) 选中"小男孩"层的第98帧,按F7键插入"空白关键帧",换成"嘴"张开的小男孩图片,并选中第107帧,再次按F7键插入"空白关键帧",换成没有"嘴"的图片,以产生说话的动作。

(12) 选中"小男孩"层的第121帧,按F7键插入"空白关键帧",又换成"嘴"张开的图片。

(13) 选中"小男孩"层的第135、140帧,按F7键插入"空白关键帧",分别换成小男孩的手有简单动作的图片,形成简单的手势动画。

(14) 再次选中"小男孩"层的第143、150帧,按F7键插入"空白关键帧",换成没有"嘴"的图片。

(15) 选中"服务员1"层的第162帧,按F7键插入"空白关键帧",用绘图工具栏上的"变形"工具,将服务员作细小的"旋转"变化,形成听小男孩说话的动画。并选择第169帧,再次按F7键插入"空白关键帧"。

(16) 再单击"图层"面板上的增加"图层"按钮"+",增加新的"图层6",并双击"图层"图标名称,将"图层6"名称改为"服务员2",时间轴的长度会自动延伸,最后将多余的帧删除。

(17) 选中"服务员2"层的第170帧,按F7键插入"空白关键帧",换成服务员等小男孩的请求后,写单的图片。并在第243帧处,按F7键插入"空白关键帧",使这段时间保持这个动作,接受小男孩的要求。

(18) 选择"服务员1"层的第195帧,此帧对应的"声音层"是小男孩开始说话的开始帧,服务员的姿势图片已移至"服务员2"层。按F7键插入"空白关键帧",将小男孩的"嘴"拖出来,放在脸上,小男孩的基本图形不在此层。

(19) 选择"服务员1"层的第200帧,按F7键插入"空白关键帧",让小男孩的"嘴"消失,即"嘴"张开的时间只保持5帧。

(20) 选择"服务员1"层的第202帧,按F7键插入"空白关键帧",重新将小男孩的"嘴"拖出放上,并在第205帧处,按F7键插入"空白关键帧",让小男孩的"嘴"再次消失,即"嘴"张开的时间又只保持5帧。这样通过间隔的显示、消失便形成了小男孩说话的简单动画。

(21) 分别选中第210帧至第215帧、第220帧至第223帧、第225帧至第235帧处,按F7键插入"空白关键帧",重复上述简单的动作布局,以配合小男孩说话的时间。

（22）选择"服务员1"层的第243帧，"服务员2"层在此位置已中断，小男孩的说话已在第235帧处结束。按F7键插入"空白关键帧"，将女服务员手拿菜单的背面图片拖出来放在此位置。

（23）选择"服务员1"层的第247帧，按F7键插入"空白关键帧"，将女服务员手拿菜单写的背面图片拖出来放在此位置，形成一个简单的动画。

（24）分别选中"服务员1"层的第250、252、255、262、265、268、270、273、277、280、282、285、287帧，重复上述步骤（22）和（23）的布局，形成服务员写字的简单动画。

（25）再选中"小男孩"层的第255、267、272、285、290帧，按F7键插入"空白关键帧"，分别换成小男孩的手有简单动作的图片，形成简单的手势动画。

总结上述制作过程，配图片都是依据声音出现时所在的时间轴段，重复使用"插入空白关键帧"技术，交替的将小男孩不同动作的图片和服务员在不同位置时的图片分别放置在不同的位置上，形成与声音同步的配套的动作动画。可以看出，所有的这些简单动作动画，都只能起到点缀的作用。

同样依据声音出现时所在的时间轴段，重复按F7键插入"空白关键帧"技术，参照步骤（8）、（9）、（10）的做法，在"文本"层中制作文字动画。

（26）再单击"图层"面板上的增加"图层"按钮"＋"，增加新的"图层7"，并双击"图层7"图标名称，将"图层7"名称改为"比萨"，时间轴的长度仍自动延伸，最后将多余的帧删除。

（27）选中"比萨"层的第530帧，按F7键插入"空白关键帧"。用鼠标左键将库中制作好的比萨盘拖出来，放置在餐桌上，视觉上像在服务员的手上，形成送比萨的动作。再选择第700帧，按F7键插入"空白关键帧"，比萨盘消失。

（28）再单击"图层"面板上的增加"图层"按钮"＋"，增加新的"图层8"，并双击"图层8"图标名称，将"图层8"名称改为"按钮"，时间轴的长度仍自动延伸最后一帧。

（29）参照4.2.2节制作好按钮，并放置在界面的下方，各按钮的命令以及第一帧和最后一帧的停止命令，请参照前面章节的实例添加。课件第一帧和最后一帧的运行界面与时间轴，如图6.34所示。

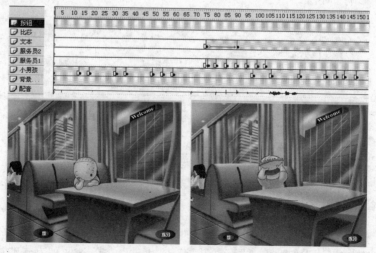

图6.34　课件第一帧与最后一帧的运行界面

本节技术小结

从上面的制作过程可以总结出,在以 Flash 软件为平台开发的配音课件中,声音文件的长短起着决定性的作用,它要单独占据一个"图层",因为所创作的动画的长短,完全可以自行控制。如一个计划用 1000 帧长度的动画,实际使用 800 帧或 1200 帧,对于视觉效果并没有什么明显影响,但对声音文件的影响就大了。当实际使用帧数小于声音文件所需帧数时,动画内容结束后,声音文件还将继续播放;反过来,当实际使用帧数大于声音文件所需帧数时,声音将提前结束,后面的动画就只能演"哑唱"了。

6.5 课件中声音的效果与处理

在上面的两个例子中,声音的播放是连续的,即在播放过程中,将影片停下来,声音的播放将继续进行。而在课件的开发中,有时课件运行过程中是需要声音停止、受控的。比如课件的封面,在打开时可以加入一段音乐,以缓解上课前的气氛,开始进入课件学习时,音乐停止。又例如事故的演练模拟分析课件,声音必须与动画同步接受控制。

6.5.1 声音文件的播放效果与停止

1. 声音效果的选择

Flash 软件提供了 7 种声音的播放效果、4 种同步方式。单击选中声音文件所在"图层"的时间轴任何位置,在屏幕下方的"属性"面板中,将出现声音播放效果的选项框,如图 6.35(a)所示。可以根据课件的需要,选择其中的任何一种方式,但无论哪种播放方式,对课件的影响都不大。

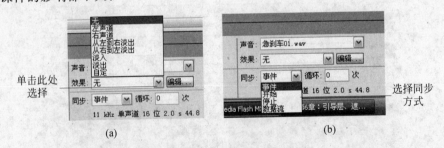

图 6.35 声音播放效果与停止选项

2. 声音的停止

当课件中的声音要受控时,就只能选择如图 6.35(b)所示的"数据流"方式,如果课件中的声音文件在"同步"选项中,选择了"开始"或"事件"方式,这两种方式的声音是不受控的,声音文件随课件的运行始终要不停的播放,如果选择"停止",则相当于关闭声音。与命令"stopAllSounds();"的区别是,后者要有器件"按钮"触发才完全停止。

6.5.2 事故演练分析课件制作与声音处理

本例主要学习声音文件的受控处理技术

1. 课件构思

本课件是模拟一场突如其来的交通事故,天未亮,一辆高速行驶的汽车将一位跑步者撞击的过程。由于车辆紧急刹车的时间很短,事故在瞬间发生,课件采用逐帧慢放、慢退和中途停止等控制按钮,来创设事故发生的过程。课件运行在慢放、慢退和停止状态时,声音文件必须停止,所以,课件所用"图层"为 6 层,分别放置背景、声音、交通信号灯、车子、跑步者和控制按钮。

2. 素材需求

本课件的素材简单,车辆、行人、交通灯等图片都从素材库获取,但多数素材库中的图片均为位图,像素很低,导入后需重新进行填充,否则放大后看到的就是像素色块了。

3. 课件制作步骤

(1) 打开 Flash 文件,进入 Flash 文档工作界面。

(2) 选择"修改"菜单的"文档"命令,将文档的背景色改为灰黑,以模拟天快亮时的情景。

(3) 选择绘图工具栏上的"矩形"工具,填充色为金属渐变,在界面上画一条公路。

(4) 单击"图层"面板上的增加"图层"按钮"+",增加新的"图层 2",用于放置声音文件。

(5) 选择"文件"菜单下的"导入"命令,导入素材库中的"汽车刹车"声音。

(6) 选中"图层 2"的第 12 帧,按 F7 键插入"空白关键帧",用鼠标左键将库中的声音拖出来,在界面上释放,并在"图层 2"的第 36 帧处按 F5 键"插入帧",即显示所有的声音长度(12 帧之前车辆正常行驶)。

(7) 单击"图层"面板上的增加"图层"按钮"+",增加新的"图层 3",用于放置交通信号灯,并选择"文件"菜单下的"导入"命令,导入素材库中的"交通信号灯".gif 动画素材。选择间隔 10 帧、19 帧、28 帧、36 帧处变化信号灯颜色。

注意:如果导入的.gif 动画间隔帧数不够,在中间按 F5 键"插入帧"补充,如果间隔大,则删除多余的帧。

(8) 单击"图层"面板上的增加"图层"按钮"+",增加新的"图层 4",用于小车动画,并选择"文件"菜单下的"导入"命令,导入素材库中的小车图片。

(9) 选中"图层 4"的第 9 帧,按 F7 键插入"空白关键帧",用鼠标左键将导入的小车图片拖出,放置在界面右下侧。

（10）选中"图层4"的第17帧,按F6键插入"关键帧",将小车移至界面上的中心位置,并选中16帧,在屏幕下方的"属性"面板中,选择"补间"选项中的"动作"或"动画",形成小车的正常行驶动画。

（11）选中"图层4"的第25帧,按F6键插入"关键帧",将小车向左移动一小段距离,并选中第24帧,在屏幕下方的"属性"面板中,选择"补间"选项中的"动作"或"动画",形成小车紧急停车后的惯性距离动画。

（12）选中"图层4"的第36帧,按F5键"插入帧",使小车停在此位置。

（13）单击"图层"面板上的增加"图层"按钮"＋",增加新的"图层5",用于跑步者的跑步和被车撞击的动画。

（14）选中"图层5"的第6帧,按F7键插入"空白关键帧",并选择"文件"菜单下的"导入"命令,导入素材库中的跑步.gif动画(该gif动画只有12帧长度)。

（15）分别选择"图层5"的第6、7、8、9、10、11、12、13、14、15帧,将跑步者的图形向下移至与小车行驶线平行。

（16）选择"图层5"的第16帧,先将跑步者的图形移至与车平行,再用绘图工具栏上的"任意变形"工具,将跑步者图形调整向右斜,刚好与车接触,如图6.36(a)所示。

(a)　　　　　　　　　　　　(b)

图6.36　时间轴第16、17帧的运行图

（17）选择"图层5"的第17帧,将跑步者图形移至车玻璃的上方,模拟被撞飞的动作,如图6.36(b)所示。

（18）选择"图层5"的第21帧,按F6键插入"关键帧",将跑步者图形移至车顶的上方,并选中"关键帧"之前的一帧(即20帧),打开屏幕下方的"属性"面板,选择"补间"选项中的"动作"或"动画",形成人被撞飞的第一段动画,如图6.37(a)所示。

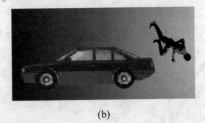

(a)　　　　　　　　　　　　(b)

图6.37　时间轴第21、25帧的运行图

（19）选择"图层5"的第25帧,按F6键插入"关键帧",将跑步者图形移至车尾上方的空间,并选中"关键帧"之前的一帧(即24帧),再打开屏幕下方的"属性"面板,选择"补间"

选项中的"动作或动画",形成人被撞飞后下落的第一段动画,如图6.37(b)所示。

(20)选择"图层5"的第30帧,按F6键插入"关键帧",将跑步者图形移至车尾的地面上,并选择"修改"菜单下的"变形"命令,选择"逆时针旋转90°",再选中"关键帧"之前的一帧(即34帧),再打开屏幕下方的"属性"面板,选择"补间"选项中的"动作"或"动画",形成人被撞飞后落地的最后一段动画,如图6.38所示。

图6.38 时间轴30帧的运行图

(21)选中"图层1"的第30帧,按F7键插入"空白关键帧",将本层前面的任何一帧公路图形复制后,粘贴到第30帧上,再用绘图工具栏上的"画笔"工具,用红色,在人触地的地方画上"血液"标记,如图6.38所示。

(22)选择"插入"菜单下的"新建元件"命令,参见4.2.2节按钮的制作方法制作按钮。

(23)选择"图层"面板上的增加"图层"按钮"+",增加新的"图层6",用于放置控制按钮。

(24)用鼠标左键将制作好的按钮拖出来,放在"图层6"上,位于屏幕下方,并用"文本"工具,在按钮上分别输入"模拟"、"停止"、"慢放"、"慢退"等文字,最后一帧的整体运行界面如图6.39所示。

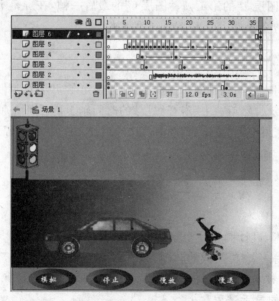

图6.39 课件最后一帧界面

(25)为各按钮添加命令。

注意:如果用Flash MX软件作开发平台,请直接在"动作-按钮"面板下双击相应命令自动添加;如果用Flash CS3或其他版本的Flash软件时,在"动作"面板下的程序栏书写。各命令按钮的语句及功能说明如下。

① "模拟"按钮的语句及功能说明:

```
on (release) {              //事件命令+开始识别符
    gotoAndPlay(1);         //再次转到第1帧开始播放
}                           //配对使用的结束符
```

② "停止"按钮的语句及功能说明:

```
on (release) {              //事件命令+开始识别符
    stop();                 //任何帧位停止
}                           //配对使用的结束符
```

③ "慢放"按钮的语句及功能说明:

```
on(release) {               //事件命令+开始识别符
    nextFrame();            //播放下一帧内容
}                           //配对使用的结束符
```

④ "慢退"按钮的语句及功能说明:

```
on (release) {              //事件命令+开始识别符
    prevFrame();            //播放上一帧内容
}                           //配对使用的结束符
```

(26) 分别选中"图层1"的第1帧、"图层6"的最后一帧,在屏幕下方的"动作-帧"面板下,双击 stop 命令,防止课件生成影片后自动播放。

本节技术小结

课件中,当需要对声音与动画同步操作控制时,首先在"声音图层"的时间轴上按 F5 键,将声音的长度全部显示。然后选中"声音图层"的时间轴上的任何一帧,在屏幕下方的属性面板中,选择"同步"选项中的"数据流"选项。这样声音文件就接受"停"和"重放"的控制了。

上 机 练 习

1. 用引导层技术,设计制作一个《导弹拦截》课件,内容是由某国航母上发射的1枚导弹,在空中被反导系统成功拦截的动画。

2. 用遮罩、放大技术,设计制作《计算机主板内部结构介绍》课件,主要介绍"内存、CPU 及 BIOS 芯片"的显示过程。

3. 用动态文本和相应语句技术,为《配乐古诗课件——春夜喜雨》添加3至5道选择题,内容主要反应古诗的写作背景和诗人对春雨的赞美。

第 **7** 章 计算与虚拟实验课件的开发

本章学习要点：

- 课件中如何实现计算和对影片剪辑的控制，掌握将自然语言书写成控制语句的过程

巩固的知识点：

- 关键帧、图层、场景在课件中的布局与应用

目前，有的学科已推出非常好的设计仿真软件，特别是电子工程、电器工程学科的CAD 设计软件，集设计、仿真和 PCI 板为一体，不仅深受工程技术人员的欢迎，也受到广大专业教师的厚爱。但是在课件的设计开发方面，这方面的软件可以说是少之又少，只能靠广大的教育工作者自己钻研和开发。本节以《梯形的面积计算》为例，介绍课件中所涉及的计算技术，再以《欧姆定律》为例，增加虚拟实验内容，详细介绍和学习以 Flash 为平台设计和开发仿真课件所涉及的计算语句与相关知识。

7.1 课件中计算的实现

课件中出现的计算技术，不同于为某一工程或某一用途而专门开发的数据库那样复杂。在学习过程中，关键是理解和掌握语句的书写要求，在掌握了语句要求的基础上，就是如何将自然语言中的计算关系转变成为计算机能够识别和处理的语句命令。在第 6 章中已经讲过，无论用什么样的软件作为开发平台，对于命令语句的书写要求及规则都是一致的，下面对 Flash 软件中一些相关基本概念作介绍。

7.1.1 课件中常用的运算关系(符)

计算机语句中的运算关系比自然语言要多。有时为了完成自然语言的一步计算，计算机语句往往要进行几次分解才能完成。在学习时，要尽量理解计算机专业术语和自然语言的对应关系，把这一关过了，对计算机中语句命令的理解就要容易得多，虽然 Flash 软件提供的运算符很丰富，但在课件设计和开发时常用的就那么几种。

1. 算术运算符(Arithmetic Operator)

算术运算符的功能完全和自然语言一样，就是进行数值运算，在自然语言中叫"加"、

"减"、"乘"、"除",用"＋"、"－"、"×"、"÷"4个符号表示。在计算机语言中,同样叫"加"、"减"、"乘"、"除",但它的表示方法有所区别,用"＋"、"－"、"＊"、"/"表示。显然,在使用中,如果涉及"乘"、"除"两种运算的话,就必须按计算机的要求将自然语言中的"×"、"÷"号改写成为计算机要求的"＊"、"/"号,否则,计算机将无法完成相应的计算。

2. 比较运算符

比较运算符用于两个数值的比较,比较后返回一个布尔值,主要用于条件 If 语句和循环 Loop 语句中。比较运算符包括数值运算比较符和字符串运算比较符,在 Flash 为平台的课件设计开发中,使用的比较运算符号有:

＝＝（等于）、＜＞（不等于）、＞（大于）、＜（小于）、＞＝（大于等于）、＜＝（小于等于）。

显然,这里只有等号和自然语言有区别,因为在计算机语言中,"＝"称为赋值号,是给的意思。所以当使用"等"号时,就只能用计算机能识别处理的"＝＝"了。

3. 逻辑运算符

逻辑运算符是用来辅助比较运算的,Flash 提供了 3 种逻辑运算符。

（1）AND 运算,又称"与"运算,是指当决定一个事件的全部条件成立时,这件事才会发生。即程序中,只有当运行的对象全部为"真"时,其结果才为"真"。否则结果为"假",其真值表如表 7.1(a)所示。

表 7.1　逻辑运算真值表

a	b	aANDb
假	假	假
假	真	假
真	假	假
真	真	真

a	b	aORb
假	假	假
真	假	真
假	真	真
真	真	真

a	NOTa
假	真
真	假

| (a) | (b) | (c) |

（2）OR 运算,又称"或"运算,所谓"或逻辑"关系,指的是当决定一件事情的各个条件中,只要具备一个或者一个以上的条件时,这件事就会发生,这样的因果关系称为"或逻辑"关系。所以,只有当运算对象都为"假"时,结果才为"假";否则结果都为"真",其真值表如表 7.1(b)所示。

（3）NOT 运算,NOT 运算又叫"非"运算,逻辑运算符又称为"非逻辑"关系,非就是否定的意思,其真值表如表 7.1(c)所示。

7.1.2　课件中使用函数（Function）

有时在开发个别理工课件时,还要涉及到函数。函数的作用是完成某些特定的运算,在课件中,函数定义了从一个数值到另一个数值的对应,在交互课件的命令语句编写中发挥着重要的作用。Flash 中的函数主要为 6 种,下面就分别介绍常用到的 5 种函数。

注意:本小节大量使用了计算机的专业术语,如果不是专门从事网络课程的设计与开发,建议不必花时间来学习。

1. 通用类函数(General Functions)

通用类函数有:

- Eval(Variable):获取变量的值,Variable 为一个变量;
- New Line:建立一个新行;
- Get Timer:获取系统时间;
- True:获得逻辑"真"值;
- False:获得逻辑"假"值。

2. 数值类函数(Numeric Functions)

数值类函数有:

- Int(Number):对数值 Number 取整;
- Random(Number):随机产生一个 Number 数值以下的整数值。

3. 字符串类函数(String Functions)

字符串类函数有:

- Chr(Ascii Code):将目标数值 Ascii Code 作为 ASCII 码转变为对应的字符;
- Ord(Character):将目标字符转变为 ASCII 码数值;
- Length(String):求出字符串 String 的长度;
- Sub string(String,Index,Count):获取目标字符串 String 中的子串,子串从第 Index 个字母开始,共有 Count 个字母。

4. 属性类函数(Properties)

属性类函数有:

- Get Property(Target,Property):获取对象 Target 的指定属性 Property;
- -Alpha:获取对象的 Alpha 值;
- -Current frame:获取当前帧的位置;
- -Droptarget:获取对象是否可以被拖动;
- -Framesloaded:返回一个 0100 的数值,指定动画作品调入的进度;
- -Height:对象的高度;
- -Name:目标引用对象的名称;
- -Rotation:对象的旋转角度;
- -Target:对象的目标路径;
- -Total frames:获取时间轴上的所有帧数;
- -Url:对象的 URL 地址;

- -Visible：获取对象是否可见；
- -Width：对象的宽度；
- -X：对象的 X 轴坐标；
- -Y：对象的 Y 轴坐标；
- -Xscale：对象在 X 轴方向上的缩放比例；
- -Yscale：对象在 Y 轴方向上的缩放比例。

5. 全局属性类函数（Global Properties）

常用的全局属性类函数有：
- -High quality：设置作品中进行抗据齿处理；
- -Focusrect：显示选择的矩形；
- -Soundbuftime：设置音频播放时的缓冲时间。

6. 多字节字符串类函数（Multibyte String Functions）

常用的多字节字符串类函数有：
- -MBChr(AsciiCode)：将目标数值 AsciiCode 作为 ASCII 码转变为对应的多字节字符；
- -MBOrd(Character)：将目标多字节字符转变为 ASCII 码数值；
- -MBLength：计算目标多字节字符串的长度；
- -MBSubstring(String, Index ,Count)：获取目标字符串 String 中的子串,子串从第 Index 个字母开始,共有 Count 个字母。

关于函数的操作在一般课件中很少使用,必须是在专家模式下编写。

7.2 数学课件——梯形面积的计算

本节学习要点：课件中的算术运算
本课件的创新点：用长方形面积的求解方法,求解梯形、三角形的面积

7.2.1 教材分析与课件的总体构思

这是一个简单的小学数学课件,在学科知识中,要求学生通过硬背的方式记住梯形的面积计算公式是(上底＋下底)×高÷2。认真分析可以看出,这实际上是取梯形的平均长度再乘梯形的高度。因此,在该课件的总体构思时,要充分考虑该节内容是建立在"长方形面积"计算一节的基础上的。利用动画方式,将梯形演变成平行四形,再演变成为长方形,利用学生已掌握的知识求解,这样学生用同一个知识可求解不同的问题,不仅降低了理解知识过程中的难度,同时还延伸至"三角形面积"的计算内容。课件后附有对比计算分析,让学生对比两种计算的结果,从中达到创新培养的目的。像这样的创新理念是课件

设计开发时始终要高度落实,本课件的总体结构如图 7.2 所示,图中虚线为自行添加内容。

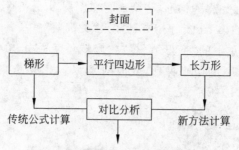

图 7.2　梯形面积计算课件总体结构

7.2.2　制作步骤

本课件为了满足作为模板使用的需求,对封面和讨论两个场景内容未作完善,可以根据自己的风格制作,也可以直接使用。

1. 主场景的制作

(1) 打开 Flash 文件,新建一个 Flash 文档。

(2) 文字属性为"静态文本",字体、字号、字的颜色按自己的风格选定,按图 7.3 所示内容输入文字。

(3) 用绘图工具栏上的"直线"工具,在文字的左下方画一个梯形边线。

(4) 用绘图工具栏上的"颜料桶"工具,选择蓝色填充如图 7.3 所示。

(5) 用绘图工具栏上的"箭头"或"套索"工具,将梯形选中,选择"修改"菜单下的"组合"命令,将其组合为一个整体。

(6) 再选择"修改"菜单下的"变形"命令,弹出下拉菜单,选择"任意变形"命令。此时梯形出现由 8 个小方块包围,梯形的中心会出现一个小"圆"点,用鼠标左键将中心"圆"点拖向梯形的右下角,如图 7.4 所示。这个"圆"点就是梯形的"转轴"。

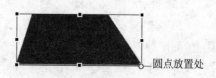

图 7.3　第 1 层的第 1 段文字和图像　　　　图 7.4　梯形的"转轴"放置处

(7) 选择"编辑"菜单下的"拷贝"或"复制"命令后,选择时间轴的 80 帧,按 F7 键插入"空白关键帧"。

(8) 单击"图层"面板上的增加"图层"按钮"＋"，增加新的"图层 2"。

(9) 在"图层 2"处于选中状态下，选择"编辑"菜单下的"粘贴到当前位置"命令，此时看见的是两个完全重合在一起的梯形，一个放置在图层 1，另一个放在图层 2。

(10) 选中"图层 2"的第 60 帧，按 F6 键插入"关键帧"。

(11) 选择"窗口"菜单下的"变形"命令，在旋转角度栏中，输入"180 度"后，如图 7.5(a)所示。直接按 Enter 键，将单个梯形，变成两个大小相等、方向不同的两个梯形，这是创意的第一步，如图 7.5(b)所示。

(a)   (b)

图 7.5　"变形"选项框与两个大小相等、方向不同的梯形

(12) 选中"图层 2"的第 59 帧，即"关键帧"之前的一帧，打开屏幕下方的"属性"面板，在"补间"选项中，选择"动作"或"动画"，完成"副本"梯形的倒向动画动作。

(13) 选中"图层 2"的第 80 帧，按 F6 键插入"关键帧"，将负向的梯形向上移动，组成平行四边形，如图 7.6 所示，并选择第 79 帧，打开屏幕下方的"属性"面板，在"补间"选项中，选择"动作"或"动画"，完成图形的移动。

(14) 选中"图层 1"的第 80 帧，用绘图工具栏上的"文本"工具，输入如图 7.6 所示界面上的文字。

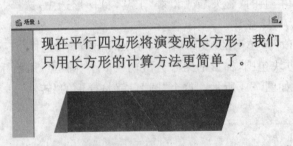

图 7.6　80 帧处由两个梯形移动组成的平行四边形与文字

(15) 单击"图层"面板上的增加"图层"按钮"＋"，增加新的"图层 3"。

(16) 选中"图层 3"的第 60 帧，按 F6 键插入"关键帧"，并用绘图工具栏上的"文本"工具，在负向梯形的上方输入如图 7.7 所示的文字。

(17) 选中"图层 3"的第 61 帧，按 F7 键插入"空白关键帧"，这段空起来。

(18) 选中"图层 3"的第 80 帧，按 F6 键插入"关键帧"，并用绘图工具栏上的"文本"工具，在平行四边形的下方输入如图 7.8 所示的文字内容和长、宽标示线。

(19) 选中"图层 2"的第 80 帧，先将左面即向上的梯形取消组合，并将分离出一个锐三角形,填充成红色后,再将锐三角形全部选中,选择"修改"菜单下的"组合"命令,组合成一个整体,如图7.8中左侧红色部分所示,并选择"编辑"菜单下的"剪辑"命令。

（20）单击"图层"面板上的增加"图层"按钮"+",增加新的"图层4"。

（21）选中"图层4"的第80帧,按F6键插入"关键帧"后,选择"编辑"菜单下的"粘贴到当前位置"命令,如图7.8所示。从视觉上是一个完整的平行四边形,但分离后的三角形在"图层4",其他的分布在"图层1"和"图层2"。

图7.7　60帧处的图形与文字　　　　图7.8　80帧处的文字与图形

（22）选中"图层4"的第100帧,按F6键插入"关键帧",将左面的锐三角形移至右面,形成一个完整的长方形,如图7.9所示。

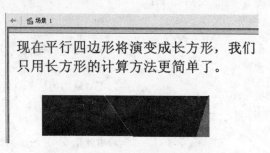

图7.9　移动成完整的平行四边形

（23）选中"图层4"的第99帧,打开屏幕下方的"属性"面板,选择"补间"选项中的"动作"或"动画",形成最后一段动画。

（24）选中"图层1"、"图层2"、"图层3"的第100帧,按F5键补齐时间轴。

（25）单击"图层"面板上的增加"图层"按钮"+",增加新的"图层5"。

（26）选择"窗口"菜单下的"公用库"命令,打开"按钮"文件夹,拖出两个按钮放在屏幕的下方,并在按钮上输入相应的文字,如图7.10所示。

（27）分别选中"图层1"的第1帧、"图层2"的第60帧、"图层3"的第80帧、"图层4"的第100帧(这些帧都是关键帧),添加stop命令,这样,主"场景"的操作将分段完成,与显示内容完全协调。

（28）添加按钮的语句命令,可在"标准模式"下双击自动添加,也可在"专家模式"下书写。如果是在Flash CS3或其他高版本下开发,建议选择1.0或2.0语句版本。

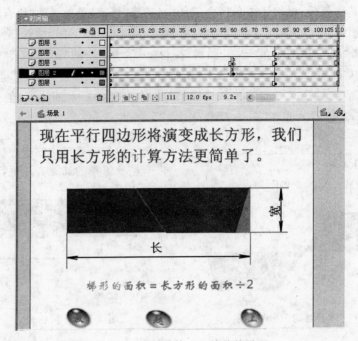

图 7.10　主场景第 100 帧处的界面

各按钮的语句命令及功能说明如下：

① "放"按钮的命令为：

```
on (release) {                    //事件命令+开始识别符
    play();                       //播放
}                                 //配对使用的任务结束符
```

② "题"按钮的命令为：

```
on (release) {                    //事件命令+开始识别符
    gotoAndStop("场景 2", 1);     //转到场景 2,并停在第 1 帧
}                                 //配对使用的任务结束符
```

③ "上"按钮的命令为：

```
on (press) {                      //事件命令+开始识别符
    fscommand("quit");            //退出影片(此命令只在先成影片后才生效)
}                                 //配对使用的任务结束符
```

2. "题目"场景的界面制作

(1) 选择"插入"菜单下的"场景"命令，插入新的"场景 2"，进入"场景 2"工作界面。

(2) 用绘图工具栏上的"文本"工具，文字类型选择"静态文本"，按图 7.11 所示输入相关的文字内容。

(3) 用绘图工具栏上的"直线"工具和"颜料桶"工具，按图 7.11 所示绘制梯形。标注示长、示宽线。

(4) 用绘图工具栏上的"文本"工具,文本框的属性改在"输入文本"下,在分号的上方的括号内,画两个输入文本框,如图 7.11 所示,第 1 个输入文本框的变量名为 k1,第 2 个的变量名为 k2,这里的"k"为汉字"空"的拼音第 1 个字符,"k1"为第 1 个空,"k2"为第 2 个空,它们代表的是"长"和"宽"两个量,数值是随图形的大小而改变的,所以在计算机的术语中叫"变量"。

(5) 用绘图工具栏上的"文本"工具,文本框的属性改在"动态文本"下,在"＝"右侧的括号内画一个"动态文本框",变量名为 t1,这里的"t"为汉字"填"的拼音第 1 个字母,"t1"即为"填 1",如图 7.11 所示。

注意:括号必须先左后右,单独使用"静态文本"框,否则另一个"文本框"将无法获取正确的参数值,这 3 个变量是课件中计算的主要参数之一。

(6) 单击"图层"面板上的增加"图层"按钮"＋",增加新的"图层 2"。

(7) 从库中拖 3 个按钮出来,放在界面的下方,如图 7.11 所示。

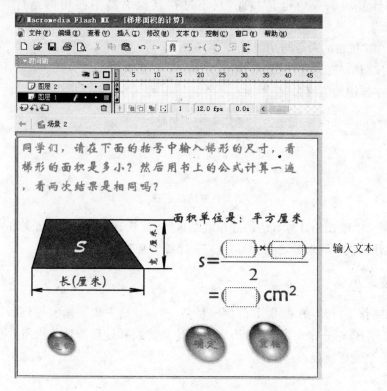

图 7.11 "题目"场景的完整工作界面

3. "按钮"的命令

(1) "返回"按钮的命令,前面已多次用到,就是一个"跳转并停止"语句。

```
on (release) {
```

```
        gotoAndStop("场景 1", 1);
    }
```

（2）"确定"按钮的命令及功能。

"确定"按钮的作用是如何将自然语言的计算公式和过程交给计算机完成，即按自然语言的目标，用计算机的要求编程去书写命令，它的命令及功能为：

```
on (press) {                        //事件命令+开始符
    t1=k1 * k2/2;                    //将 k1 与 k2 两个量的积除 2 后，给 t1
}                                    //语句任务的结束符
```

从式子"t1＝k1 * k2/2"不难看出，它就是自然语言中的计算关系式，完成的是乘和除的运算，k1 和 k2 代表的是两个边长尺寸，可以是任意的，所以叫作"变量"。t1 是面积结果，是由 k1 和 k2 所决定的，所以是"动态"文本。在课件的设计开发中，凡是涉及到计算或交互技术时，就是将自然语言中的计算公式和过程按计算机所要求的规则去写。这点在计算机编程中也是如此，只不过在其他书籍中使用的是计算机的专业术语。

（3）"重输"按钮的命令与功能。

"重输"按钮的任务是清空 2 个"输入文本"和"动态文本框"，为操作者让出界面空间，所以此时文本框中的值应为"空"，即：

```
on (press) {                        //事件命令+开始符
    k1=" ";                         //清空 k1
    k2=" ";                         //清空 k2
    t1=" ";                         //清空 k3
}                                    //语句任务的结束符
```

至此，课件中附加的计算数值的处理就结束了，请认真领悟"将自然语言中的计算公式和过程按计算机所要求的规则去写"这样一个编程原理。

本节技术小结

本例在制作上，巧妙的利用了"复制—粘贴—倒向"这一思路来实现创新。在计算功能的语句编写上，充分体现"将自然语言中的计算公式和过程按计算机所要求的规则去写"的这样一个编程原理。

7.3　虚拟实验课件——欧姆定律

本节学习要点：课件中的算术运算、标签控制、影片剪辑控制

本课件使用技术：关键帧、空白关键帧、图层、场景、元件

本课件的实用点：理论与全仿真集成

7.3.1　教材分析与课件的总体构思

这是一个知识跨度很大的理科课件,不仅在初中物理课中要学到,在高中物理中也是一个重点,在大学的相关课程中还要反复分析和讨论,在生产实践中也广泛应用。因此,在该课件的总体构思时,除了要充分考虑该节内容所表达的知识性跨度大这一特点外,同时力求讲清楚虚拟实验课件设计开发的全过程。课件在实验结束后,仍留出一定的空间,让读者根据学科知识和课件使用层次的需要进行补充。本课件的总体结构如图 7.12 所示,图中虚线部分可在读者需用时自行添加。

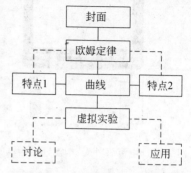

图 7.12　欧姆定律课件的总体结构

7.3.2　课件的素材需求与制作

本课件所需的素材主要是虚拟实验所需的器材,实验内容越多,所需的素材就越复杂。本课件的虚拟实验内容为电压固定、改变电阻、测量电流,所需的素材相对较少,主要有电池、开关、电流表、课件所需的命令按钮及影片剪辑等。

1. 电流表的制作

电流表由表壳、表盘、表针组成,表壳是静止图形,因为表盘和指针都要参与电路中的动作,也就是说,它们要参与物体的计算,所以表盘为"静止"的影片剪辑,指针也为"静止"的影片剪辑。

(1) 表壳、电池、电阻联接图制作。

① 打开 Flash 软件,建立一个新的 Flash 文档。

② 用绘图工具栏上的"矩形"、"直线"、"椭圆"、"颜料桶"工具与屏幕下方的"属性"相互配合。如图 7.13 所示,先画静态部分的电流表外壳、电池、电阻及联线图,整个图形不要组合,只选中全部图形后,转换成"图形"元件保存在库中,再清除界面上的图形。

(2) "按钮"开关的制作。

① 选择"插入"菜单下的"新建元件"命令,选择"影片剪辑"命令后,进入"影片剪辑"编辑工作界面。

② 先在第 1 帧上画好"按钮"常闭触头及按柄,全部选中后,再选择"编辑"菜单下的"拷贝"命令。

③ 在第 2 帧处按 F7 键插入"空白关键帧"。

④ 再选择"编辑"菜单下的"粘贴到当前位置"子命令,粘贴好后,向下移动 1~2mm,以仿真"按钮"按下时动作。

⑤ 单击"图层"面板上的增加"图层"按钮"+",增加新的"图层 2"。

⑥ 双击"图层 2"图标,将"图层 2"名称改为 ActionScript,以便"测量"电流时控制时间轴、图层名称、图层图形,如图 7.14 所示。

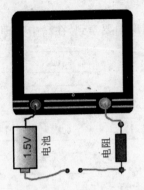

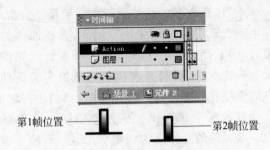

图 7.13　电流表外壳、电池、电阻及联线图　　　图 7.14　时间轴、图层名称、图层图形

(3) 表盘刻度"影片剪辑"的制作,虽然只有一帧,但该"元件"要参与计算,所以必须作成"影片剪辑"才能实现计算的功能。

① 选择"插入"菜单下的"新建元件"命令,在弹出的"元件类型"选项中,选择"影片剪辑"命令后,单击"确定"按钮。进入"影片剪辑"工作界面。

② 用绘图工具栏上的"直线"工具,先画一条直线,然后用"箭头选取"工具,画成弧线,再用"文本"工具输入相应的数字,如图 7.15 所示。

(4) 表针的制作,"表"针虽只是一根红线,但它在电流的测量过程中是动画"元件",所以也必须制作成"影片剪辑",按"测量按钮"时,其值才会有相应的动作。

① 选择"插入"菜单下的"新建元件"命令,在弹出的"元件类型"选项中,选择"影片剪辑"命令后,单击"确定"按钮,进入"影片剪辑"工作界面。

② 用绘图工具栏上的"直线"工具,设置粗细为 2.5、颜色为红色、实线,在界面上画一条长度约为 2.3cm 的竖线,如图 7.16 所示。

图 7.15　电流表盘　　　　　　　　　　　　　图 7.16　表针

(5)《欧姆定律》特性曲线,影片剪辑元件的制作。

① 选择"插入"菜单下的"新建元件"命令,在弹出的"元件类型"选项中,选择"影片剪辑"命令后,单击"确定"按钮,进入"影片剪辑"工作界面。

② 用绘图工具栏上的"直线"工具,设置粗细为 2、颜色为黑色、实线,在界面上画 X 轴和 Y 轴,将显示比例设置为 400,画好 Y 轴和 X 轴的箭头。

③ 用绘图工具栏上的工"文本"工具,按比例输入相对应的数据。Y 轴表示电流值,X 轴表示电压值。在 110 帧处,按 F5 键"插入帧",如图 7.17 所示的轴线及数据部分。

④ 单击"图层"面板上的增加"图层"按钮"＋",增加新的"图层 2"。

⑤ 用绘图工具栏上的"直线"工具,设置粗细为 2、颜色为红色、实线,在"图层 2"上过 Y 轴和 X 轴的交点 O 处,按 45°平分画一条长度约为 0.5cm 的斜线,如图 7.16 左图交点所示。

⑥ 选中"图层 2"的第 110 帧,按 F6 键插入"关键帧"。

⑦ 先用绘图工具栏上的"箭头选取"工具,再同时用主工具栏上的"缩放"工具,按住鼠标左键不放,向上拖至延长约 5cm 左右,如图 7.17 右图所示。

⑧ 单击"图层"面板上的增加"图层"按钮"+",增加新的"图层 3",时间轴自动延伸到 110 帧。选中"图层 3"的第 110 帧,按 F6 键插入"关键帧",因为只有"关键帧"才是可以编辑的帧。

⑨ 用绘图工具栏上的"文本"工具,输入欧姆定律特性曲线的结论文字内容:"欧姆定律的曲线是经过坐标原点的直线。"如图 7.17 下方所示。

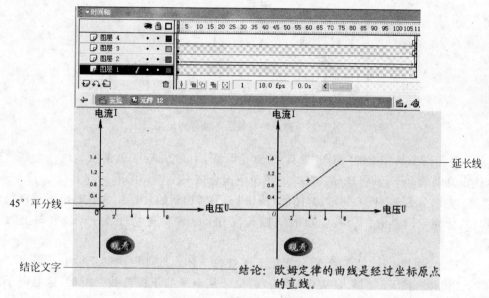

图 7.17 欧姆定律特性曲线

⑩ 单击"图层"面板上的增加"图层"按钮"+",增加新的"图层 4",时间轴自动延伸到第 110 帧。再参见 4.2.2 节控制按钮的制作方式,制作一个控制按钮,放置在曲线的左下角,并在按钮上输入"放"字,如图 7.17 所示。

⑪ 按钮的命令与功能为:

```
on (press) {            //事件命令+开始识别符
    play();             //播放
}                       //配对使用的结束符
```

⑫ 分别选择"图层 2"的第 1 帧,"图层 3"的最后一帧,在屏幕下方的"动作-帧"面板中,双击 stop 命令,这一步的目的是让曲线在人为控制下播放。

(6)《欧姆定律》电路"影片剪辑"的制作。

① 选择"插入"菜单下的"新建元件"命令,在弹出的"元件类型"选项中,选择"影片剪

辑"后,单击"确定"按钮,进入"影片剪辑"工作界面。

② 用绘图工具栏上的"直线"、"矩形"、"文本"等工具,先画静止的内容,即在"图层1"上先画电路图、输入文字、画电阻、电阻两端的标示线等,并在40帧处,按F5键插入"帧",如图7.18所示。

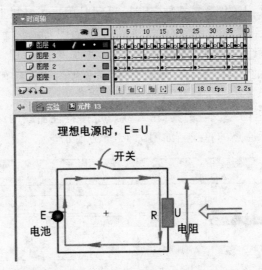

图7.18 时间轴与最后一帧界面电路

③ 用绘图工具栏上的"椭圆"工具,选红色渐变,填充方式用"放射状",画一个红色球体,代表流动的电子,并将球体在"修改"菜单下组合成一个整体图形。

④ 单击"图层"面板上的增加"图层"按钮"+",增加新的"图层2",这是电子移动的动画层,共分为5段。上、下、右3段时间帧长度相等。左侧电源下为一段,电源上为另一段。

⑤ 选中"图层2"的第1帧,将代表电子的红色球体拖放在电源的正极上,再选中"图层2"的第5帧,按F6键插入"关键帧"后,将电子从电源的正极拖放到上端,这是电子从正极出发,向上流动的路径。

⑥ 选中"图层2"的第15帧,按F6键插入"关键帧",将电子拖动,经开关,放置在右上方,这是电子从左开始经开关向右流动的路径。

⑦ 选中"图层2"的第25帧,按F6键插入"关键帧",将电子拖动,向下,经电阻,放置在右下方,这是电子从上经电阻向下流动的路径。

⑧ 选中"图层2"的第35帧,按F6键插入"关键帧",将电子拖动,向左,放置在左下方,这是电子从右向左流动的路径。

⑨ 选中"图层2"的第40帧,按F6键插入"关键帧",将电子拖动,向上,经电源回到电源的正极,这是电子从下向上,回到电源的路径。

⑩ 分别选中"图层2"的第4帧、第14帧、第24帧、第34帧和39帧,打开屏幕下方"属性"面板,在"补间"选项中,选择"动作"或"动画",形成电子流动的全路段动画,如图7.18所示为时间轴与最后一帧界面的电路。

⑪ 单击"图层"面板上的增加"图层"按钮"+",增加新的"图层3",这层用于箭头

指示。

⑫ 选中"图层3"的第1帧,在电阻的右侧画双线箭头,并将其组合,如图7.18中箭头所示。

⑬ 选中"图层3"的第5帧,按F6键插入"关键帧",用鼠标左键将箭头向电阻拖动。

⑭ 选中"图层3"的第10帧,按F6键插入"关键帧",将箭头移开电阻后退。以后每间隔5帧,使用一次"关键帧",重复上述的移开和靠近的动作。

⑮ 单击"图层"面板上的增加"图层"按钮"+",增加新的"图层4",这层用于箭头指示电流的全程。

⑯ 在"图层4"的第1帧上画环路箭头,并选中环路箭头,选择"编辑"菜单下的"拷贝"命令,然后在第3帧上按F7键插入"空白关键帧"。

⑰ 选中"图层4"的第5帧,按F6键插入"关键帧",再选择"编辑"菜单下的"粘贴到当前位置"命令,在第8帧的地方再按F7键插入"空白关键帧"。

重复上述过程,形成每间隔2帧,出现环路箭头,产生走动式箭头动画效果。这样,在电路图中,就有3个动画,一个是电子的流动,第二是双线箭头对电阻的指示,三是电子流过的整个环路指示。

(7) 封面元件"闪烁星星"影片剪辑的制作。

① 选择"插入"菜单下的"新建元件"命令,在弹出的"元件类型"选项中,选择"影片剪辑"后,单击"确定"按钮,进入"影片剪辑"工作界面。

② 选择绘图工具栏上"椭圆"工具,填充色选白灰,填充方式选"放射状",在界面上画横、竖两个交叉的椭圆,模拟"星星闪烁"图形,如图7.19所示。

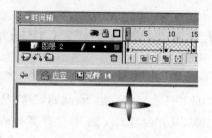

图7.19 闪烁的星星

③ 选择第7帧处,按F6键插入"关键帧",用主工具栏上的"缩放"工具,将星星图形缩小。

④ 再在第15帧处,按F6键插入"关键帧",用主工具栏上的"缩放"工具,将星星图形放大,形成星星大、小闪烁动画。

其他的按钮,七彩文字、大小缩放、三色球体引导等动画请参照前面的例子制作。各"元件"制作完毕后,单击场景图标,返回"场景1"界面。

7.3.3　封面场景的制作

1. 背景

(1) 用绘图工具栏上的"矩形"工具,填充色选黑色,在界面上画一个与工作界面大小相同的矩形,形成黑色背景。

(2) 打开元件库,用鼠标左键将制作好的影片剪辑元件"星星、七彩文字、标题文字、运动的三色球体"拖出来,按图7.19所示的位置摆放,并调整好大小。

（3）单击"图层"面板上的增加"图层"按钮"＋"，增加新的"图层 2"，将控制"按钮"拖出来放在左下方，如图 7.20 所示位置。

（4）用绘图工具栏上的"文本"工具，在按钮上输入图 7.20 所示的操作提示文字。

图 7.20　虚拟实验《欧姆定律》课件封面

2. 按钮命令

（1）"进入"按钮的命令与功能为：

```
on (release) {          //事件命令+开始识别符
    gotoAndStop("内容", 1);  //转到内容场景("内容"为第 2 场景的名称)，并停在第 1 帧
}                       //配对使用的结束符
```

（2）"退出"按钮的命令与功能为：

```
on (press) {            //事件命令+开始识别符
    fscommand("quit");   //退出影片系统
}                       //配对使用的结束符
```

7.3.4　《欧姆定律》工作场景的制作

《欧姆定律》工作场景主要展示学科知识中欧姆定律的特点、数学表达式以及欧姆定律的特性曲线等。因为《欧姆定律》是实验性非常强的定律，所以开始就应体现它的主体内容，从开发技术层面讲，以计算和动画为主，所以在整个制作过程中"空白关键帧"和"影片剪辑"用得多。

（1）选择"插入"菜单下的"场景"子命令，增加新的"场景 2"，将"场景 2"改为"内容"，将"场景 1"改为"封面"。

注意：用 Flash MX 为开发工具软件在"修改"菜单下的"场景"子菜单下修改，其他版本先打开"窗口"菜单，再在"其他面板"下的"场景"子命令下修改。

（2）选择绘图工具栏上的"文本"工具，文字的属性按自己风格设定，按图 7.21 所示内容，输入相关文字。

（3）用鼠标左键将制作好的"电路图"影片剪辑拖出，放置在图 7.21 所示的位置。

（4）单击"图层"面板上的增加"图层"按钮"＋"，增加一个新的"图层 2"。

（5）用鼠标左键将制作好的控制按钮拖出来放置在图 7.21 所示的位置，并用"文本"工具在按钮上输入"上"、"下"、"返回"等操作提示性文字。

（6）选择"图层 1"的第 2 帧，按 F7 键插入"空白关键帧"。

（7）用绘图工具栏上的"文本"工具，属性设置为"静态文本"后，输入图 7.22 所示的静止文本内容。

（8）用绘图工具栏上的"文本"工具，文本的性质设置为"输入文本"后，在表格中画出空的"虚线"文本框。

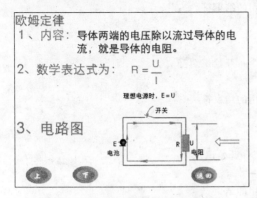

图 7.21 《欧姆定律》内容及电路

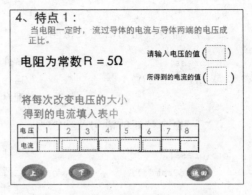

图 7.22 图层 1 第 2 帧的文本内容

注意：这些"虚线"框生成影片后是看不见的，它的任务是接收操作者从键盘输入电流数据，所以在"变量"一栏没有相应的"变量名"。

（9）用绘图工具栏上的"文本"工具，文本的性质设置为"输入文本"后，在"请输入电压的值"右侧括号内，拖画一个"虚线"文本框，在文本框的变量名一栏输入小写的英文字符"u"，即代表电压。

（10）用绘图工具栏上的"文本"工具，文本的性质设置为"动态文本"后，在"所得到的电流值"右侧括号内，拖画一个"虚线"文本框，在文本框的"变量名"一栏输入小写的英文字符"i"，即代表电流。

（11）在"图层 2"的第 2 帧处按 F5 键"插入帧"，与"图层 1"的时间轴对齐。

（12）单击"图层"面板上的增加"图层"按钮"+"，增加一个新的"图层 3"，在第 2 帧处按 F7 键插入"空白关键帧"。

（13）将制作好的控制按钮拖两个出来，放置在如图 7.23 所示的位置。这两个按钮是用来进行计算功能的，并用"静态文本"工

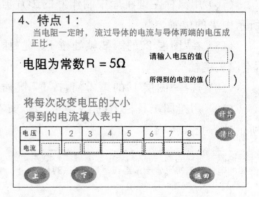

图 7.23 第 2 帧上的全部内容

具在按钮上输入"计算"、"清除"等操作提示性字样，如图 7.23 所示。

（14）各按钮的命令语句及功能说明。

① "计算"命令按钮的语句及功能为：

```
on (press) {              //事件命令+开始识别符
    i=u/5                 //将电压 u 的值除 5 后,给电流 i
}                         //配对使用的结束符
```

② "清除"命令按钮的语句及功能为：

```
on (press) {              //事件命令+ 任务开始识别符
    u=" ";                //将输入文本框 u 的值"清空"
```

```
    i=" ";                          //将动态文本框 i 的值清空
}                                    //配对使用的结束符
```

③ "上"命令按钮的语句及功能为：

```
on (press) {                         //事件命令+ 开始识别符
    prevFrame();                     //运行上一帧
}                                    //配对使用的结束符
```

④ "下"命令按钮的语句及功能为：

```
on (press) {                         //事件命令+ 开始识别符
    nextFrame();                     //运行下一帧
}                                    //配对使用的结束符
```

⑤ "返回"命令按钮的语句及功能为：

```
on (press) {                         //事件命令+ 开始识别符
    gotoAndStop("封面", 1);          //转到封面场景并停在第 1 帧
}                                    //配对使用的结束符
```

（15）选中"图层 1"的第 3 帧，按 F7 键插入"空白关键帧"，用"静态文本"工具，按图 7.24 上方所示的文字内容输入。

（16）用鼠标左键将库中制作好的影片剪辑《欧姆定律》特性曲线拖出来，放在图 7.24 所示中央的位置。

（17）在"图层 2"的第 3 帧处按 F5 键"插入帧"，在"图层 3"的第 3 帧处按 F7 键插入"空白关键帧"。

（18）选择"图层 1"的第 4 帧，按 F7 键插入"空白关键帧"。

（19）用绘图工具栏上的"文本"工具，文本的性质设置为"静态文本"后，输入图 7.25 所示的静止文本内容。

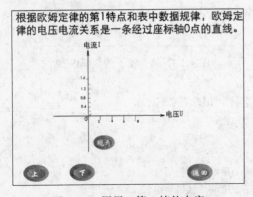

图 7.24 图层 1 第 3 帧的内容

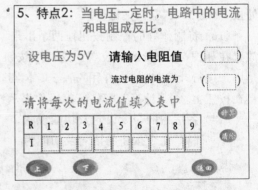

图 7.25 第 4 帧的内容

（20）用绘图工具栏上的"文本"工具，文本的性质设置为"输入文本"后，在表格中画出空的"虚线"文本框。同样这些"虚线"文本框在生成影片后是看不见的，它们的任务是接收操作者用键盘输入相应的电流值，所以仍无需为它们起"变量名"。

(21) 用绘图工具栏上的"文本"工具,文本的性质设置为"输入文本"后,在"请输入电阻值"右侧括号内,再画一个"虚线"文本框,变量名为"r",以代表电阻。

(22) 用绘图工具栏上的"文本"工具,文本的性质设置为"动态文本"后,在"流过电阻的电流值为"右侧括号内,再画一个"虚线"文本框,变量名为"i",以代表电流。

(23) 在"图导2"的第4帧处按F5键"插入帧",补齐时间轴(如已自动补齐,则省略此步骤)。

(24) 在"图层3"的第4帧处按F7键插入"空白关键帧"。

(25) 将库中的控制按钮拖出来放在"图层3"第4帧,再用"静态文本"工具,在按钮上输入"计算"、"清除"等操作提示文字,如图7.25所示的位置。

(26) "计算"、"清除"按钮的命令与功能为。

① "计算"按钮的命令与功能为:

```
on (press) {          //事件命令+ 任务开始符
    i=5/r             //用电压值5v,除电阻r,将所得结果给i
}                     //配对使用的结束符
```

② "清除"按钮的命令与功能为:

```
on (press) {          //事件命令+任务开始符
    r=" ";            //将输入文本框r的值清空
    i=" ";            //将动态文本框i的值清空
}                     //配对使用的结束符
```

(27) 分别选中"图层1"的第1帧和第4帧,打开屏幕下方的"动作-帧"面板,双击stop命令,以便逐帧播放。

本节技术小结

本节"场景"中用得最多的是计算,现在来分析两处计算命令"i＝u/5、及 i＝5/r",它们其实就是自然语言《欧姆定律》的计算公式,只是在公式的前后加上了计算机的事件命令、开始识别符、配对使用的结束识别符而已。所以,在课件开发时,凡是涉及到需要进行计算、判断等智能语句,就要想办法将自然语言中的计算公式,按计算机能处理的格式去写,改变非计算机专业人员对程序命令产生恐惧、绕道而行的心理,这样才能开发设计出功能全面的多媒体课件。

7.3.5 《欧姆定律》(虚拟)实验场景的制作

本节"场景"的关键技术是如何实现"表指针与刻度读数的准确对应偏转",这是虚拟实验必须创设的课堂环境之一,也是虚拟实验课件开发的主要技术之一。这里首先理解"元件"在不同位置时的名称,在制作"元件"时,它在库中的名称是由系统自动按先后顺序排列的,即元件1、元件2、元件3、……这是系统给它们的名称,当将它们移至界面中,担任角色后,这个名称就不太好用了,必须给它们重新命名一个计算机能识别和处理的新"名字",这个新"名字",在影片剪辑中叫"实例名称"。

1. 放置静止内容

(1) 选择"插入"菜单下的"场景"命令,增加新的"场景 3",并在"修改"菜单的"场景"子命令下,将"场景 3"名称改为"实验"。

(2) 用绘图工具栏上的"文本"工具,用"静态文本"方式,在图 7.26 所示的图中,先输入静态文字内容,包括字母、符号内容。

(3) 再用绘图工具栏上的"文本"工具,用"输入文本"方式,在图 7.26 所示的图中,再画一个空的虚线"输入文本"框,将变量名命名为 R。

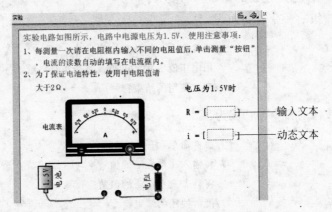

图 7.26　实验场景中界面上的静止内容

(4) 再用绘图工具栏上的"文本"工具,用"动态文本"方式,在图 7.26 所示的图中,再画一个空的虚线"动态文本"框,将变量名命名为 i。

(5) 用鼠标左键将库中制作好的"电流表外壳"、"电池"、"电阻及联线图"拖出来,放在图 7.26 所示的图中。

2. 关键"元件"的放置与命名

(1) 单击 4 次"图层"面板上的增加"图层"按钮"＋",新增"图层 2"、"图层 3"、"图层 4"、"图层 5",并分别双击"图层"名称,将"图层"名称分别依次改为"文本"、"指针"、"按钮"、"开关"、"标签页"。

(2) 选中"指针"层,用鼠标左键将制作好的"指针"影片剪辑拖出来,放置在电流表的中心位置,在屏幕下方左侧的"实例名称"栏内输入 z,即汉字"指针"的"指"字的汉语拼音第 1 个字母。程序命令中,对字符 z 的控制,就是对"指针"的控制,如图 7.27 所示。

(3) 选中"按钮"层,用鼠标左键将制作好的按钮拖出来,放在"动态文本"框的下方,并用"文本"工具在按钮上分别输入"测量"、"重置"、"上节"、"返回"等操作提示文字。

(4) 选中"开关"层,用鼠标左键将制作好的"开关"影片剪辑按钮拖出来,放置在电路

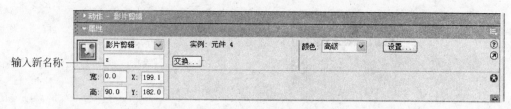

图 7.27 "指针"影片剪辑的重命名

的 2 个静触点上方,在屏幕下方左侧的"实例名称"栏内输入 k1,即汉字"开关"的"开"字的汉语拼音第 1 个字母。程序命令中,对字符 k1 的控制,就是对"开关"的控制,如图 7.28 所示。

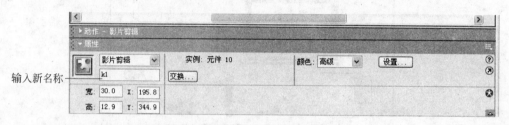

图 7.28 "开关"影片剪辑的重命名

(5) 在"标签页"层的第 1 帧、第 2 帧、第 3 帧处,分别按 F7 键插入"空白关键帧",每帧用来写不同的"动作-帧"命令。

注意:在放置"影片剪辑"元件时,对"开关"和"指针"这两个关键元件重命名,是整个虚拟实验环节最关键的步骤。电流表测量读数的仿真就是对这两个元件的控制,揭示了这样一个关键应用知识点,在用 Flash 软件开发的课件,仿真实验可以通过对"影片剪辑"元件的控制来实现,布局完毕后的时间轴和界面如图 7.29 所示。

3. 命令与标签语句的编写

(1)"测量"按钮的命令及功能是:

```
on (release) {              //事件命令+任务开始符
    play();                 //播放
    tellTarget ("/k1") {    //告诉目标影片剪辑执行动作 (即开关接通)
        gotoAndStop(2);     //停在第 2 帧上 (按钮的第 2 帧接通)
    }                       //配对使用的结束符
}                           //配对使用的结束符
```

(2)"重置"按钮的命令及功能是:

```
on (release) {              //事件命令+任务开始符
    tellTarget ("/k1") {    //告诉目标影片剪辑执行动作 (即开关断开)
        gotoAndStop(1);     //停在第 1 帧上 (按钮的第 1 帧断开)
    }                       //配对使用的结束符
}                           //配对使用的结束符
```

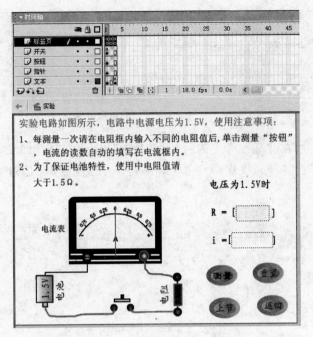

图 7.29 时间轴与元件布局界面

注意："测量"、"重置"的设定位置在屏幕下方的"**动作-按钮**"面板中，打开"**否决的**"菜单下的"**动作**"命令，其命令语句如图 7.30 所示。

转换至专家模式

图 7.30 tellTarget 命令的设置路径

（3）"上一节"按钮的命令及功能是：

```
on (release) {                      //事件命令+任务开始符
    gotoAndStop("内容", 1);         //转到内容场景,并停在第1帧上
}                                   //配对使用的结束符
```

（4）"返回"按钮的命令及功能是：

```
on (release) {                      //事件命令+任务开始符
    gotoAndStop("封面", 1);         //转到封面场景,并停在第1帧上
}                                   //配对使用的结束符
```

(5)"标签帧"的语句：

注意：标签帧的语句的设定位置在屏幕下方的"动作-帧"面板中，选择"动作"菜单下的"影片剪辑控制"命令，其控制语句如图 7.31 所示。

图 7.31　setProperty 语句的设置路径

(6)"第 1 帧"的动作语句及功能是：

```
stop();                          //停止
a=0;                             //将零给给电流 a
setProperty("/z", _rotation, a); //设置影片剪辑 z 的旋转角度
r=" ";                           //电阻 r 为零
i=" ";                           //电流 i 为零
```

(7)"第 2 帧"的动作语句及功能是：

```
i="1.5" / r;                     //电压值 1.5 除电阻 r 值
a+=1;                            //在 a 为零的基础上加一次计算值
setProperty("/z", _rotation, a); //设置影片剪辑 z 的旋转角度
if (90 / r<a) {                  //如果 90 除 r 小于 a
stop();                          //停止
}                                //结束符
```

(8)"第 3 帧"的动作语句及功能是：

```
gotoAndStop(2);                  //转至第 2 帧停止
play();                          //播放
```

本 章 总 结

本章可以说是本书的重点和难点，同时也是课件设计开发的重点和难点，总结起来主要体现在下面几个方面。

1. 在课件内容要涉及到计算时，必然想到"按自然语言中的计算公式和思维，用计算机所要求的规则去写语句命令。"

2. 计算中所用到的 "变量"，体现在"文本框"的命名和文本的类型上。

3. 虚拟实验的主体，集中在对"影片剪辑"元件的控制，语句只是那么一两句。

上机练习

在 7.3.5 节《虚拟实验》项目中，再增加一个新的"场景"，将虚拟实验内容改为保持电阻不变，改变电压的大小，得出《欧姆定律》的另一结果，即：电阻一定时，电路中的电流与电压成正比。

第 8 章　理科精选课件开发实例

本章学习（巩固）要点：

- 第 1 至 7 章知识的综合应用

本章通过几个精选课件实例的设计与开发，对 Flash 技术在课件开发中的综合应用作全面的提升与总结。

8.1　物理课件 1——滑动摩擦的研究

在学习物理时，有些学生觉得摩擦力跟向心力一样是一个比较抽象、难以掌握的概念。尤其是对于刚刚学习物理的学生来讲，理解这两个概念比较困难。这里精选了学科知识跨度大，但通过课件的演示模拟，又容易理解的滑动摩擦为例，让学生通过观察、探索规律，充分理解和掌握物理知识。

8.1.1　课件的教学目的与总体构思

1. 课件的教学目标

根据物理学科的相关知识，摩擦分为滑动摩擦和滚动摩擦两种。下面以滑动摩擦为例，用课件模拟在相同下滑条件，不同物质的接触面上产生的摩擦力滑动现象，并测量出结果，通过课件的仿真实验观察，让学生轻松的理解滑动摩擦与哪些因素有关，摩擦系数与摩擦力大小的关系等基本概念。所以课件要达到的教学目标就是要以"创设实验"环境为目的，再现"实验过程"为手段，让学生懂得很多物理知识来源于实践，可以通过观察来学习和寻找解决问题的物理方法。

2. 课件的总体构思

根据课件的教学目标要求，课件在仿真时，采用冰面、木板、棉布作为物体滑行的接触条件。所以课件在总体构思时，采用多"场景"、多"图层"制作，即 1 个封面"场景"，3 个单条件动画"场景"，1 个集中比较"场景"，最后为总结、讨论"场景"，其总体结构如图 8.1 所示。

从结构图可以看出，课件可以通过控制"按钮"操作方式从封面进入任意一个单条件的"场景"，单"场景"之间也可以相互调看，当 3 个单条件的滑动摩擦实验演示完后，才进

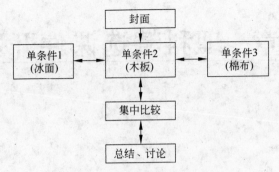

图 8.1   滑动摩擦课件的总体结构

入同一下滑条件,不同物质接触面的比较"场景",最后才进入总结、讨论"场景"。

8.1.2   素材需求分析及元件制作

1.素材分析

(1) 由于课件中有相同下滑的条件要求,所以应该有一个每个"场景"都能共同使用的下滑斜面,这个斜面应是"图形"元件。

(2) 同样是由于有相同下滑的条件,所以也应该有一个每个"场景"都能共同使用的下滑物体,这个物体也应是"图形"元件。由于物体在下滑的过程中,当接触平面后会出现抛掷现象,在制作技术上必须克服这种现象,故应该有两个大小、质量相同的物体,可以命名为 M1 和 M2。当 M1 接触平面的瞬间,使用"空白关键帧"技术,立即换成 M2,这样从视觉效果看,是连续滑动的动画。

(3) 由于物体下滑到平面后,使用了 3 种不同的接触材料,所以应该有 3 个外形尺寸相同、表面质地不同的平行滑板,这 3 个平行滑板也应是"图形"元件。

(4) 由于是多"场景","场景"间的切换必须使用命令控制"按钮"元件,所以应制作控制"按钮"元件。

(5) 课件中由于要对物体的滑行距离进行测量,而且随接触面质地的不同,每次测量的数据也不同,所以要求有 3 把测量直尺。拟用一把基本图形直尺,然后通过"影片剪辑"元件的形式,形成 3 把测量直尺。

(6) 课件存在选择题,还应制作"暗按钮"。"暗按钮"也是一种控制按钮,只是在生成影片后不可见。它用于对题目选择时的动作。

2.素材元件的制作

(1) 制作下滑的斜坡"图形"元件

① 打开 Flash 软件,进入 Flash 文档工作界面。

② 单击"插入"菜单下的"新建元件"命令,在弹出的"元件类型"选项中,选择"图形"后,单击"确定"按钮,进入图形元件编辑工作界面。

③ 选择绘图工具栏上的"直线"工具,在界面上画斜坡"图形"元件的边线,边线间不

能出现间断点,如图 8.2(a)所示。

技巧:每个面的边线必须组成闭合的面,否则无法进行填充。画直线时,先画超出相交,再选择多余线段删除。

④ 选择绘图工具栏上的"颜料桶"工具,属性为浅黑,对准斜坡"图形"元件的各个空白面进行填充,填充后的效果如图 8.2(b)所示。

注意:如果某面不能填充,说明该面的边线有间断点。

⑤ 用绘图工具栏上的"箭头选取"或"套索"工具,选中斜坡图形的全部内容,选择"修改"菜单下的"组合"命令,将图形组合。

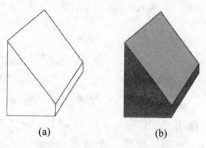

(a)　　　　　(b)

图 8.2　斜坡"图形"元件的绘制

(2) 制作滑行物体 M1、M2

① 选择"插入"菜单下的"新建元件"命令,在弹出的"元件类型"选项中,选择"图形"后,单击"确定"按钮,进入图形元件编辑工作界面。

② 选择绘图工具栏上的"直线"工具,在界面上画滑行图形元件 M1 的边线,边线间同样不能出现间断点,如图 8.3(a)所示。

③ 同样选择绘图工具栏上的"颜料桶"工具,属性为蓝色,对准 M1"图形"元件的空白面填充,填充效果如图 8.3(b)所示。

④ 用绘图工具栏上的"箭头选取"或"套索"工具,选中 M1 的全部内容,选择"修改"菜单下的"组合"命令,将图形组合。

⑤ 用相同的方法制作 M2。M2 是平行滑动的物体,所以正面是垂直的,如图 8.3(c)和(d)所示。

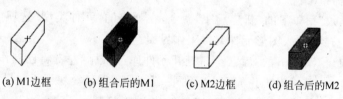

(a) M1边框　　　(b) 组合后的M1　　　(c) M2边框　　　(d) 组合后的M2

图 8.3　元件 M1 与 M2 的绘制过程

(3) 制作冰面滑行板元件

① 选择"插入"菜单下的"新建元件"命令,在弹出的"元件类型"选项中,选择"图形"后,单击"确定"按钮,进入图形元件编辑工作界面。

② 选择绘图工具栏上的"直线"工具,在界面上画冰面滑行板的边线,边线间同样不能出现间断点,如图 8.4 所示。

③ 同样选择绘图工具栏上的"颜料桶"工具,属性为金属色,填充方式选"放射状",对准冰面滑板的空白区域填充,填充效果如图 8.5 所示。

④ 用绘图工具栏上的静态"文本"工具,在滑板上书写"冰面",如图 8.5 所示。

⑤ 用绘图工具栏上的"箭头选取"或"套索"工具,选中冰面滑板及文字等全部内容,选择"修改"菜单下的"组合"命令,将图形组合。

图 8.4 冰面滑行板的边框   图 8.5 冰面滑板

（4）制作"木板"元件

① 选择"插入"菜单下的"新建元件"命令，在弹出的"元件类型"选项中，选择"图形"后，单击"确定"按钮，进入图形元件编辑工作界面。

② 选择"窗口"菜单下的"库"命令，打开元件库，用鼠标左键将已制作好的"冰面"滑板拖出，放在编辑工作界面上。

技巧：用同一个边框，保证 3 块滑板的外形尺寸相同。

③ 选择"修改"菜单下的"取消组合"命令，将图形打散。

④ 再选择绘图工具栏上的"颜料桶"工具，属性为桔黄色，填充方式选"纯色"，对准滑板的滑行面区域填充，效果如图 8.6 所示。

⑤ 用绘图工具栏上的"铅笔"工具，在木板的滑行面上画几条纹线，如图 8.7 所示。

⑥ 用绘图工具栏上的静态"文本"工具，在滑板上书写"木板"，如图 8.7 所示。

图 8.6 填充的木板   图 8.7 加文字和勾纹的木板

⑦ 用绘图工具栏上的"箭头选取"或"套索"工具，选中木板滑板及文字等全部内容，选择"修改"菜单下的"组合"命令，将图形组合。

（5）制作"棉布"滑板元件

① 选择"插入"菜单下的"新建元件"命令，在弹出的"元件类型"选项中，选择"图形"后，单击"确定"按钮，进入图形元件编辑工作界面。

② 选择"窗口"菜单下的"库"命令，打开元件库，用鼠标左键将已制作好的"冰面"或"木板"滑板拖出，放在编辑工作界面上（用同一个边框，保证 3 块滑板的尺寸一致）。

③ 选择"修改"菜单下的"取消组合"命令，将图形打散。

④ 选择"文件"菜单下的"导入"命令，导入素材库中的"棉布"，（导入在"舞台和库"均可以），放在平行滑板上，形成"棉布"滑板。并用"主工具"栏上的"缩放"和"变形"工具，调整大小和形状，刚好遮盖在"棉布"滑板的上面，如图 8.8 所示。

⑤ 用绘图工具栏上的"文本"工具，在滑板上书写"棉布"，如图 8.8 所示。

⑥ 用绘图工具栏上的"箭头选取"或"套索"工具，选中棉布滑板及文字等全部内容，选择"修改"菜单下的"组合"命令，将图形组合。

（6）制作直尺

① 选择"插入"菜单下的"新建元件"命令，在弹出的"元件类型"选项中，选择"图形"后，单击"确定"按钮，进入图形元件编辑工作界面。

② 用绘图工具栏上的"矩形"工具，填充色选桔黄，在界面上先画一个矩形，用作直尺

的外形,如图 8.9 所示。

图 8.8　棉布滑板

图 8.9　绘制好的直尺

③ 用绘图工具栏上的"直线"工具,颜色选黑色,在矩形上画刻度线,如图 8.9 所示。

技巧:画刻度线时,画好一组线段后,采用复制/粘贴方式。

④ 用绘图工具栏上的"文本"工具,颜色选红色,大小为 15~20,在直尺的刻度线旁输入刻度数据,如图 8.9 所示。

⑤ 用绘图工具栏上的"箭头选取"或"套索"工具,选中直尺及文字等全部内容,选择"修改"菜单下的"组合"命令,将图形组合。

(7) 制作封面文字"摩擦力的研究"影片剪辑

① 选择"插入"菜单下的"新建元件"命令,在弹出的"元件类型"选项中,选择"影片剪辑"后,单击"确定"按钮,进入图形元件编辑工作界面。

② 用绘图工具栏上的静态"文本"工具,颜色选红色、字体为楷体、字号用 36,在界面上输入"摩擦力的研究"文字,在"图层 1"的第 40 帧处按 F5 键插入帧。效果如图 8.10 所示。

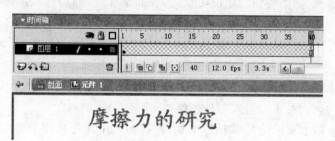

图 8.10　界面上输入的封面文字及时间轴

③ 单击"图层"面板上的增加"图层"按钮"+",增加新的"图层 2",时间轴自动延长至 40 帧。

④ 选择绘图工具栏上的"矩形"工具,填充色选七彩,在文字的下方或上方拖画一个长方形图形。图形长是文字的二倍,宽大于文字即可,并选中图形,单击"修改"菜单下的"组合"命令,将其组合,如图 8.11 所示。

⑤ 选中"图层 2"的第 1 帧,将七彩图形移至文字上,将文字遮挡,与文字左对齐。

⑥ 选中"图层 2"的第 20 帧,按 F6 键插入"关键帧",将七彩图形移至左侧,与文字右对齐。

⑦ 选中"图层 2"的第 40 帧,按 F6 键插入"关键帧",将七彩图形移回至右侧,与文字左对齐,正好来回一周期。

⑧ 分别选中"图层 2"的第 19 帧、39 帧,即"关键帧"之前的一帧,打开屏幕下方的属性面板,选择"补间"选项中的"动作"或"动画"。

⑨ 在"图层"面板上选中"图层 2"图标,按住鼠标左键不放,向下拖至"图层 1"的位置

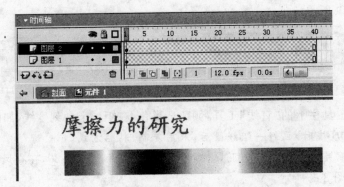

图 8.11　七彩长方形与对应的时间轴

时放开,让"图层 2"与"图层 1"的位置互换。

⑩ 此时在"图层"面板上选中"图层 1"图标,并右击,在弹出的下拉菜单中,选择"遮罩层",即用文字去遮罩七彩图形,突显的是文字,这样就形成了文字的七彩效果。

(8) 制作控制"按钮"元件

控制"按钮"的制作请参阅 4.2.2 节。

(9) 制作"暗按钮"(注意:"暗按钮"也是一种控制按钮,只在原文件中可见,生成影片后不可见,所以称为"暗按钮",生成影片后,表面是在选择题目,实质是在操作控制"暗按钮")。

① 再次单击"插入"菜单下的"新建元件"命令,在弹出的"元件类型"选项中,选择"按钮"选项后,单击"确定"按钮,进入"按钮"元件编辑工作界面。

② 界面上什么内容都不做,在空的情况下连续按 3 次 F6 键,直接跨过时间帧格上的"抬起"、"指针经过"、"按下",进入"点击"帧格。

③ 此时用绘图工具栏上的"矩形"工具,在界面上用深色画一个 1×5 厘米左右的长方形。这个长方形就是制作的"暗按钮"的有效点击区域。

(10) 从素材库中导入封面用的"安装"图片。

至此,课件所需的素材全部制作完毕。

8.1.3　课件的组装与制作

1. 课件封面的制作

(1) 单击界面左上角的"场景 1"面板,退出"元件"编辑界面,进入工作"场景 1"界面。

(2) 选择"修改"菜单下的"场景"命令(注意:Flash 8.0 和 Flash CS4 打开"窗口"菜单下的"其他面板",再打开"场景"命令),在弹出的"场景"名称面板中,双击"场景"名称,将"场景 1"名改为"封面"。

(3) 选择"窗口"菜单下的"库"命令,用鼠标左键将导入的"安装"图片拖出,放置在界面的左侧,并调整大小,占据界面的三分之二左右。

(4) 选择绘图工具栏上的"矩形"工具,填充色根据自己的风格选取,在界面的右侧画一个矩形,遮完余下的三分之一界面。

(5) 选择绘图工具栏上的"文本"工具,在新画的矩形上输入作者、姓名、开发日期等封面内容。

(6) 单击"图层"面板上的增加"图层"按钮"＋",增加新的"图层 2"。

(7) 用鼠标左键将库中的控制按钮拖出来,放置在界面右侧的下方,如图 8.12 所示。

(8) 选中"图层 1"的第 1 帧,用鼠标左键将库中的封面七彩文字"影片剪辑"拖出,放置在右上方,组成完整的课件封面,如图 8.12 所示。

图 8.12　课件的封面

2. 冰面滑行场景的制作

(1) 选择"插入"菜单下的"场景"命令,增加新的"场景 2",用于制作"冰面"场景。

(2) 选择"修改"菜单下的"场景"命令,在弹出的"场景"名称面板中,双击"场景"名称,将"场景 2"名改为"冰面"。

(3) 用鼠标左键将制作好并保存在库中的"冰面滑板、斜坡"元件拖出,放置在如图 8.13 所示的位置,并调整大小。这是静止的图像。

图 8.13　界面上静止的滑板、斜坡与文字

(4) 选择绘图工具栏上的"文本"工具,输入如图 8.13 上方所示的文字内容,与"冰面滑板、斜坡"一并组成静止内容。

(5) 选中第 100 帧,按 F7 键插入"空白关键帧"。

(6) 选中第 100 帧之前的任何一帧,选择"编辑"菜单下的"拷贝"命令。

(7) 再选中第 100 帧(注意:该帧已为"空白关键帧")。选择"编辑"菜单下的"粘贴到当前位置"命令。

(8) 选中第 130 帧,按 F5 键"插入帧",这 4 个步骤是为后面的"测量动画"配齐时间轴。

(9) 单击"图层"面板上的增加"图层"按钮"＋",增加新的"图层 2",用于制作动画层的内容。

（10）选中"图层2"的第1帧，用鼠标左键将制作好并保存在库中的M1滑块拖出，放在"斜坡"的顶端。

（11）选中"图层2"的第10帧，按F6键插入"关键帧"，将M1滑块移至"斜坡"的底端，如图8.14（a）所示。

（12）选中"图层2"的第9帧，即关键帧之前的一帧，打开屏幕下方的属性面板，选择"补间"选项中的"动作"或"动画"，形成下滑的动画图像。

（13）在打开的屏幕下方属性面板中，将"简易"值设置为负100（注意：负100为加速），因为这是加速滑行。

（14）选中"图层2"的第11帧，按F7键插入"空白关键帧"，将M1滑块换成M2（将M1换成M2的目的是避免M1在下滑过程中出现抛掷现象），如图8.14（b）所示。

(a) M1在第10帧的位置　　　　　　(b) 第11帧将M1换成M2

图8.14　第10帧、第11帧位置

（15）选中"图层2"的第100帧，按F6键插入"关键帧"，将M2滑块移至"冰面滑板"的右侧，如图8.15所示。

（16）选中"图层2"的第99帧，即关键帧之前的一帧，在屏幕下方的属性面板中，选择"补间"选项中的"动作"或"动画"，形成平面上的滑动动画图像。

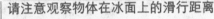

图8.15　直尺放置位置

（17）在屏幕下方的属性面板中，将"简易"值设置为正100（注意：正100为减速），因为这是减速滑行。

（18）选中"图层2"的第130帧，按F5键"插入帧"，为后面的"测量动画"配齐时间轴。

（19）选中"图层1"的第100帧，用鼠标左键将制作好并保存在库中的"直尺"元件拖出，放置在如图8.15所示的位置，直尺是静止的图像。

（20）单击"图层"面板上的增加"图层"按钮"＋"，增加新的"图层3"，用于制作直尺动画层的内容。

（21）单击"图层3"的第100帧，按F7键插入"空白关键帧"。

（22）选用绘图工具栏上的"矩形"工具，边线、填充色均选"白色"，在"第3层"的第100帧与之对应的界面上画能刚好遮挡"直尺"的矩形，形成界面上根本就没有直尺的视觉效果，如图8.16所示。

（23）选中"白色"矩形，选择"修改"菜单下的"组合"命令，将其组合。

（24）单击"图层3"的第130帧，按F6键插入"关键帧"。

（25）选用主工具栏上的"缩放"工具，然后按住鼠标左键不放，将"白色矩形"向右侧压缩（注意：此时白色矩形的中心点拖向右端），使直尺的显示位置与滑块的滑行距离一致，形成测量过程的动画，如图8.17所示。

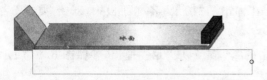

请注意观察物体在冰面上的滑行距离

请注意观察物体在冰面上的滑行距离

图8.16　白色矩形遮挡直尺　　　　　　　　图8.17　测量位置

（26）选中"图层3"的第129帧，即关键帧之前的一帧，打开屏幕下方的属性面板中，选择"补间"选项中的"动作"或"动画"，形成测量滑动距离的动画。

（27）单击"图层"面板上的增加"图层"按钮"＋"，增加新的"图层4"，用于放置控制"按钮"，并编辑相应的控制命令。

（28）用鼠标左键将制作好并保存在库中的控制"按钮"元件拖出，放置在"图层4"与之对应的屏幕下方，如图8.18所示的位置，并用绘图工具栏上的"文本"工具，在"按钮"上输入图8.18所示的文字。

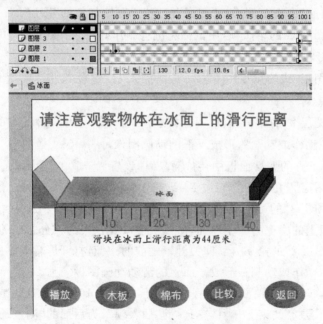

图8.18　时间轴与按钮布局

（29）选中"图层4"的第130帧，按F6键插入"关键帧"，并打开屏幕下方的"动作-帧"面板，双击stop命令。

（30）用绘图工具栏上的"文本"工具，选中"图层4"的第130帧后，在"直尺"下方输入测量结果文字。

（31）选中"图层1"的第1帧,并打开屏幕下方的"动作-帧"面板,双击stop命令。

3. 木板滑行场景的制作

（1）选择"插入"菜单下的"场景"命令,增加新的"场景3",用于制作"木板"场景。

（2）选择"修改"菜单下的"场景"命令,在弹出的"场景"名称面板中,双击"场景"名称,将"场景3"名改为"木板"。

（3）用鼠标左键将制作好并保存在库中的"木板、斜坡"元件拖出,参照图8.13所示的位置放置,并调整大小,这也是静止的图像。

（4）选择绘图工具栏上的"文本"工具,输入"请注意观察物体在木板上的滑行距离"文字,与"木板滑板、斜坡"一并组成静止内容。

（5）同样选中第100帧,按F7键插入"空白关键帧"。

（6）同样选中第100帧之前的任何一帧,选择"编辑"菜单下的"拷贝"命令。

（7）再选中第100帧(该帧已为"空白关键帧"),选择"编辑"菜单下的"粘贴到当前位置"命令。

（8）选中"图层1"的第100帧,用鼠标左键将制作好并保存在库中的"直尺"元件拖出,参照图8.15所示的位置放置,这是静止的图像。

（9）单击"图层"面板上的增加"图层"按钮"+",增加新的"图层2"。

（10）选中"图层2"的第1帧,用鼠标左键将制作好并保存在库中的M1滑块拖出,放在"斜坡"的顶端。

（11）选中"图层2"的第10帧,按F6键插入"关键帧",将M1滑块移至"斜坡"的底端。

（12）选中"图层2"的第9帧,即关键帧之前的一帧,打开屏幕下方的属性面板,选择"补间"选项中的"动作或动画",形成下滑的动画图像。

（13）在屏幕下方的属性面板中,将"简易"值设置为-100,因为这是加速滑行。

（14）选中"图层2"的第11帧,按F7键插入"空白关键帧",将M1滑块换成M2。

（15）选中"图层2"的第100帧,按F6键插入"关键帧",将M2滑块移至"冰面滑板"的右侧,因为木板上的摩擦力大于冰面,所以只能放置在大约三分之二的位置。

（16）选中"图层2"的第99帧,即关键帧之前的一帧,打开屏幕下方的属性面板,选择"补间"选项中的"动作或动画",形成平面上的滑动动画图像。

（17）在屏幕下方的属性面板中,将"简易"值设置为100,因为这是减速滑行。

（18）选中"图层2"的第130帧,按F5键"插入帧",为后面的"测量动画"配齐时间轴。

（19）单击"图层"面板上的增加"图层"按钮"+",增加新的"图层3",用于制作直尺动画层的内容。

（20）单击"图层3"的第100帧,按F7键插入"空白关键帧"。

（21）选用绘图工具栏上的"矩形"工具,边线、填充色均选白色,在第3层的第100帧上画能刚好遮挡"直尺"的矩形,形成界面上根本就没有直尺的视觉效果。

（22）选中"白色"矩形，选择"修改"菜单下的"组合"命令，将其组合。

（23）单击"图层3"的第130帧，按F6键插入"关键帧"。

（24）选用主工具栏上的"缩放"工具，将"白色矩形"向右侧压缩（注意：此时白色矩形的中心点拖向右端），使直尺的显示位置与滑块的滑行距离一致，同样是形成测量过程的动画。

（25）选中"图层3"的第129帧，即关键帧之前的一帧，打开屏幕下方的属性面板，选择"补间"选项中的"动作"或"动画"，形成测量滑动距离的动画。

（26）单击"图层"面板上的增加"图层"按钮"＋"，增加新的"图层4"，用于放置控制"按钮"，并编辑相应的控制命令。

（27）用鼠标左键将制作好并保存在库中的控制"按钮"元件拖出，放置在"图层4"对应的界面，如图8.18所示的位置。并用绘图工具栏上的"文本"工具，在"按钮"上输入图8.18所示的文字。

（28）选中"图层4"的第130帧，按F6键插入"关键帧"，并打开屏幕下方的"动作-帧"面板，双击stop命令。

（29）用绘图工具栏上的"文本"工具，选中"图层4"的第130帧后，在"直尺"下方输入测量结果文字。

（30）选中"图层1"的第1帧，并打开屏幕下方的"动作-帧"面板，双击stop命令。

"木板"场景最后一帧的运行界面与时间轴如图8.19所示。

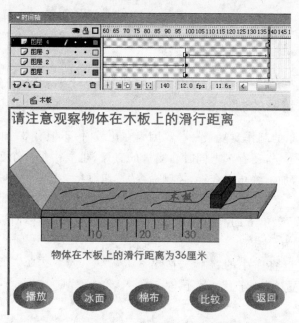

图8.19　"木板"场景第130帧的界面

4. 棉布滑行场景的制作

（1）选择"插入"菜单下的"场景"命令，增加新的"场景4"，用于制作"棉布"场景。

（2）选择"修改"菜单下的"场景"命令，在弹出的"场景"名称面板中，双击"场景"名称，将"场景4"名改为"棉布"。

"棉布滑行"场景的制作方法与"冰面"场景和"木板"场景完全相同，请参照这两个场景的制作方法制作"棉布滑行"场景，"棉布滑行"场景第130帧的运行界面如图8.20所示。

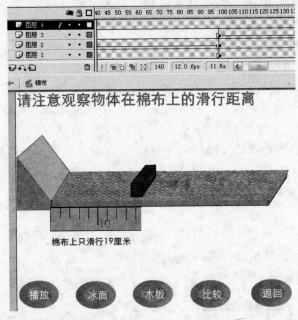

图 8.20 "棉布"场景第 130 帧的界面

5．比较滑行场景的制作

"比较滑行"场景的制作要复杂一些。因为在比较时，不但有3个同时在滑行的物体，要占据3个独立动画层，还有3把同时在测量的直尺，也要占据3个独立动画层，这样动画图层数就有6层，加上静止内容层，控制命令"按钮"层，共有8个"图层"。

（1）选择"插入"菜单下的"场景"命令，增加新的"场景5"，用于制作"比较"场景。

（2）选择"修改"菜单下的"场景"命令，在弹出的"场景"名称面板中，双击"场景"名称，将"场景5"名改为"比较"。

（3）用鼠标左键将库中的"斜坡"拖出3个来放在界面上，左对齐，分上、中、下3层放置，如图8.21所示。

（4）用鼠标左键分别将库中的"冰面滑板、木板滑板、棉布滑板"拖到界面上，与3个"斜坡"组成3种情况的比较静态图形，如图8.21所示。

（5）用绘图工具栏上的"文本"工具，在界

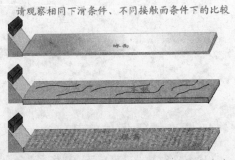

图 8.21 比较"场景"中"图层1"的静态内容

面的上方输入图 8.21 中所示的文字内容。

（6）选中第 100 帧，按 F7 键插入"空白关键帧"。

（7）选择 1 至 99 帧之间的任何一帧，单击"编辑"菜单下的"拷贝"命令。

（8）再选中第 100 帧，单击"编辑"菜单下的"粘贴到当前位置"命令。

（9）用鼠标左键先将库中的元件"直尺"拖出来，放在各滑行板的下方，形成在播放动画时，动画图形不中断，同时又能显示新元件出现的静态层。

注意：上述图形和文本全部处于"图层 1"，而且都是静止不动的内容。

（10）单击 3 次"图层"面板上的增加"图层"按钮"＋"，增加新的"图层 2"、"图层 3"、"图层 4"，用于制作 3 个滑行动画。

（11）选中"图层 2"的第 1 帧，用鼠标左键先将库中的元件 M1 拖出来，放置在上层"斜坡"的顶端，如图 8.21 所示。

（12）选中"图层 3"的第 1 帧，还用鼠标左键先将库中的元件 M1 拖出来，放置在中层"斜坡"的顶端，如图 8.21 所示。

（13）选中"图层 4"的第 1 帧，再用鼠标左键先将库中的元件 M1 拖出来，放置在下层"斜坡"的顶端，如图 8.21 所示。

（14）分别选中"图层 2"、"图层 3"、"图层 4"的第 10 帧，按 F6 键插入"关键帧"。

（15）分别将"图层 2"、"图层 3"、"图层 4"上的元件滑块 M1 移至"斜坡"的底端，如图 8.22 所示。

（16）分别选择"图层 2"、"图层 3"、"图层 4"的第 9 帧，即"关键帧"之前的帧，打开屏幕下方的"属性"面板，选择"补间"选项中的"动作"或"动画"，形成 3 个物体同时下滑的动画。

（17）分别选中"图层 2"、"图层 3"、"图层 4"的第 11 帧，按 F7 键插入"空白关键帧"。

（18）再用鼠标左键先将库中的元件 M2 拖出来，分别放置在各层各滑行板的左侧，如图 8.23 所示。

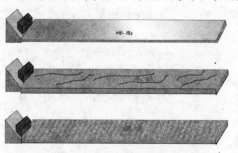

图 8.22　第 10 帧处 M1 的位置

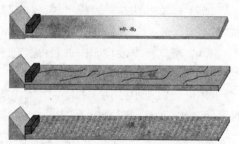

图 8.23　第 11 帧处换成 M2

（19）分别选中"图层 2"、"图层 3"、"图层 4"的第 100 帧，按 F6 键插入"关键帧"。

（20）分别将滑块 M2 移至如图 8.24 所示滑板上不同的位置。

（21）分别选择"图层 2"、"图层 3"、"图层 4"的第 99 帧，即"关键帧"之前的帧，打开屏幕下方的"属性"面板，选择"补间"选项中的"动作"或"动画"，形成 3 个物体同时滑动的动画。

（22）再单击 3 次"图层"面板上的增加"图层"按钮"＋"，增加新的"图层 5"、"图层 6"、"图层 7"，用于制作 3 个测量动画。

（23）分别选中"图层 5"、"图层 6"、"图层 7"的第 100 帧，按 F7 键插入"空白关键帧"。

（24）用绘图工具栏上的"矩形"工具，边线和填充都选择"白色"，分别选择"图层 5"、"图层 6"、"图层 7"的第 100 帧，分别拖画 3 个矩形（外形略比"直尺"大），遮挡"直尺"即可，造成视觉上没有"直尺"。

（25）分别选中拖画的 3 个"白色矩形"，单击"修改"菜单下的"组合"命令。

（26）分别选中"图层 5"、"图层 6"、"图层 7"的第 130 帧，按 F6 键插入"关键帧"。

（27）用主工具栏上的"缩放"工具，3 个"白色矩形"的中心吸附点移至右侧，按图 8.25 所示的位置压缩。

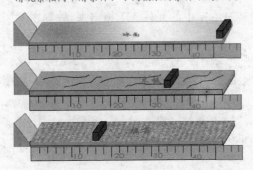

图 8.24　各层第 100 帧时 M2 的位置

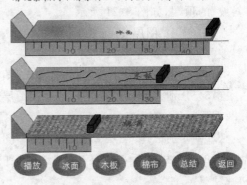

图 8.25　比较"场景"130 帧界面

（28）分别选择"图层 5"、"图层 6"、"图层 7"的第 129 帧，即"关键帧"之前的帧，打开屏幕下方的"属性"面板，选择"补间"选项中的"动作"或"动画"，形成 3 把直尺同时测量的动画。

（29）再单击"图层"面板上的增加"图层"按钮"＋"，增加新的"图层 8"，用于放置控制按钮。

（30）用鼠标左键将库中的控制按钮元件拖出来，放置在界面的下方，再用绘图工具栏上的"文本"工具，按图 8.25 所示输入相应的操作提示文字。

（31）分别选中"图层 1"的第 1 帧，"图层 7"的第 130 帧（这两帧都是关键帧），并打开屏幕下方的"动作-帧"面板，双击 stop 命令。

至此，"比较"场景的主要制作工作就结束了，该场景的时间轴与图层面板分布如图 8.26 所示。

6.　"总结、讨论"场景的制作

（1）单击"插入"菜单下的"场景"命令，增加新的"场景 6"，用于制作"总结、讨论"场景。

（2）单击"修改"菜单下的"场景"命令，在弹出的"场景"名称面板中，双击"场景"名

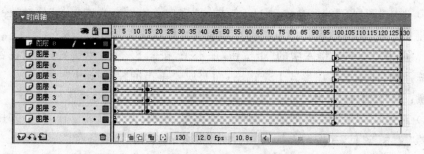

图 8.26 "比较"场景的时间轴与"图层"面板分布

称,将"场景 6"名改为"总结"。

(3)用绘图工具栏上的"文本"工具,在界面上输入如图 8.27 所示的讨论内容,为了让课件具有模板性,满足交流学习的需要,总结内容为"空白",可以根据自身需要填写。

(4)再单击"图层"面板上的增加"图层"按钮"+",增加新的"图层 2",用于放置控制按钮。

(5)用鼠标左键将库中的控制按钮拖出来,放置在界面的右下方,再用绘图工具栏上的"文本"工具,输入"返回",如图 8.27 所示,

(6)再单击"图层"面板上的增加"图层"按钮"+",增加新的"图层 3",用于放置"逐帧控制"按钮。

(7)再用鼠标左键将库中的控制按钮拖出来,按图 8.27 所示位置放置,再用绘图工具栏上的"文本"工具,输入"下一题"。

(8)选中"图层 1"的第 2 帧,按 F7 键插入"空白关键帧",用绘图工具栏上的"文本"工具,输入图 8.28 界面中所示的题目内容。

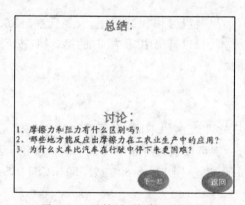

图 8.27 总结"场景"第 1 帧内容

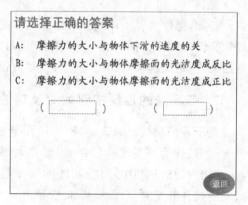

图 8.28 总结"场景"第 2 帧内容

注意:题目内容均为静态文本。

(9)用静态文本方式,独立分开画出套用"虚线动态文本框"的两对小括号。

注意:两个虚线动态文本框的名字:左侧的"变量名"为 k1,右侧的"变量名"为 k2。

(10)选中"图层 2"的第 2 帧,按 F5 键"插入帧",因本层是控制"场景"的跳转,所以"按钮"命令及功能通用。

（11）选中"图层3"的第2帧，按F7键插入"空白关键帧"，因本层是"逐帧"控制，放置本帧的独立内容，相应的控制按钮命令及功能都只能在本帧使用。

（12）再用鼠标左键将库中的"暗按钮"拖出来，按图8.29所示位置放置，将各题目遮盖。当选择题目时，虽然在形式上是选题，而实质是单击的控制按钮。

注意：此"暗按钮"在课件生成影片后为不可见状态。

（13）再用鼠标左键将库中的控制按钮拖出来，按图8.29所示位置放置，并用绘图工具栏上的"文本"工具，在按钮上输入相应的操作提示文字。

（14）选中"图层1"的第1帧（这是关键帧），并打开屏幕下方的"动作-帧"面板，双击stop命令。

"总结"场景的时间轴与"图层"面板如图8.30所示。

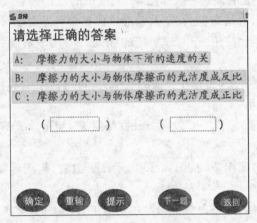

图8.29　"图层3"第2帧的内容

图8.30　图层面板与时间轴

至此，课件的各主体"场景"已经制作完成。如果要继续增加练习题，只要选择"图层1"第3帧，按F7键插入"空白关键帧"即可完成文本的布局；选中"图层3"的第3帧，按F7键插入"空白关键帧"，完成"逐帧控制"按钮的布局。

7. 各场景的控制按钮命令及功能

关于各控制按钮的命令，根据所用开发工具软件版本的不同，有所区别。如果使用Flash MX作为开发工具软件，本课件大部分命令都可以通过屏幕下方的"动作-按钮"面板，在相应的语句栏中，双击相应的命令自动添加，当使用Flash 8.0或Flash CS3、CS4版本的软件开发时，只能按要求书写。

（1）"总结、讨论"场景的命令语句及功能为：

• 题目"暗按钮"A的命令：

```
on (press) {                    //事件命令+开始识别符
    k1="A";                     //将A给文本框k1,即点选答案A时,括号中显示A
}                               //配对使用的任务结束符
```

• 题目"暗按钮"B的命令：

```
on (press) {                        //事件命令+开始识别符
    k1="B";                         //将 B 给文本框 k1,即点选答案 B 时,括号中显示 B
}                                   //配对使用的任务结束符
```

- 题目"暗按钮"C 的命令:

```
on (press) {                        //事件命令+开始识别符
    k1="C";                         //将 C 给文本框 k1,即点选答案 C 时,括号中显示 C
}                                   //配对使用的任务结束符
```

- "确定"按钮的命令及功能:

```
on(press){                          //事件命令+开始识别符
    if(k1=="B"){                    //条件判断,如果 k1 中的值为 B
    k2="正确";                      //动态文本框 k2 中就显示"正确"
    }                               //配对使用的结束符
else {k2="错了";                    //否则,动态文本框 k2 中就显示"错了",指条件不成立
}                                   //配对使用的任务结束符
}                                   //配对使用的任务结束符
```

- "重输"按钮的命令及功能:

```
on (press) {                        //事件命令+开始识别符
    K1=" ";                         //文本框 k1 为空
    K2=" ";                         //文本框 k2 为空
}                                   //配对使用的任务结束符
```

- "提示"按钮的命令及功能:

```
on (press) {                        //事件命令+开始识别符
    K1="B";                         //将 B 给文本框 k1
    K2=" ";                         //文本框 k2 为空
}                                   //配对使用的任务结束符
```

- "下一题"按钮的命令及功能:

```
on (press) {                        //事件命令+开始识别符
    nextFrame();                    //播放下一帧
}                                   //配对使用的任务结束符
```

- "返回"按钮的命令及功能:

```
on (release) {                      //事件命令+开始识别符
    gotoAndStop("封面", 1);         //转到封面场景,并停在第 1 帧
}                                   //配对使用的任务结束符
```

(2)"比较"场景的命令及功能

- "播放"按钮的命令及功能:

```
on (release) {                      //事件命令+开始识别符
```

```
    gotoAndPlay(1);                    //从第 1 帧播放
}                                      //配对使用的任务结束符
```

- "冰面"按钮的命令及功能：

```
on (release) {                         //事件命令+开始识别符
    gotoAndStop("冰面", 1);            //转到冰面场景,并停在第 1 帧
}                                      //配对使用的任务结束符
```

- "木板"按钮的命令及功能：

```
on (release) {                         //事件命令+开始识别符
    gotoAndStop("木板", 1);            //转到木板场景,并停在第 1 帧
}                                      //配对使用的任务结束符
```

- "棉布"按钮的命令及功能：

```
on (release) {                         //事件命令+开始识别符
    gotoAndStop("棉布", 1);            //转到棉布场景,并停在第 1 帧
}                                      //配对使用的任务结束符
```

- "总结"按钮的命令及功能：

```
on (release) {                         //事件命令+开始识别符
    gotoAndStop("总结", 1);            //转到总结场景,并停在第 1 帧
}                                      //配对使用的任务结束符
```

其他各"场景"的"控制"按钮命令语句基本与本"场景"相同,请参照书写完成。最后请检查各"场景"中的开始帧和最后一帧,是否添加了 stop 命令,如果没有添加,生成影片后会自动播放。

8. 生成影片文件

(1) 单击"文件"菜单下的"导出影片"命令,弹出如图 8.31 所示的影片参数设置对话框。

图 8.31　Flash 影片设置对话框

——————多媒体课件设计与开发

（2）单击图 8.31 右上角的"确定"按钮,软件就自动生成.swf 的 Flash 播放影片。

（3）在播放.swf 的 Flash 影片时,单击"文件"菜单下的"创建播放器"命令,即可生成可执行文件。该文件格式无需在安装有 Flash 软件的计算机上就能播放。

本节技术小结

本例在制作过程中,主要使用了以下几项技术:
1. 充分利用"场景"实现不同内容的切换。
2. 充分利用好"图层",实现同台比较。
3. 充分利用元件"影片剪辑",实现距离的测量。
4. 本例的重要语句是"条件"语句的应用。

8.2 物理课件 2——力的平衡与失衡

力的平衡是物理学科中的一个很重要的知识点。它不仅广泛用于力学的各种受力分析,也大量将失衡原理用于生产实践中。如何理解力的平衡条件及失衡状态,对学生学习力学知识、培养学生分析问题和解决问题的能力有极大的帮助和启迪作用。

8.2.1 课件要达到的教学目标与总体构思

1. 课件的教学目标

通过观看课件,迅速理解和掌握"二力平衡条件",并能用"二力平衡条件"去观察和发现问题,将平衡与非平衡进行比较,从而能将失衡状态扩展引伸去分析问题和解决问题。并用"平衡与非平衡"原理去解释生活中所碰到的一些应用事例,让学生从事例中巩固学习,从学习中体会快乐,从而培养学生热爱科学、终生学习的情感观。

2. 课件的总体构思及制作思路

① 课件的总体构思一般都是为实现课件的教学目标而开展设计的,根据本课件的教学目标,课件首先应该有一个能说明"二力平衡"状态下的动画,当动画演示完毕,达到"二力平衡"时,动画停止,这时画面应及时的推出"二力平衡条件"的结论,即:二力大小相等,方向相反。

② 当"二力平衡条件"演示结束后,应对非平衡状态进行演示,由于非平衡情况出现相对较多,所以考虑用两个动画来完成非平衡状态的动画演示。

③ 当学生理解了"二力平衡的条件",并认识到非平衡状态产生的效果后,应及时跟上思考题,让学生立即联想到生活中所碰到过的"平衡与非平衡"事例。

综上所述，本课件考虑用四个"场景"组成，第一个"场景"为课件封面，从课件封面直接进入课件的主体"场景"；第二个"场景"为课件的主体1，内容为"平衡条件"的动画演示及结论；第三"场景"为课件的主体2，内容为"非平衡条件"的动画演示；第四个"场景"为思考题，让学生通过思考，联想生活中的"平衡与非平衡"事例。本课件的总体结构，如图8.32所示。

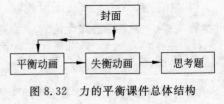

图8.32 力的平衡课件总体结构

④ 制作时，先分析课件所需的素材，再制作素材。

⑤ 用制作好的素材，组装课件。

8.2.2 课件所需素材分析与制作

1. 素材需求分析

在教科书中，二力的平衡通常是由物理教师在课堂上，用极简单的方法、图示说明或演示，课件的优势就是创设这种实验环境，放大实验过程。因此，本课件应具有下列素材。

- 两个大小相等的重物M1和M2，以引伸两个大小相等的力F1和F2。
- 一块长木板，用于放置重物、引伸两个不同方向、大小不等的力。
- 用于支撑木板的支架。
- 能反映非平衡状态（重物不同、力的大小不同）的"影片剪辑"。
- 修饰封面的背景图片和反映课件特点的"影片剪辑"动画。

2. 素材的制作

（1）重物的制作

①打开Flash软件，进入Flash文档工作界面。

② 用绘图工具栏上的"直线"工具，在界面上画如图8.33所示的图形。并用绘图工具栏上的"颜料桶"工具，填充色用金属色放射状填充。

③ 用绘图工具栏上的"文本"工具，在图形的正面输入M1字样。

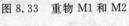

图8.33 重物M1和M2

④ 用绘图工具栏上的"箭头选取"工具或"套索"工具，选中全部图形后，单击"插入"菜单下的"转换成元件"命令。在弹出"元件类型"选项中，选择"图形"选项后，再单击"确定"按钮，这样M1就保存在库中了。

⑤ 用绘图工具栏上的"文本"工具，将M1改成M2，再用绘图工具栏上的"箭头选取"工具或"套索"工具，选中M2。然后单击"插入"菜单下的"转换成元件"命令，同样在"元件类型"选项中，选择"图形"选项后，再单击"确定"按钮，这样M2就保存在库中了。

（2）支架的制作

① 先清除界面上的M2。

② 选用绘图工具栏上的"椭圆"工具，填充方式为纯色，蓝色填充，先画两个圆，如

图 8.34 所示。

③ 用绘图工具栏上的"直线"工具,粗细为 10,蓝色,画横梁,如图 8.34 所示。

④ 用绘图工具栏上的"直线"工具,粗细为 10,黑色,画支架脚,如图 8.34 所示。

⑤ 再用绘图工具栏上的"箭头选取"工具或"套索"工具,选中"支架",然后单击"插入"菜单下的"转换成元件"命令。同样在"元件类型"选项中,选择"图形"选项后,再单击"确定"按钮,这样"支架"就保存在库中了。

(3) 平衡板的制作

① 先清除界面上的"支架"元件。

② 用绘图工具栏上的"直线"工具,粗细为 2,绿色,先画立体的平行四边形。

③ 用绘图工具栏上的"颜料桶"工具,填充色为黄色,方式为纯色填充,将立体平行四边形的各空白处填充,如图 8.35 所示。

图 8.34 支架图

图 8.35 "图形"元件平衡板

④ 用绘图工具栏上的"直线"工具,粗细为 2,红色,在平衡板上画中心分界线和象征二力 $F1(L_1)$ 与 $F2(L_2)$ 的方向线,如图 8.35 所示。

⑤ 用绘图工具栏上的"文本"工具,在平衡板分界线两侧分别输入文本 L_1 与 L_2,如图 8.35 所示。

⑥ 再用绘图工具栏上的"箭头选取"工具或"套索"工具,选中"平衡板",然后单击"插入"菜单下的"转换成元件"命令。同样在"元件类型"选项中,选择"图形"选项后,再单击"确定"按钮,这样"平衡板"就保存在库中了。

(4) 加载重物 M1、M2 后平衡板的制作

① 用鼠标左键将库中已制作好的重物 M1、M2 拖出,放置在平衡板的两侧,如图 8.36 所示。

图 8.36 放置 M1、M2 后的平衡板

② 再用绘图工具栏上的"箭头选取"工具或"套索"工具,选中"重物平衡板",然后单击"插入"菜单下的"转换成元件"命令。同样在"元件类型"选项中,选择"图形"选项后,再单击"确定"按钮,这样"重物平衡板"就保存在库中了。

(5) 参照 4.2.2 节有关控制按钮的制作方法制作按钮。

(6) 不等重物(非平衡)图形的制作。

① 先清除界面上的"重物平衡板"元件。

② 用鼠标左键将库中已制作好的"平衡板"拖出,再将 M1 拖出后,放置在"平衡板"

的左侧。

③ 用鼠标左键将库中已制作好的 M2 拖出,用主工具栏上的"缩放"工具,将 M2 放大后,放置在"平衡板"的右侧,以形成不同重物的图形,如图 8.37 所示。

图 8.37 重物 M2 大于 M1 图形

④ 用绘图工具栏上的"文本"工具,设置为字号 25、黑色、楷体,在中心分界线的上方输入"中心线"文字,如图 8.37 所示。

⑤ 同样是用绘图工具栏上的"箭头选取"工具或"套索"工具,选中"M2 大于 M1 失衡板"的全部图形,然后单击"插入"菜单下的"转换成元件"命令,在"元件类型"选项中,选择"图形"选项后,再单击"确定"按钮,这样"M2 大于 M1 失衡板"就保存在库中了。

(7)"非平衡 1"影片剪辑的制作

① 单击"插入"菜单下的"新建元件"命令,在弹出的"元件类型"复选项中,选择"影片剪辑"后,单击"确定"按钮,进入"影片剪辑"编辑工作界面。

② 用鼠标左键将库中已制作好的"支架"拖出,放在界面的中央位置,并用绘图工具栏上的"直线"工具,按图 8.38 所示,画出二力臂 L_1(F1)、L_2(F2)的分配标示位置,并选择 100 帧处,按 F5 键"插入帧"。

③ 单击"图层"面板上的增加"图层"按钮"＋",增加新的"图层 2"。

④ 再用鼠标左键将库中已制作好的"重物平衡板"拖出,"平衡板"的中心线向左移动一段距离,放置在"图层 2"上的第 1 帧,如图 8.39 所示。

图 8.38 支架与二力的分配位置   图 8.39 非平衡的初始状态

⑤ 选择"图层 2"的第 100 帧,按 F6 键插入"关键帧"。

⑥ 用主工具栏或绘图工具栏上的"任意变形"工具,将鼠标移至"平衡板"的左侧或右侧,当鼠标指针变成上下箭头时,按住左键不放,推至左低右高,形成非平衡,如图 8.40 所示。

⑦ 选中"图层 2"的第 99 帧,即"关键帧"之前的一帧,打开屏幕下方的属性面板,在"补间"选项中,选择"动作"或"动画",形成非平衡的动画过程。

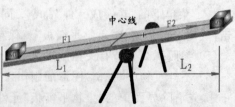

图 8.40 "图层 2"第 100 帧的非平衡界面

⑧ 单击"图层"面板上的增加"图层"按钮"＋"，增加新的"图层3"。

⑨ 选中"图层3"的第100帧，按F6键插入"关键帧"。

⑩ 用绘图工具栏上的"文本"工具，设置属性为红色，字体为楷体，大小为30，在图形的下方输入结果性文字"虽然两端重物相等，但由于$L_1 > L_2$，所以失衡，右边向上，左边向下"。

注意：此文字只能在"图层3"的最后一帧出现。

⑪ 单击"图层"面板上的增加"图层"按钮"＋"，增加新的"图层4"，并使其处于选中状态，以放置控制按钮。

⑫ 用鼠标左键将制作好的控制按钮元件拖出，放置在图形界面的左上方，并用绘图工具栏上的"文本"工具，在"按钮"上输入"重看"。

⑬ 控制按钮的命令语句及功能为：

```
on (release) {              //事件命令+开始识别符
    gotoAndPlay(1);         //每次从第1帧播放
}                           //配对使用的任务结束符
```

⑭ 选中"图层3"的第100帧，在屏幕下方的"动作-帧"语句栏中双击stop命令。

(8)"非平衡2"影片剪辑的制作

① 重新单击"插入"菜单下的"新建元件"命令，在弹出的"元件类型"复选项中，选择"影片剪辑"后，单击"确定"按钮，进入"影片剪辑"编辑工作界面。

② 用鼠标左键将库中已制作好的"支架"拖出，放在界面的中央位置，用绘图工具栏上的"直线"工具和"文本"工具，如图8.41所示，按网格线标准画出二力臂$L_1 = 3.5L_2$的分配标示位置和输入相应的文字，并选择第100帧处，按F5键"插入帧"。

③ 单击"图层"面板上的增加"图层"按钮"＋"，增加新的"图层2"。

④ 再用鼠标左键将库中已制作好的"M2＞M1的重物平衡板"拖出，中心线仍向左移动一段距离，放置在"图层2"的第1帧上，如图8.42所示。

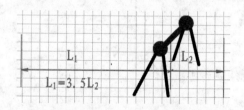
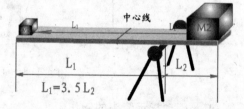

图8.41 力臂$L_1 = 3.5L_2$示意图　　图8.42 "非平衡2"影片剪辑第1帧图形

⑤ 选择"图层2"的第100帧，按F6键插入"关键帧"。

⑥ 用主工具栏或绘图工具栏上的"任意变形"工具，将鼠标移至"平衡板"的左侧或右侧，当鼠标指针变成上下箭头时，按住左键不放，推至左低右高，形成非平衡，如图8.43所示，这是用了"关键帧"之后的界面。

⑦ 选中"图层2"的第99帧，即"关键帧"之前的一帧，打开屏幕下方的属性面板，在

"补间"选项中,选择"动作或动画",形成非平衡的动画过程。

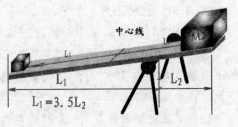

图 8.43 "关键帧"之后的界面

⑧ 单击"图层"面板上的增加"图层"按钮"+",增加新的"图层 3"。

⑨ 选中"图层 3"的第 100 帧,按 F6 键插入"关键帧"。

⑩ 用绘图工具栏上的"文本"工具,设置属性为红色,字体为楷体,大小为 30,在图形的下方输入结果性文字"$L_1 \times M1 > L_2 \times M2$;滑板仍是右高左低失衡"。

注意:此文字只能在"图层 3"的最后一帧出现。

⑪ 单击"图层"面板上的增加"图层"按钮"+",增加新的"图层 4",并使其处于选中状态,以放置控制"按钮"。

⑫ 用鼠标左键将制作好的控制按钮元件拖出,放置在图形界面的左上方,并用绘图工具栏上的"文本"工具,在"按钮"上输入"重看"。

⑬ 控制按钮的命令与功能为:

```
on (release) {              //事件命令+开始识别符
    gotoAndPlay(1);         //每次从第 1 帧播放
}                           //配对使用的任务结束符
```

⑭ 选中"图层 3"的第 100 帧,在屏幕下方的"动作-帧"语句栏中,双击 stop 命令。

(9)"封面"影片剪辑的制作

"封面"影片剪辑只起到修饰封面的作用。在组装时,将"元件"的 Alpha 值调到60%,制作过程参照前述两个"影片剪辑"的方法,制作完毕后,无需添加 stop 命令,制作完毕后的界面如图 8.44 所示。

图 8.44 "封面"影片剪辑动画

(10) 闪动指示箭头的制作

① 重新单击"插入"菜单下的"新建元件"命令,在弹出的"元件类型"复选项中,选择"影片剪辑"后,单击"确定"按钮,进入"影片剪辑"编辑工作界面。

② 选用绘图工具栏上的"直线"工具,设置粗细为 2,颜色为红色,画数据型箭头,在"第 3 帧"处按 F6 键插入"关键帧",将颜色改为"蓝色"。

至此,二力平衡课件所需的"元件"素材就制作完毕了,接下来的任务就是组装课件。

8.2.3　课件的组装制作步骤

1. "封面"场景的制作

（1）退出"元件"工作界面，进入"场景1"工作界面。

（2）选择一幅适合自己风格的背景图片导入，本例选择的是 PPT 模板中的红色幕布背景图片。

（3）选择绘图工具栏上的"文本"工具，设置字体为隶书、颜色为白色、大小分别选45、35，输入"标题"文字内容，如图 8.45 所示。

（4）用鼠标左键将库中保存的"封面影片剪辑"拖出，放置在界面的中央，并调大小合适，如图 8.45 所示。

（5）单击"图层"面板上的增加"图层"按钮"＋"，增加新的"图层2"。

（6）用鼠标左键将库中保存的控制按钮元件拖出，放置在界面的下方，并用绘图工具栏上的"文本"工具，分别在"按钮"上输入文字"进入"、"退出"，如图 8.45 所示。

封面场景1只用了一帧长度，两个图层。

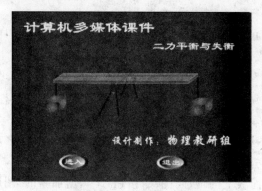

图 8.45　封面场景界面

2. 平衡场景 2 的制作

（1）单击"插入"菜单下的"场景"命令，插入新的"场景2"，进入"场景2"的工作界面。

（2）用绘图工具栏上"文本"工具，设置字体为隶书、颜色为蓝色、大小为25。在界面上输入"同学们，下面图中，木板中心处于支架上，木板两端的重物 M1 的重量等于 M2 的重量，也就是说，他们大小相等，左边用一根绳子拴上，木板处于左低、右高的状态，请按"放"，左边失去绳子拉力，请观察木板最终是怎么样的状态"等文字。

（3）用鼠标左键将库中已制作好的"支架"拖出，放在界面的中央位置，与文字一起均为静止内容，并在第65帧处按F5键"插入帧"。

（4）单击"图层"面板上的增加"图层"按钮"＋"，增加新的"图层2"，用于制作平衡动画层。此时"图层2"的第1帧默认为"关键帧"。

（5）在选中"图层2"第1帧的情况下，用鼠标左键将库中已制作好的"重物平衡板"拖出,放在界面的"支架"的中央位置,并画一根线有意拉斜拴住,如图8.46所示。

图8.46 "场景2"第1帧界面

(6) 选中(置于"图层2")"重物平衡板",单击"编辑"菜单下的"拷贝"命令。

(7) 选中"图层2"的第2帧,按F7键插入"空白关键帧"后,再单击"编辑"菜单下的"粘贴到当前位置"命令。

(8) 选中"图层2"的第20帧,按F6键插入"关键帧",用主工具栏上的"任意变形"工具,将"重物平衡板"进行微调整,右低左高。

(9) 选中"图层2"的第40帧,按F6键插入"关键帧",用主工具栏上的"任意变形"工具,再次将"重物平衡板"微调为左低右高。

(10) 选中"图层2"的第55帧,按F6键插入"关键帧",用主工具栏上的"任意变形"工具,将"重物平衡板"微调为平衡,并在第65帧处按F5键,保持这种平衡状态。以形成放开栓线后,有一小的晃动进入平衡的动画过程。

(11) 分别选择"图层2"的第19、39、54帧,即每次"关键帧"之前的帧,打开屏幕下方的属性面板,在"补间"选项中,选择"动作"或"动画"。

(12) 单击"图层"面板上的增加"图层"按钮"+",增加新的"图层3",用于制作二力平衡的条件结论。

(13) 选中"图层3"的第65帧,按F6键插入"关键帧"。

(14) 用绘图工具栏上的"文本"工具,按图8.47所示,在图形的左下方和右下方分段

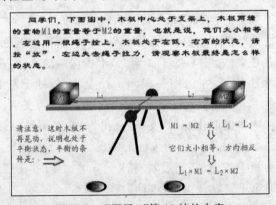

图8.47 "图层3"第65帧的内容

输入结论性的文字内容。

（15）用鼠标左键，将库中的闪动箭头拖 3 次，放置在图 8.47 所示的位置。

（16）单击"图层"面板上的增加"图层"按钮"＋"，增加新的"图层 3"，用鼠标左键将库中的控制按钮元件拖出来，放在界面的下方，如图 8.47 所示。

（17）用绘图工具栏上的"文本"工具，在"按钮"上分别输入"放"、"失衡"文字。

（18）分别选择"图层 1"的第 1 帧和"图层 3"的最后一帧，打开屏幕下方的"帧-动作"面板，双击 stop 命令。

3. "非平衡"场景 3 的制作

（1）单击"插入"菜单下的"场景"命令，插入新的"场景 3"，进入"场景 3"的工作界面。

（2）用绘图工具栏上"文本"工具，设置字体为楷体、颜色为红色、大小为 25，在界面的上方输入"在下面这个图中，$L_1 > L_2$，显然 $L_1 \times M1 > L_2 \times M2$"等文字内容。

（3）用鼠标左键将库中的"失衡 1 影片剪辑"拖出来放置在界面的中央，并调整图形的大小，如图 8.48 所示。

（4）单击"图层"面板上的增加"图层"按钮"＋"，增加新的"图层 2"，用鼠标左键将库中的控制"按钮"元件拖出来，放在界面的下方，如图 8.48 所示。

（5）用绘图工具栏上的"文本"工具，在"按钮"上输入"下一个"文字。

（6）选择"图层 1"的第 2 帧，按 F7 键插入"空白关键帧"。

（7）用绘图工具栏上"文本"工具，字体为楷体、颜色为红色、大小为 25，在界面的上方输入"现在我们来看当 $M2 = 3M1$，$L_1 > 3L_2$ 时的情景"等文字内容，如图 8.49 所示。

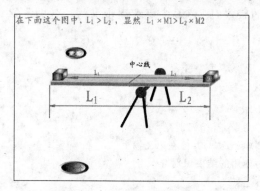

图 8.48　第 1 帧界面

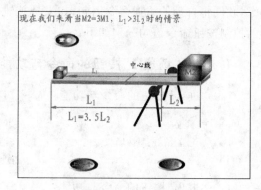

图 8.49　第 2 帧界面

（8）用鼠标左键将库中的《失衡 2 影片剪辑》拖出来放置在界面的中央，图 8.49 所示。

（9）选择"图层 2"的第 2 帧，按 F7 键插入"空白关键帧"。

（10）用鼠标左键将库中的控制按钮元件拖两个出来，放在界面的下方，如图 8.49 所示。

（11）用绘图工具栏上的"文本"工具，在两个控制"按钮"上分别输入"上一个"、"思考题"等文字。

（12）分别选择"图层 1"的第 1、2 帧，打开屏幕下方的"帧-动作"面板，双击 stop 命令。

4. "思考题"场景 4 的制作

(1) 单击"插入"菜单下的"场景"命令，插入新的"场景 4"，进入"场景 4"的工作界面。

(2) 用绘图工具栏上的"文本"工具，设置字体为楷体、颜色为黑色、大小为 25，在界面上输入以下题目：

"1. 工人师傅在火车货场短距离移动车箱时，在没有机车牵引的情况下，他们不用推，而是用铁棍橇着车轮移动，这是什么原因？"

"2. 分析变速自行车省力的原因是什么？"

"3. 请找出你在生活中所见到过的"力的平衡"原理应用事例。"

注意：本例具有模板特性，可根据自己的实际情况，输入其他的思考题内容。

(3) 单击"图层"面板上的增加"图层"按钮"＋"，增加新的"图层 2"，用鼠标左键将库中的控制按钮元件拖出来，放在界面的下方。

(4) 用绘图工具栏上的"文本"工具，设置字体为隶书、颜色为白色、大小为 25，在"按钮"上输入"返回"。

(5) 选择"图层 1"，打开屏幕下方的"帧-动作"面板，双击 stop 命令。

8.2.4　各"场景"控制按钮命令语句的书写与功能

各"场景"的控制按钮命令语句的书写，同样是根据开发工具软件版本的不同，难易程度不一。如果是用 Flash MX 开发，全部在"动作-按钮"的标准模式下，直接双击相应命令，软件将自动的添加命令语句；如果是其他的版本，则必须按要求逐步书写。各"场景"的控制按钮命令语句分别如下：

1. 封面"场景 1"按钮的命令与功能

(1) "进入"按钮的命令与功能：

```
on (release) {                    //事件命令+开始识别符
    gotoAndStop("场景 2", 1);      //转到"场景 2"，并停在第 1 帧上
}                                 //配对使用的结束识别符
```

(2) "退出"按钮的命令与功能：

```
on (release) {                    //事件命令+开始识别符
    fscommand("quit");            //退出影片系统
}                                 //配对使用的结束识别符
```

2. 平衡"场景 2"按钮的命令与功能

(1) "放"按钮的命令与功能：

```
on (release) {                    //事件命令+开始识别符
    gotoAndPlay(2);               //从第 2 帧开始播放(因第 1 帧为绳子拴住)
```

```
    }                               //配对使用的结束识别符
```

（2）"失衡"按钮的命令与功能：

```
on (release) {                      //事件命令+开始识别符
    gotoAndStop("场景 3", 1);       //转到"场景 3",并停在第 1 帧上
}                               //配对使用的结束识别符
```

3. 失衡"场景 3"按钮的命令与功能

（1）"下一个"按钮的命令与功能：

```
on (release) {                      //事件命令+开始识别符
    nextFrame();                    //转到下一帧
}                               //配对使用的结束识别符
```

（2）"上一个"按钮的命令与功能：

```
on (release) {                      //事件命令+开始识别符
    prevFrame();                    //转到上一帧
}                               //配对使用的结束识别符
```

（3）"思考题"按钮的命令与功能：

```
on (release) {                      //事件命令+开始识别符
    gotoAndStop("场景 4", 1);       //转到"场景 4",并停在第 1 帧上
}                               //配对使用的结束识别符
```

4. 思考题"场景 4"按钮的命令与功能

```
on (release) {                      //事件命令+开始识别符
    gotoAndStop("场景 1", 1);       //转到"场景 1",并停在第 1 帧上
}                               //配对使用的结束识别符
```

5. 生成影片文件

（1）单击"文件"菜单下的"导出影片"命令,在弹出的影片参数设置对话框选择参数。

（2）当参数选定后,单击右上角的"确定"按钮,软件就自动生成 .swf 的 Flash 播放影片。

（3）在播放 .swf 的 Flash 影片时,单击"文件"菜单下的"创建播放器"命令,即可生成可执行文件。

本节技术小结

本例在制作过程中,主要使用了以下几项技术。

1. 充分利用"场景"实现不同重物时,平衡与失衡内容的切换。

2. 充分利用元件"影片剪辑",实现从不平衡到平衡的演示过程。

3. 本例使用的语句为简单控制语句。

8.3　化学课件——电解原理

电解原理选自高三化学的教学内容,在整个高中化学课程中,它不仅是重点,也是一个难点。这节内容学习和掌握情况的好坏,直接影响着高三学生在高考中的成绩。因此,本课件的设计开发具有很重要的意义。

8.3.1　课件的教学目标及总体结构

1. 课件要达到的教学目标

对于中学化学课件,应有其自身的特点。因为化学是一门自然学科,学习它是为了揭示物质世界更多的奥秘,扩大学生的视野,引导学生积极思考,并对化学产生浓厚的兴趣,但就化学本身学科的实验环境而言,除了地区差别和经济差别不能进行常规的实验教学外,化学课的多数实验,都存在着对师生身体危害的因素。况且在实验中,学生根本无法进行细致的观察,因此开发课件的目的就是要用计算机这种先进的工具,仿真和模拟一些实验现象并将实验结果放大,展示化学实验过程中的微观世界,使学生脱离那种看不清的实验环境,加深学生对实验过程的理解程度,从而尽快掌握基本理论和基本知识。同时弥补因地区差异、经费不足等原因不能开展实验的这一缺陷。

2. 课件的总体结构

根据课件的教学目标,课件的任务是要展示电解过程中的微观世界,仿真和放大全部电解过程,所以课件围绕这一目标进行设计,总体结构如图8.50所示。

图 8.50　电解原理课件总结构图

（1）封面的组成

任何一个课件的封面都具有两个主要作用:一是美化课件本身,二是体现课件本身的感染力。所以本课件封面选用黑色背景,配以白色标题文字、嵌套代表自由活动离子的"影片剪辑"元件。这样配备不仅层次清晰,而且颜色的对比度也很大。

（2）主动画"场景"

主动画"场景"的任务是放大和仿真电解的全过程。在动画放或停的过程中,要能兼顾对"基本概念、思考题、判断题、答案提示"等内容的操作,所以本例沿用主、副板书的传统设计方式。采取用一层来嵌套为放大和仿真电解过程制作的影片剪辑,而"基本概念、思考题、判断题、答案提示"等内容则用逐帧、多层技术制作。这样,主动画相当于主板书,概念和思考题等内容相当于副板书,相互独立,操作时可同时兼顾显示。

8.3.2　所需素材分析与制作

1. 素材需求分析

为了仿真和放大电解的全过程,课件素材中,应该包括下面一些内容。

(1) 用于电解的直流电源,本课件采用电路形式,开关、电极等用仿真形式。同时考虑电极有一部分浸泡在电解质液中,视觉上要模糊一些,因此改用两段结合方式。

(2) 用于装有电解质溶液的杯子,为了确保仿真效果,杯子内采用填充颜色方式,达到在视觉上给人以装有电解液的感觉。

(3) 为了将实验过程放大,应有代表参与电解的离子,采用红、绿、蓝、金属色等 4 种颜色代表不同的离子。

(4) 在未通电前,由离子组成的无序状态动画影片剪辑一个。

(5) 通电后,离子有规律的运动动画影片剪辑一个。

(6) 在封面上呈现电解动画的影片剪辑一个。

(7) 控制按钮。

2. 素材的制作

(1) 离子的制作

① 打开 Flash 软件,进入 Flash 文档工作界面。

② 单击"插入"菜单下的"新建元件"命令,在弹出的"元件类型"复选项中,选择"图形"元件后,再单击"确定"按钮,进入"图形"元件编辑工作界面。

③ 选择绘图工具栏上的"椭圆"工具,选择如图 8.51(a)下方所示的红色,按住 Shift键不放,画直径为半厘米至一厘米的红色球体,代表离子 H^+。

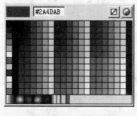
(a) 绘制离子时的色样

(b) 绘制的H^+、Cl^-、CU^2、OH^-离子

图 8.51　绘制离子时的色样

④ 用绘图工具栏上的"箭头选取"工具或"套索"工具,选中所画的红色球体后,再单

击"修改"菜单下的"组合"命令,将其组合。

⑤ 用相同的方法,绘制其他离子,绿色代表 Cl^- 离子,蓝色代表 CU^2,金属色代表 OH^-,如图 8.51(b)所示。

（2）绘制溶液杯

注意：本元件的重点处理技巧是填充方式和填充色的应用。

① 同样是进入"图形"元件工作界面,先选择绘图工具栏上的"椭圆"工具,在界面上画一个 6×3 厘米左右的椭圆。

② 选中椭圆的填充部分,按下 Del 键,将其删除,只保留边线。

③ 选中保留下来的椭圆边线,单击"编辑"菜单下的"复制"命令后,再单击两次"编辑"菜单下的"粘贴"命令,产生杯子的上下轮廓线和液体线,并调整使上下对齐。

④ 用绘图工具栏上的"箭头选取"工具,将上轮廓线拖出一个倒水口,如图 8.52 所示。

⑤ 选择绘图工具栏上的"颜料桶"工具,设置填充方式为"线性",颜色为左、右白色,中间色块用淡绿,将杯子填充,酷似装满电解质溶液,如图 8.53 所示。

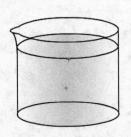

图 8.52　液体容器杯

图 8.53　杯子的填充方式及颜色

（3）电源、电极的制作

① 再次单击"插入"菜单下的"新建元件"命令,在弹出的"元件类型"复选项中,选择"图形"元件后,再单击"确定"按钮,进入"图形"元件编辑工作界面。

② 选用绘图工具栏上的"矩形"工具,填充方式选择纯色,画正电极时颜色用咖啡色,画负电极时用黑色,如图 8.54 所示。

③ 选用绘图工具栏上的"直线"工具,画电源及联接线,负极用黑色,正极用红色,如图 8.54 所示。

④ 重新单击"插入"菜单下的"新建元件"命令,在弹出的"元件类型"复选项中,选择"图形"元件后,再单击"确定"按钮,进入"图形"元件编辑工作界面。

⑤ 再用绘图工具栏上的"矩形"工具,填充方式仍选纯色,画正电极时颜色用咖啡色,画负电极时用黑色,如图 8.55 所示。这个元件是浸泡在电解液中的,将 Alpha 值设置为 40%,与在露出电解液的电极组成一个整体。

（4）参照 4.3.3 节制作控制按钮

（5）自由离子"影片剪辑"的制作

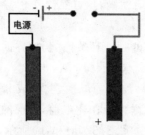

图 8.54　电源与电极

图 8.55　用于浸入电解液的电极

注意：本"元件"使用的关键技术是"引导层"的应用，使用的技巧是将制作好的"图层"的"眼睛"关闭。

① 单击"插入"菜单下的"新建元件"命令，在弹出的"元件类型"复选项中选择元件后，再单击"确定"按钮，进入"影片剪辑"元件编辑工作界面。

注意：此时元件的"图层"位置默认为"图层 1"。

② 单击"图层"面板上的增加"引导层"按钮，增加"引导层"。

③ 选择绘图工具栏上的"铅笔"工具，方式选"平滑"，并打开"视图"菜单下的"显示网格"命令，在 6×7 的网格线内，画如图 8.56(a)所示的曲线，在第 50 帧处按 F5 键"插入帧"。

④ 选中"图层 1"，用鼠标左键将库中的红色球体拖出，放置在曲线的首端，如图 8.56(a)所示。

(a) 引导曲线1　　　　　(b) 引导曲线2

图 8.56　无规律的引导曲线制作及引导

⑤ 选中"图层 1"的第 50 帧，按 F6 键插入"关键帧"后，用鼠标左键将红色球沿引导曲线拖至末端。

⑥ 选中"图层 1"的第 49 帧，即"关键帧"之前的一帧，在屏幕下方的属性面板中，选择"补间"选项中的"动作"或"动画"，以形成 H^+ 离子的运动动画，这样第 1 个引导动画就制作完毕了。

⑦ 在"图层"面板上，将"图层 1"和第 1 个"引导层"的"眼睛"关闭，使界面变为空白。

⑧ 再单击"图层"面板上的增加"图层"按钮"＋"，增加新的"图层 3"，并将"图层 3"调整在第 1 个"引导层"的上方。

注意：图层 2 为引导层。

⑨ 再单击"图层"面板上的增加"引导层"按钮，增加第 2 个"引导层"。

⑩ 仍选择绘图工具栏上的"铅笔"工具，方式选"平滑"，在"曲线 1"的区域内画如图 8.56(b)所示的曲线，在第 50 帧处按 F5 键"插入帧"。

⑪ 选中"图层 3"，用鼠标左键将库中的蓝色球体拖出，放置在曲线的首端，如图 8.56(b)所示。

⑫ 选中"图层 3"的第 50 帧，按 F6 键插入"关键帧"后，用鼠标左键将蓝色球沿曲线拖至引导曲线的末端。

⑬ 选中"图层 3"的第 49 帧，即"关键帧"之前的一帧，在屏幕下方的属性面板中，选择

"补间"选项中的"动作"或"动画",以形成 CU^{2+} 离子的运动动画,这样第 2 个引导动画就制作完毕了。

⑭ 在"图层"面板上,再将"图层 3"和第 2 个"引导层"的"眼睛"关闭,仍使界面变为空白。

参照上面的步骤,每个不同颜色的球体完成 2 次引导,红色为 3 次,共形成 9 个引导动画,要注意的是,每根引导线的起点和终点不能相同,这样离子在通电前,表现的活跃无序状态才具有极高的仿真性,本"影片剪辑"元件及时间轴如图 8.57(a)和(b)所示。

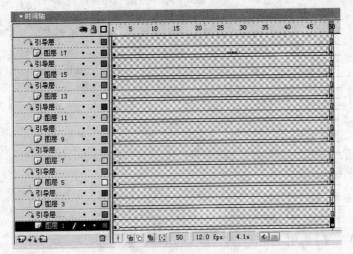

(a) 各引导层与动画层的时间轴

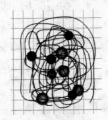

(b) 各引导线与离子

图 8.57　引导离子元件"影片剪辑"的时间轴与离子

(6) 通电后离子移动"影片剪辑"的制作

① 同样单击"插入"菜单下的"新建元件"命令,在弹出的"元件类型"复选项中,选择"影片剪辑"元件后,再单击"确定"按钮,进入"影片剪辑"元件编辑工作界面。

注意:此时元件的"图层"位置默认为"图层 1"。

② 打开"视图"菜单下的"显示"网格命令,用网格线作长和宽的参考线,在 5×6 网格线数的区域内,布局动画离子。

③ 选中"图层 1"的第 1 帧,用鼠标左键先将红色离子拖出,这是代表的正离子,放置在右侧。

④ 单击"图层"面板上的增加"图层"按钮"＋",增加新的"图层 2",再用鼠标左键将红色离子拖出,这是代表的正离子,放置在右侧。

⑤ 再单击"图层"面板上的增加"图层"按钮"＋",增加新的"图层 3",再用鼠标左键将红色离子拖出,仍放置在右侧。

⑥ 用相同的方式,单击两次"图层"面板上的增加"图层"按钮"＋",增加新的"图层 4"和"图层 5"。

⑦ 同样再用鼠标左键将蓝色离子拖出,这也是代表的正离子,放置在右侧。如图 8.58 所示。

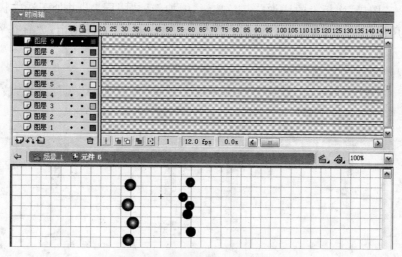

图 8.58　通电后离子的移动界面及时间轴

⑧ 用相同的方式,单击 4 次"图层"面板上的增加"图层"按钮"＋",增加新的"图层6"、"图层7"、"图层8"和"图层9"。

⑨ 用鼠标左键分别将金属色球体、绿色球体拖出,这是代表的负离子,放置在左侧。如图 8.58 所示。

注意:每个球体占一层,因为它们是独立的动画元素。

⑩ 分别选中每个"图层"的第 150 帧,分别按 F6 键插入"关键帧",再分别将所有正、负离子换位。

⑪ 分别选中每个"图层"的第 149 帧,即"关键帧"之前的那一帧,打开屏幕下方的属性面板,在"补间"选项中,选择"动画"。以形成离子通电后的移动过程。布局好的图形与时间轴如图 8.58 所示。

⑫ 选中"图层8"的最后一帧,打开屏幕下方的"动作-帧"面板,双击 stop 命令,即电解过程结束后离子停止移动。

(7) 电解过程"影片剪辑"的组装

① 单击"插入"菜单下的"新建元件"命令,在弹出的"元件类型"复选项中,选择"影片剪辑"元件后,再单击"确定"按钮,进入"影片剪辑"元件编辑工作界面。

注意:此时元件的"图层"位置默认为"图层1"。

② 用鼠标左键将库中制作好的容器杯子拖出,放置在界面的中央。

③ 再用鼠标左键将库中制作好的电极(下部)"图形"元件拖出。由于是浸泡在电解液中,所以元件的 Alpha 值设置为 40%,这样才能达到仿真的效果,放入容器内的效果如图 8.59 所示。

④ 再用鼠标左键将库中制作好的电源电极(上部)"图形"元件拖出,Alpha 值设置为100%(因为这个元件是放置在容器的上方,所以是全透明可见的),组成电解电路如图 8.59 所示。

⑤ 选择"图层1"的第 2 帧,按 F5 键"插入帧",这两帧均是本元件的静止图像部分。

⑥ 单击"图层"面板上的增加"图层"按钮,增加新的"图层 2",并处于选中状态。

⑦ 再用鼠标左键将库中制作好的无序离子"影片剪辑"元件拖出,放置在容器内,如图 8.60 所示。

⑧ 选择"图层 2"的第 2 帧,按 F7 键插入"空白关键帧"。

⑨ 再用鼠标左键将库中制作好的有序移动离子"影片剪辑"元件拖出,放置在容器内,如图 8.61 所示。

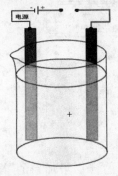

图 8.59　电解电路及容器

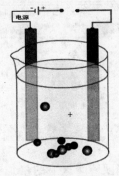

图 8.60　置入无序离子

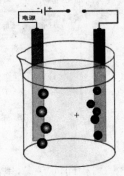

图 8.61　置入有序移动离子

⑩ 再单击"图层"面板上的增加"图层"按钮"＋",增加新的"图层 3",并处于选中状态。

⑪ 用绘图工具栏上的"矩形"工具,在电源的上方,画弹起的电源按钮开关,如图 8.62 (a)所示。

⑫ 选择"图层 3"的第 2 帧,按 F7 键插入"空白关键帧"。

⑬ 同样用绘图工具栏上的"矩形"工具,在电源的上方,画闭合的电源按钮开关,如图 8.62(b)所示。

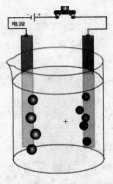

(a)电源开关按钮弹起

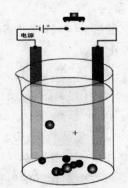

(b)电源开关按钮与电路闭合

图 8.62　不同帧的电源按钮位置

⑭ 再单击"图层"面板上的增加"图层"按钮"＋",增加新的"图层 4",并处于选中状态。

⑮ 用鼠标左键将库中制作好的控制按钮元件拖出,放置在电源左侧,如图 8.63

所示。

⑯ 用绘图工具栏上的"文本"工具，设置颜色为白色、字体为隶书，在按钮上分别输入"合闸、断开"等操作提示文字。

⑰ 分别选中"合闸"、"断开"两个控制按钮，打开屏幕下方的"动作-按钮"属性面板，双击相关的命令语句即完成添加，命令语句及相应的功能如下。

```
on (release) {          //事件命令+开始识别符
    gotoAndPlay(2); //转至第 2 帧播放
}                       //配对使用的结束识别符
```

⑱ 再选中"断开"按钮，同样打开屏幕下方的"动作-按钮"面板，输入如下命令。

```
on (release) {          //事件命令+开始识别符
    gotoAndPlay(1); //转至第 1 帧播放
}                       //配对使用的结束识别符
```

⑲ 分别选中"图层 2"的第 1、第 2 帧，打开屏幕下方的"动作-帧"面板，双击 stop 命令。

电解过程影片剪辑元件的第 2 帧界面及时间轴，如图 8.63 所示。

至此，《电解原理》课件所需的素材已全部制作完毕，接下来的任务是组装课件。

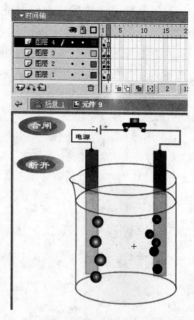

图 8.63 电解过程影片剪辑界面与时间轴

8.3.3 课件的组装

1. 封面场景的制作与组装

（1）退出"元件"编辑界面，返回"场景 1"工作界面，系统默认在"图层 1"。

（2）选择绘图工具栏上的"矩形"工具，填充色、边线均设置为黑色。在界面上画一个刚好能遮挡工作界面的黑色图形，形成黑色背景。

注意：如果在"修改"菜单下改变"文档"的背景，则整个文件的背景都将被改变。

（3）选择绘图工具栏上的"文本"工具，设置字体为行楷和隶书、颜色为白色，在界面上输入如图 8.64 所示的标题文字。

（4）用鼠标左键将库中制作好的容器杯子拖出，放置在如图 8.64 所示的位置，Alpha 值设置 60%。

（5）选择绘图工具栏上的"矩形"工具，设置填充色为桔黄色。在杯子的左侧画电池，并在电池上输入白色的"电池"两个字。

（6）选择绘图工具栏上的"铅笔"工具，设置粗细为 4、颜色为红色，将电池的正极经开关符号，连接至容器内的电解液中。

（7）用相同的方式，"铅笔"的颜色选白色将电池的负极连接至容器内的电解液中，如

图 8.64 所示。

（8）用鼠标左键将库中制作好的自由离子"影片剪辑"拖出，放置在如图 8.64 所示杯内的位置，Alpha 值设置为 100％，并用主工具栏上的"缩放"工具，适当调整大小。

（9）单击"图层"面板上的增加"图层"按钮"＋"，增加新的"图层 2"，并处于选中状态，用来放置控制按钮。

（10）用鼠标左键将库中制作好的控制按钮元件拖出，放置在工作界面的下方，如图 8.64 所示。

（11）用绘图工具栏上的"文本"工具，设置颜色为白色、字体为隶书，在按钮上分别输入"进入"、"退出"等操作提示文字。

（12）选中"图层 2"的第 1 帧（只存在 1 帧），打开屏幕下方的"动作-帧"语句栏，双击 stop 命令。

2. 电解过程主场景 2 的组装与制作

（1）单击"插入"菜单下的"场景"命令，插入新的"场景 2"，并自动进入"场景 2"工作界面。

（2）用绘图工具栏上的"文本"工具，设置颜色为红色，字体为行楷，大小为 55 和 30，在界面上输入如图 8.65 所示的主体文字。

图 8.64　封面场景的布局

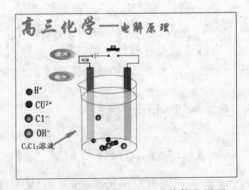

图 8.65　电解过程"图层 1"的静止画面

（3）用鼠标左键将库中制作好的电解全过程"影片剪辑"拖出，放在如图 8.65 所示的位置，并用主工具栏上的"缩放"工具，适当调整大小。

（4）再用鼠标左键将库中制作好的代表离子的红色球体、绿色球体、蓝色球体和金属色球体拖出，放置在如图 8.65 所示的位置。

（5）用绘图工具栏上的"文本"工具，设置颜色为黑色，字体为楷体，大小为 25。在红色球体旁输入"H^+"、蓝色球体旁输入"CU^{2+}"、绿色球体旁输入"$C1^-$"、金属色球体旁输入"OH^-"等化学元素符号，如图 8.65 所示。

（6）再用绘图工具栏上的"文本"工具，设置颜色为黑色，字体为楷体，大小为 25。在离子符号的下方输入"C_uCl_2 溶液"文字，并用绘图工具栏上的"直线"工具，画箭头指向杯内电解液体，如图 8.65 所示。

（7）选择"图层 1"的第 5 帧，按 F5 键"插入帧"，即从第 1 至第 5 帧间，保持这样的静止画面,这类似于传统的主板书,如果需要动画,由"影片剪辑"的"合闸"操作产生。

(8) 单击"图层"面板上的增加"图层"按钮"＋",增加新的"图层 2",并处于选中状态。

(9) 用绘图工具栏上的"文本"工具,设置颜色为黑色,字体为楷体,大小为 20。在杯子的右侧空白处分两段分别输入课件在通电前的提示内容,以引起足够的重视和知道操作要领,如图 8.66 所示。

(10) 选择"图层 2"的第 2 帧,按 F7 键插入"空白关键"。

(11) 同样用绘图工具栏上的"文本"工具,设置颜色为黑色,字体为楷体,大小为 25,输入电解的"基本概念"内容,如图 8.67 所示。

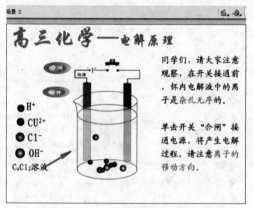

图 8.66　在左侧输入提示文本

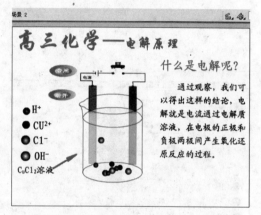

图 8.67　输入关于电解的"基本概念"

(12) 再选择"图层 2"的第 3 帧,按 F7 键插入"空白关键"。

(13) 同样用绘图工具栏上的"文本"工具,设置颜色为黑色和红色,字体为楷体,大小为 40 和 20,分别输入"思考题"与题目内容,如图 8.68 所示。

(14) 再选择"图层 2"的第 4 帧,按 F7 键插入"空白关键"。

(15) 同样用绘图工具栏上的"文本"工具,设置颜色为黑色和红色,字体为楷体,大小为 20,分别输入"判断题"与化学方程式内容,如图 8.69 所示。

(16) 再选择"图层 2"的第 4 帧,按 F7 键插入"空白关键"。

(17) 同样用绘图工具栏上的"文本"工具,设置颜色为红色,字体为楷体,大小为 16,分别输入正确的答案及内容,如图 8.70 所示。

(18) 单击"图层"面板上的增加"图层"按钮"＋",增加新的"图层 3",并处于选中状态,用于放置控制按钮。

(19) 用鼠标左键将库中已制作好的控制按钮拖 5 个出来,放置在界面的下方。并用绘图工具栏上的"文本"工具,设置颜色为白色,字体为隶书,大小为 18,分别在按钮上输入"概念"、"思考题"、"判断"、"提示"、"返回"等操作提示内容,如图 8.71 所示。

(20) 分别选择"图层 3"的第 1 帧和"图层 2"的最后一帧,打开屏幕下方的"动作-帧"语句栏,双击 stop 命令,以解决生成影片后自动播放的问题。

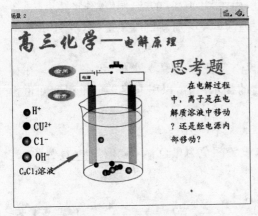

图 8.68 输入思考题及内容

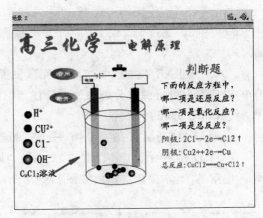

图 8.69 输入判断题及内容

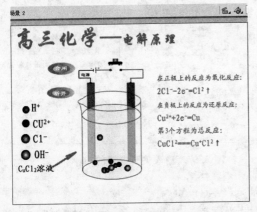

图 8.70 输入正确的答案

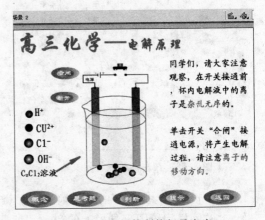

图 8.71 布局控制按钮及文字

8.3.4 各按钮的语句命令书写及功能说明

本课件的控制命令语句较为简单。如果是用 Flash MX 为开发平台,所有语句命令在"标准模式"下双击自动添加;如果是用 Flash CS4 或其他版本为开发平台,就必须在"动作"语句栏中按要求书写,各命令语句及相应的功能说明如下:

1. 封面"场景1"控制按钮的命令及功能

(1)"进入"按钮的命令及功能为:

```
on (release) {                    //事件命令+开始识别符
    gotoAndStop("场景 2", 1);      //转到"场景 2",停在第 1 帧
}                                 //配对使用的任务结束符
```

(2)"退出"按钮的命令及功能为:

```
on (press) {                      //事件命令+开始识别符
```

```
    fscommand("quit");              //退出 Flash 系统
}                                   //配对使用的任务结束符
```

2. 主"场景 2"控制按钮的命令及功能

(1) "概念"按钮的命令及功能为:

```
on (release) {                      //事件命令+开始识别符
    gotoAndStop(2);                 //转至第 2 帧停止
}                                   //配对使用的任务结束符
```

(2) "思考题"按钮的命令及功能为:

```
on (release) {                      //事件命令+开始识别符
    gotoAndStop(3);                 //转至第 3 帧停止
}                                   //配对使用的任务结束符
```

(3) "判断"按钮的命令及功能为:

```
on (release) {                      //事件命令+开始识别符
    gotoAndStop(4);                 //转至第 4 帧停止
}                                   //配对使用的任务结束符
```

(4) "提示"按钮的命令及功能为:

```
on (release) {                      //事件命令+开始识别符
    gotoAndStop(5);                 //转至第 5 帧停止
}                                   //配对使用的任务结束符
```

(5) "返回"按钮的命令及功能为:

```
on (release) {                      //事件命令+开始识别符
    gotoAndStop("场景 1", 1);        //转到"场景 1",停在第 1 帧
}                                   //配对使用的任务结束符
```

3. 生成影片文件

(1) 保存原文件后,单击"文件"菜单下的"导出影片"命令,在弹出的影片参数设置对话框中选择参数。

(2) 当参数选定后,单击右上角的"确定"按钮,软件就自动生成.swf 的 Flash 播放影片。

(3) 在播放.swf 的 Flash 影片时,单击"文件"菜单下的"创建播放器"命令,即可生成可执行文件。

至此,电解原理课件的制作全部完毕,为了保证本课件具有模板功能,封面"场景 1"的文字内容省略了制作人标识性文本,可根据自身的需要,在原文件中作适当补充和调整,保存后重新生成自己的课件。

本节技术小结

本例在制作过程中,使用技巧和技术相对要多一些,分别是:

1. 充分利用"引导层"与"图层"技术,将离子的引导运动变为在视觉上的无序运动。
2. 充分利用元件"影片剪辑",实现电解过程中,离子的定向移动。
3. 充分利用"空白关键帧"技术,实现主、副板书同台出现。
4. 充分利用"混色器"面板上的"色块"工具,选择不同的填充方式,形成杯中的液体。
5. 利用图形"元件"属性面板,改变图形的 Alpha 值,产生浸泡在液体中的视觉效果。
6. 本例的各控制语句为简单语句。

8.4 数学课件——三角形内角和定理

8.4.1 课件要达到的教学目标及总体构思

数学是一门工具学科,而数学中的几何是较为抽象的内容之一。本例通过三角形内角和为 $180°$ 定理的证明,将三角形内角和定理及证明非常直观的呈现给学生,使学生通过课件的学习,很轻松掌握三角形内角和为 $180°$ 这一定理。同时,更培养学生的空间思维能力和想象能力。

由于课件内容较为单一,所以没有复杂的语句,也没有复杂的动画素材,课件采用一个"场景"和多"图层"动画完成。课件的制作思路是,利用计算机这一先进工具,在一个任意的三角形内,画出两条线段,将原三角形分成两个三角形和一个近似的平行四边形,再利用"编辑"菜单下的"拷贝"命令,获得与原图相同的图形。然后利用"编辑"菜单下的"粘贴到当前位置"命令,在增加的新图层上,得到完全相同,又

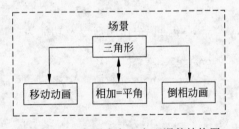

图 8.72 三角形内角和定理课件结构图

完全重合在一起的图形。再通过动画形式,产生"平角",以达到证明的目标,为了保持本课件的模板功能,本例省去了课件的封面场景,根据自身的情况增加,课件的总体结构如图 8.72 所示。

在制作过程中使用的主要技术是"窗口"菜单下的"变形"及"拷贝并应用变形"子菜单命令。

课件在制作过程使用的技巧是充分利用 Flash 软件所提供的"图层"技术,将同一图形放置在不同的"图层"上,从视觉效果上看始终只有一个原图形。

8.4.2　课件的制作步骤

1. 动画场景内容的制作

（1）打开 Flash 软件，新建一个 Flash 文档文件，进入文档工作界面。

（2）选择绘图工具栏上的"直线"工具，设置粗细为 2，颜色为黑色，先在界面上画一个任意三角形，如图 8.73（a）所示。

（3）选择绘图工具栏上的"文本"工具，在三角形的 3 个角内，分别输入∠1、∠2、∠3，如图 8.73（a）所示。再画两条线段，如图 8.73（b）所示。

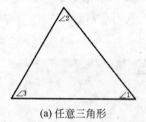
(a) 任意三角形

(b) 在原三角形内画线段

图 8.73　原三角形及三角形内所画线段

（4）按下 Shift 键，用鼠标左键，将要复制和移动的图形边线全部选中，在屏幕下方的属性面板中，将线型设置为"虚线"，如图 8.74（a）所示。

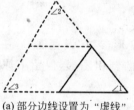
(a) 部分边线设置为"虚线"

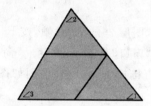
(b) 处于"图层1"至"图层3"的填充图形

图 8.74　分解与填充后的三角形

（5）按下 Shift 键，用鼠标左键，将组成上方三角形的 3 条"虚线"全部选中后，单击"编辑"菜单下的"拷贝"或"复制"命令。

（6）再单击"图层"面板上的增加"图层"按钮"＋"，增加新的"图层 2"。

（7）单击"编辑"菜单下的"粘贴到当前位置"命令，将复制的三角形边线"粘贴"到"图层 2"上，与"图层 1"的三角形完全重合。

（8）按下 Shift 键，用鼠标左键，将左侧下方的近似平行四边形的 4 条边线也全部选中，同样是选择"编辑"菜单下的"拷贝或复制"命令。

（9）再单击"图层"面板上的增加"图层"按钮"＋"，增加新的"图层 3"。

（10）再单击"编辑"菜单下的"粘贴到当前位置"命令，将复制的平行四边形的 4 条边线"粘贴"到"图层 3"上，与"图层 1"的平行四边形完全重合。

（11）分别选中"图层 2"和"图层 3"的边线，在屏幕下方的属性面板中，将线形设置为

"实线"。

(12) 用绘图工具栏上的"颜料桶"工具,颜色设置为淡红色,分别将 3 个图形的空白处填充为淡红色,如图 8.74(b)所示。

(13) 选择绘图工具栏上的"文本"工具,分别在"图层 2"和"图层 3"上,输入角标记∠1 和∠2,通过这样处理,从视觉上只是一个三角形。

(14) 按下 Shift 键,用鼠标左键,分别将"图层 2"和"图层 3"的边线及填充色选中,单击"修改"菜单下的"组合"命令,将"图层 2"和"图层 3"上的图形组合为整体。

(15) 将"图层 1"、"图层 3"上锁,只留"图层 2"处于编辑状态,并选择"图层 1"的第 50帧,按 F5 键"插入帧"。

(16) 选中"图层 2",(此时才只有一帧),单击"修改"菜单下的"变形"命令,再单击三级菜单"任意变形"子命令,将图形的"中心点"(也叫吸附点)拖到上方三角形的右下角,如图 8.75(a)所示。

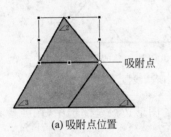

(a)吸附点位置

(b)旋转参数设置

图 8.75　倒相动画中的旋转参数设置

(17) 选中"图层 2"的第 25 帧,按 F6 键插入"关键帧"。

(18) 单击"窗口"菜单下的"变形"命令,在弹出的"变形参数"设置框中,在"旋转"栏输入"180"后,直接按 Enter 键,得到如图 8.76(a)所示的倒相图形,保留了原来的虚线位置。

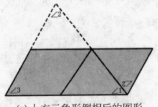

(a)上方三角形倒相后的图形

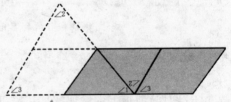

(b)将左图移至右侧后组成平角

图 8.76　组合成平角的关键步骤

(19) 选中"图层 2"的第 24 帧,即"关键帧"之前的一帧,打开屏幕下方的属性面板,在"补间"选项中,选择"动作或动画",从而形成倒相动画。

(20) 选中"图层 2"的第 50 帧,按 F5 键"插入帧",作用上是等待另一个三角形移动动画。

(21) 选中"图层 3"的第 1 帧,单击"编辑"菜单下的"拷贝或复制"命令。

(22) 选中"图层 3"的第 25 帧,按 F7 键插入"空白关键帧",并处于选中状态。

（23）单击"编辑"菜单下的"粘贴到当前位置"命令,将"图层3"第1帧的图形粘贴到第25帧的位置。

（24）选中"图层3"的第50帧,按F6键插入"关键帧"后,将左侧的图形移至右侧,组合成平角,如图8.76(b)所示。

（25）选中"图层3"的第49帧,即"关键帧"之前的一帧,打开屏幕下方的属性面板,在"补间"选项中,选择"动作或动画",形成图形的移动动画。

（26）再单击"图层"面板上的增加"图层"按钮"+",增加新的"图层4"。

（27）选中"图层4"的第50帧,按F6键插入"关键帧",用绘图工具栏上的"文本"工具,在图形的下方输入结论文字"$\angle 1+\angle 2+\angle 3=$平角为180度,所以,三角形的3个内角和为180度。"等内容,如图8.77所示。

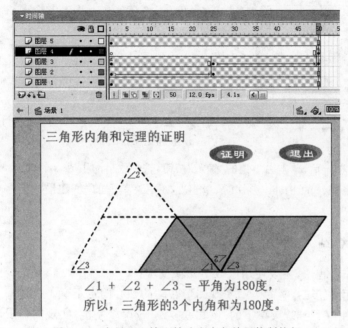

图8.77 在界面上输入结论文字与放置控制按钮

2. 为"证明"和"退出"按钮添加命令

（1）先选中"证明"按钮,打开屏幕下方的"动作-按钮"语句面板。在标准模式下,双击影片控制目录下的goto命令,并选择"转到并播放"方式,如图8.78所示。

（2）选中"退出"按钮,在"视图选项"中,先将"动作-按钮"栏切换至"专家模式",双击影片控制目录下的on命令后,在语句任务的"开始识别符"下面输入如图8.79所示的命令。

3. 生成影片文件

（1）保存好原文件后,单击"文件"菜单下的"导出影片"命令,在弹出的影片参数设置对话框中选择参数。

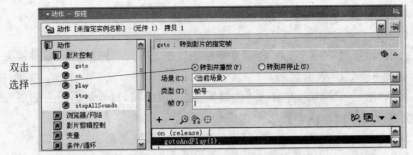

图 8.78 "证明"按钮的语句添加

图 8.79 "退出"按钮的命令添加

（2）当参数选定后，单击右上角的"确定"按钮，软件就自动生成.swf 的 Flash 播放影片。

（3）在播放.swf 的 Flash 影片时，单击"文件"菜单下的"创建播放器"命令，即可生成可执行文件。

本节技术小结

本例在制作过程中，主要使用了以下几项技术：

1. 充分利用图形的"吸附点"，实现图形转动的轴心固定不变。

2. 充分利用好"变形"菜单下的"倒相并复制"子命令功能，实现同一图形的移动。

3. 本例的控制语句也是简单语句的应用。

教 学 建 议

本章是综合应用，请各学科教师根据自身学科的教学需要，安排课后上机制作内容，以巩固第 1 至 7 章知识的应用。

上 机 练 习

1. 参照人教版中学物理教科书，制作课件《阿基米德定律》的应用。

2. 参照高中物理教科书，制作《直流电动机转动原理》课件。

第 9 章 文科课件开发实例

本章学习要点:

- 条件语句和空白关键帧的应用

　　文科课件的设计开发与理科课件相比,其呈现的内容大量是以文本方式为主,所以文科课件有学科自身的一些特点,而在动画方面要容易实现得多。而对于课件封面、课件内容之中的选择题、判断题的制作方法又是和理科课件相同的。但在文科课件的设计开发过程中,难度往往是配音,而且声音文件的长度较长,特别是一些教学经验、教学技巧都非常优秀的教师,由于很难找到符合自己教学风格的标准配音而放弃自己设计开发课件的想法,这使得一些优秀教师的智慧资源得不到共享,本章通过不同类型的文科课件制作实例,来学习文科课件的设计开发。

9.1 中学生必读古词——赤壁怀古

　　古诗文是语文学习的重要内容之一,也是中考试卷必不可少的组成部分。中考语文对古诗文的考查,主要表现为名言名句默写与古诗词赏析两种形式。注重古诗词名言名句的积累,不仅是中考备考的要求,也是提高学生对古诗文欣赏品位和审美情趣的需要。

9.1.1 课件所需素材与总体结构

1. 课件所需素材

　　本课件主要是提高学生对古词文的欣赏品位和审美情趣,使学生在学习中得到美的享受,在美的享受中学习。所以课件拟选择一些与古词内容相适应的图片和标准的朗诵配音,其主要的素材有以下几项:

　　(1)本课件的图片全部引用"百度图片"中与本古词内容有关的序列图片,共6张。

　　(2)本课件所用的解读文章引至"中国古曲网"析文。

　　(3)引用曹灿朗诵的《念奴娇·赤壁怀古》配乐片段。

2. 课件的总体结构

　　本课件由3个"场景"组成,第1个"场景"为封面,选用中国古地图,加配相应的标题文本构成。第 2 个"场景"为古词朗诵内容,用背景图片作衬托,以移动字幕与标准朗诵配音为主体。第 3 个"场景"以古词的分析理解和选择题来结束,总体结构如图 9.1 所示。

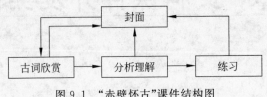

图 9.1 "赤壁怀古"课件结构图

9.1.2 课件的制作步骤

1. 素材的导入与元件制作

(1) 打开 Flash 软件,进入 Flash 文档工作界面。

(2) 单击"文件"菜单下的"导入"命令,分别导入素材图片共 6 张,直接存放在 Flash 文件库中,再删除工作界面上的图片。

(3) 同样单击"文件"菜单下的"导入"命令,导入由曹灿朗诵的《赤壁怀古》配乐朗诵声音文件。

(4) 单击"插入"菜单下的"新建元件"命令,在弹出的"元件类型"选项框中,选择"影片剪辑"后,单击"确定"按钮,进入"影片剪辑"工作界面。

(5) 选择绘图工具栏上的文本工具,设置字体为隶书、大小为 30、颜色为红色,在界面上用竖排方式,输入标题文字《念奴娇·赤壁怀古》,并连续按两次 F5 键"插入帧"。

(6) 选择第 4 帧,按 F6 键插入"关键帧",将文字的颜色改为"蓝色",再按两次 F5 键"插入帧",按照相同的方法,依次将文字的颜色改为"绿"、"青"、"黄"、"紫",得到封面动画文字"元件 1"。

(7) 再单击"插入"菜单下的"新建元件"命令,在弹出的"元件类型"选项框中,仍选择"影片剪辑"后,再单击"确定"按钮,进入"影片剪辑"工作界面。

(8) 选择绘图工具栏上的"矩形"工具,先画一个矩形。然后用"箭头选取"工具,将矩形的上、下"顶"成弧形,并选择"放射状"的填充方式,仍是间隔 3 帧,按 F6 键插入"关键帧",改变一次颜色。

(9) 选用绘图工具栏上的"文本"工具,设置字体为行书、大小为 30、颜色为白色,分别输入"计算机多媒体"等字,并在"任意变形"工具的配合下,调整与弧形相配,如图 9.2 所示。

注意: 用"复制"和"粘贴到当前位置"命令,使每次关键帧的文字相同。

(10) 用步骤(5)和(6)的方法,制作另一影片剪辑元件,即"课件"两个字。时间轴和影片剪辑"元件 3",如图 9.3 所示。

(11) 参照 4.2.2 节控制按钮的制作方法,制作控制按钮。

(12) 再单击"插入"菜单下的"新建元件"命令,在弹出的"元件类型"选项框中,选择"按钮"后进入"按钮"元件编辑界面。

图 9.2　封面元件 2

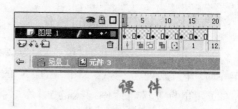

图 9.3　封面元件 3

（13）在"按钮"元件编辑时间轴的帧格上，连续按 3 次 F6 键插入"关键帧"，使其进入第 4 帧格（点击）位置。

（14）选择绘图工具栏上的"矩形"工具，颜色选深色，在编辑界面上画一个 1×2cm 左右的矩形，作为"暗按钮"的有效点击区域。

2. 课件封面制作

（1）素材制作与导入工作完毕后，返回"场景 1"工作界面，用鼠标左键将库中的"古地图"图片拖出，放置在界面上，此时系统自动的处于"图层 1"的第 1 帧。

（2）同样用鼠标左键将库中的标题文字"元件 1"《念奴娇·赤壁怀古》拖出，放置在"古地图"的右侧，如图 9.4 所示。

（3）用相同的方法，再把"计算机多媒体"和"课件"两个影片剪辑元件拖出，放置在"古地图"的左上角。由 3 个"影片剪辑"元件和背景图片组成的封面，如图 9.4 所示。

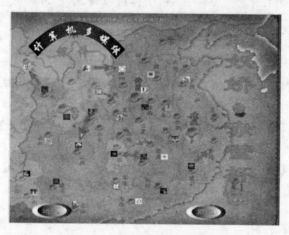

图 9.4　课件的封面内容布局

（4）单击"图层"面板上的增加"图层"按钮"＋"，增加新的"图层 2"。

（5）用鼠标左键将库中的控制按钮元件拖出，分别放置在"古地图"的下方左、右两侧。

注意：按钮元件必须是对应处于"图层 2"的时间轴上。

（6）选择绘图工具栏上的"文本"工具，分别在按钮上输入"进入"、"退出"等操作提示文字。

3. "古词欣赏"主场景的制作

（1）单击"插入"菜单下的"场景"命令，插入新的"场景2"，系统自动进入"场景2"的工作界面，并自动处于"场景2"中"图层1"的第1帧位置。

（2）用鼠标左键将库中导入的"图片1"拖出来，放置在界面上，并用主工具栏上的"缩放"工具，调整好图片的大小，如图9.5所示。

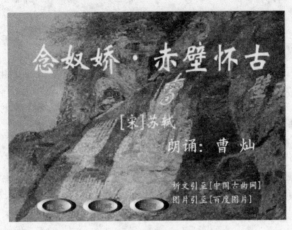

图9.5 "古词欣赏"主场景的引入内容

（3）选用绘图工具栏上的"文本"工具，字体选魏碑、颜色为黄色、大小用60和25，在图片的中央输入相应的标题文字与作者姓名，如图9.5所示。

（4）选用绘图工具栏上的"文本"工具，字体选楷体、颜色为黄色、大小用25，在图片的右下角说明图片及析文的来源，如图9.5所示。

（5）单击"图层"面板上的增加"图层"按钮"＋"，增加新的"图层2"、"图层3"和"图层4"。

（6）选中"图层2"，用鼠标左键将导入并保存在库中的声音文件拖出，鼠标左键将声音文件拖至工作界面上释放。

（7）试着选中"图层2"的第1000帧或1000以上的帧，按下F5键"插入帧"，观看"图层2"上的声音文件长度，直到声音全部播放完毕为止，本例为1453帧。

（8）选中"图层4"，同样用鼠标左键将库中制作好的控制按钮拖出，放在如图9.5所示的左下方位置。

（9）选择绘图工具栏上的"文本"工具，字体为隶书、大小为20、颜色为红色，分别在按钮上输入"播放"、"讲解"、"返回"等操作提示内容。

技巧：在原文件中单击"控制"菜单下的"播放"命令，找出古词朗诵的开始帧和结束帧的位置分别为285帧和1175帧，这样便于插入相应的图片，声音文件的总长度为1453帧。

（10）选中"图层1"的第280帧，按F7键插入"空白关键帧"，用鼠标左键将库中的"图片2"拖出，放置在界面上，因为此帧开始"大江东去……"的朗诵。时间轴与界面如图9.6

所示。

声间文件
插入空白关键帧

放大的图

图 9.6　近景图片与对应的时间轴

　　(11) 选择主工具栏上的"缩放"工具,先将图片放大至 1.2～1.5 倍的界面有效尺寸,这是图片在关键帧之前的值,如图 9.6 所示(目的是产生由近景向远景的推移动画)。

　　(12) 选中"图层 1"的第 520 帧,按 F6 键插入"关键帧",再用绘图工具栏上的"缩放"工具,将图片缩小到与界面的有效尺寸一样的大小,如图 9.7 所示。

图 9.7　图片在第 520 帧处的大小

　　(13) 选中"图层 1"的第 519 帧,即"关键帧"之前的一帧,打开屏幕下方的属性面板,选择"补间"选项中的"动作"或"动画",以产生背景图片从近景推向远景的动画效果。

　　(14) 选中"图层 1"的第 521 帧,按 F7 键插入"空白关键帧",再用鼠标左键将库中的"图片 3"拖出,放在界面上(因为此帧是词"乱石穿空,惊涛拍岸,卷起千堆雪"的朗诵)。

如图 9.8 所示。

在第521帧处插入
空白关键帧

图 9.8　在第 521 帧处按 F7 键换图片

（15）选中"图层 1"的第 830 帧，按 F6 键插入"关键帧"，同样是用主工具栏上的"缩放"工具，将图片放大至界面有效尺寸的 1.5 倍左右。

（16）同样是选中"图层 1"的第 829 帧，即"关键帧"之前的一帧，打开屏幕下方的帧属性面板，在"补间"选项栏中，选择"动作"或"动画"，以产生远景向近景的收拉动画。

（17）选中"图层 1"的第 831 帧，按 F7 键插入"空白关键帧"，同样用鼠标左键将库中的"图片 4"拖出，放置在界面上。并用主工具栏上的"缩放"工具，调整大小与界面有效尺寸相同，如果图 9.9 所示。

（18）选中"图层 1"的第 950 帧，按 F6 键插入"关键帧"，并用主工具栏上的"缩放"工具，将图片放大至界面有效尺寸的 1.5 倍左右。

（19）同样是选中"图层 1"的第 949 帧，即"关键帧"前的一帧，打开屏幕下方的属性面板，在"补间"选项栏中，选择"动作"或"动画"，以产生远景向近景的收拉动画。

（20）选中"图层 1"的第 951 帧，按 F7 键插入"空白关键帧"，同样用鼠标左键将库中的"图片 5"拖出，放置在界面上。并用主工具栏上的"缩放"工具，调整图片的大小为界面有效尺寸的 1.5 倍左右。然后将图片的上边界与界面的上边界对齐，图片的右边界与界面的右边界对齐，目的是形成向右移动动画的初始位置，如图 9.10 所示。

（21）选中"图层 1"的第 1315 帧，按 F6 键插入"关键帧"（此帧位置朗诵声音结束）。

（22）用"箭头"选取工具，将图片水平移动，使图片的左边界与界面的左边界对齐，如图 9.11 所示。

（23）同样是选中"图层 1"的第 1314 帧，即"关键帧"之前的一帧，打开屏幕下方的属性面板。在"补间"选项栏中，选择"动作"或"动画"，以产生背景图片从左向右的移动动

图 9.9　在第 831 帧处按 F7 键换图片

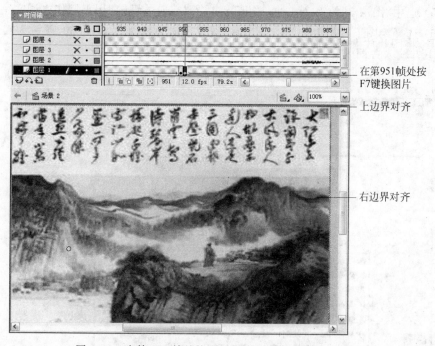

在第951帧处按
F7键换图片

上边界对齐

右边界对齐

图 9.10　在第 951 帧处按 F7 键换图片并调整上、右对齐

画,因为背景图片上的古词为竖式版式,一般的显示是从右开始。

　　(24)选中"图层 1"的第 1453 帧,再按 F6 键插入"关键帧",与声音文件的长度相等,但此段不加动画,只显示静止图片和古词,等待音乐结束。

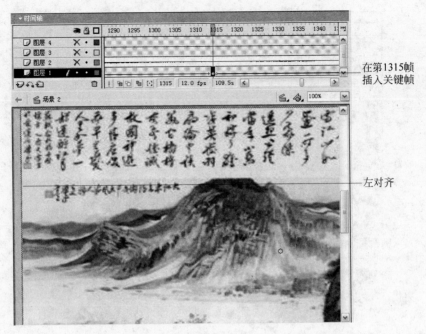

在第1315帧
插入关键帧

左对齐

图 9.11 将背景图片向左移动

(25) 选中"图层 3"的第 284 帧,按 F7 键插入"空白关键帧"用来制作古词文字动画。

(26) 选择绘图工具栏上的"文本"工具,设置字体为魏碑、大小为 30、颜色为褐色。在界面的下方输入古词内容,这是文本动画的初始位置,如图 9.12 所示。

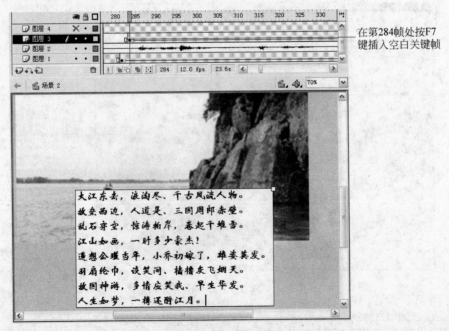

在第284帧处按F7
键插入空白关键帧

图 9.12 在"图层 3"第 284 帧处输入古词内容

注意：286 帧为朗诵音开始。

（27）选中"图层 3"的第 1244 帧，按 F6 键插入"关键帧"，此帧为朗诵音结束。用绘图工具栏上的"箭头选取"工具，将古词内容整体移动至界面的中央，如图 9.13 所示。

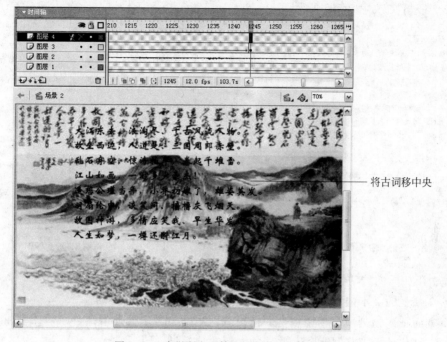

图 9.13　在"图层 3"第 1244 帧古词的位置

（28）选中"图层 3"的第 1243 帧，即"关键帧"前的一帧，并打开屏幕下方的属性面板。在"补间"选项栏中，选择"动作"或"动画"，以产生古词伴随朗诵声音从下向上的移动动画。

（29）选中"图层 3"的第 1453 帧，再按 F5 键"插入帧"，让"图层 3"的时间轴与声音文件的长度相等。同样此段不加动画，只显示静止图片和古词，等待音乐结束。

（30）选中"图层 4"的第 1453 帧，再按 F5 键"插入帧"，使控制层的时间轴长度仍与声音层的时间轴长度相等。

（31）分别选中"图层 1"的第 1 帧和"图层 2"的最后一帧，因为这两帧为关键帧。打开屏幕下方的"动作-帧"面板。

（32）双击语句栏上的 stop 命令，在这两帧上添加停止命令，以避免生成影片后自动播放。

4. 讲解"场景"的制作

这个场景的内容主要是古词的讲解和课后练习题，因此采用逐帧技术完成。

（1）单击"插入"菜单下的"场景"命令，增加新的"场景 3"，并自动进入"场景 3"的工作界面，系统默认在"图层 1"时间轴的第 1 帧。

（2）选择绘图工具栏上的"文本"工具，设置字体为楷体、大小为 20、颜色为褐色，在界面上输入第 1 段析文,如图 9.14 所示。

(3) 选中"图层 1"的第 2 帧,按 F7 键插入"空白关键帧",使界面换成新的一页。

(4) 同样是用绘图工具栏上的"文本"工具,字体、字号和颜色与前页相同,在界面上输入第 2 段析文,如图 9.15 所示。

这首被誉为"千古绝唱"的名作,是宋词中流传最广、影响最大的作品,也是豪放词最杰出的代表。它写于神宗元丰五年(1082)年七月,是苏轼贬居黄州时游黄风城外的赤壁矶时所作。此词对于一度盛行缠绵悱恻之风的北宋词坛,具有振聋发聩的作用。

开篇即景抒情,时越古今,地垮万里,把倾注不尽的大江与名垂累世的历史人物联系起来,布置了一个极为广阔而悠久的空间、时间背景。它既使人看到大江的汹涌奔腾,又使人想见风流人物的卓荦气概,并将读者带入历史的沉思之中,唤起人们对人生的思索,气势恢宏,笔大如椽。接着"故垒"两句,点出这里是传说中的古赤壁战场,借怀古以抒感。"人道是",下笔极有分寸。

"周郎赤壁",既是拍合词题,又是为下阕缅怀公瑾预伏一笔。以下"乱石"三句,集中描写赤壁雄奇壮阔的景物:陡

图 9.14　第 1 帧上的文本内容

峭的山崖散乱地高插云霄,汹涌的骇浪狂烈搏击着江岸,滔滔的江流卷起千万堆澎湃的雪浪。这种从不同角度而又诉诸于不同感觉的浓墨健笔的生动描写,一扫平庸萎靡的气氛,把读者顿时带进一个奔马轰雷、惊心动魄的奇险境界,使人心胸为之开阔,精神为之振奋!然拍二句,总束上文,带起下片。

"江山如画",这明白精切、脱口而出的赞美,是作者和读者从以上艺术地提供的大自然的雄伟画卷中自然得出的结论。以上写周郎活动的场所赤壁四周的景色,形声兼备,富于动感,以惊心动魄的奇伟景观,隐喻周瑜的非凡气概,并为众多英雄人物的出场渲染气氛,为下文的写人、抒情作好铺垫。上片重写景,下片则由"遥想"领起五句,集中笔力塑造青年将领周瑜的形象。作者历史事实的基础上,挑选足以表现人物个性的素材,经过艺术集中、提炼和加工,从几

图 9.15　第 2 帧上的文本内容

(5) 用相同的方法,完成第 3 帧、第 4 帧的文本输入。

第 3 帧上的文本内容为:

个方面把人物刻画得栩栩如生。据史载,建安三年,东吴孙策亲自迎请二十四岁的周瑜,授予他"建威中郎将"的职衔,并同他一起攻取皖城。

周瑜娶小乔,正皖城战役胜利之时,其后十年他才指挥了有名的赤壁之战。此处把十年间的事集中到一起,写赤壁之战前,忽插入"小乔初嫁了"这一生活细节,以美人烘托英雄,更见出周瑜的丰姿潇洒、韶华似锦、年轻有为,足以令人艳羡;同时也使人联想到:赢得这次抗曹战争的胜利,乃是使东吴据有江东、发展胜利形势的保证,否则难免出现如杜牧《赤壁》诗中所写的"铜雀春深锁二乔"的严重后果。这可使人意识到这次战争的重要意义。"雄姿英发,羽扇纶巾",是从肖像仪态上描写周瑜束装儒雅,风度翩翩。纶巾,青丝带头巾。"葛巾毛扇",是三国以来儒将常有的打扮,着力刻画其仪容装束,正反映出作为指挥官的周瑜临战潇

第 4 帧上的文本内容为:

洒从容,说明他对这次战争早已成竹胸、稳操胜券。"谈笑间、樯橹灰飞烟灭",抓住了火攻水战的特点,精切地概括了整个战争的胜利场景。词中只用"灰飞烟灭"四字,就将曹军的惨败情景形容殆尽。

以下三句,由凭吊周郎而联想到作者自身,表达了词人壮志未酬的郁愤和感慨。"多情应笑我,早生华发"为倒装句,实为"应笑我多情,早生华发"。此句感慨身世,言生命短促,人生无常,深沉、痛切地发出了年华虚掷的悲叹。"人生如梦",抑郁沉挫地表达了词人对坎坷身世的无限感慨。"一樽还酹江月",借酒抒情,思接古今,感情沉郁,是全词余音袅袅的尾声。"酹",即以酒洒地之意。

(6) 选中"图层 1"的第 5 帧,同样是按 F7 键插入"空白关键帧",这一帧用来制作练习

题,题量的多少,根据自己的需要设置。

(7) 先用绘图工具栏上的"静态文本"方式,在界面上输入相应的题目内容及相应的括号,如图9.16所示。

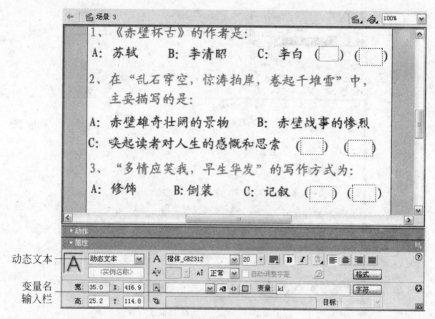

图9.16　练习题的布局

注意:左、右括号为独立的文本框,左、右间的空位用来放置"动态文本框",因为生成影片后,动态文本框的虚线将不再显示。

(8) 将文本框的类型改用"动态文本"方式,在左、右括号的中间画出相应的动态文本框(图中虚线部分)。

(9) 第1题的第1个动态文本框的"变量名"为"k1",第2个动态文本框的"变量名"为"t1",用汉语拼音的"空"字和"填"字的第1字母作为"变量名"。

(10) 第2题的第1个动态文本框的"变量名"为"k2",第2个动态文本框的"变量名"为"t2"。同理,第3题的第1个动态文本框的"变量名"为"k3",第2个动态文本框的"变量名"为"t3"。

注意:完全可根据自己的意愿用其他字母,但在语句中要作相应的更改。

(11) 单击"图层"面板上的增加"图层"按钮"＋",增加新的"图层2",并选中第5帧,按F5键"插入帧"。本层用于放置总控操作按钮。

(12) 用鼠标左键,将库中制作好的控制命令按钮拖出来,放置在界面的左下方,如图9.17所示。

(13) 用绘图工具栏上的"文本"工具,字体为隶书、大小为18、颜色为红色,分别在按钮上输入"上一页"、"下一页"、"返回"等操作提示内容,如图9.17所示。

(14) 再单击"图层"面板上的增加"图层"按钮"＋",增加新的"图层3",并使其处于选中状态,选中本层时间轴的第5帧,按F7键插入"空白关键",本层、本帧用于放置题目所选答案对否的智能判断控制"按钮"。

（15）用鼠标左键，将库中制作好的"暗按钮"拖出来，盖在每一道选择题上，如图9.17所示。

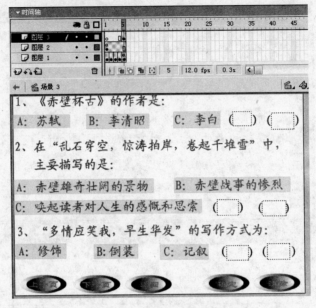

图9.17　各按钮及时间轴布局

注意：这些"暗按钮"在生成影片后是不显示的。

（16）再用鼠标左键，将库中制作好的控制按钮拖出来，放置在界面的右下角处，如图9.17所示。

（17）选择绘图工具栏上的"文本"工具，字体为隶书、大小为18、颜色为红色，分别在按钮上输入"确定"、"清除"等操作提示内容，如图9.17所示。

（18）分别选中"图层1"的第5帧和"图层2"的第1帧（这两帧均为关键帧），打开屏幕下方的"动作-帧"面板。

（19）双击语句栏上的stop命令，在这两帧上添加停止命令，以避免生成影片后自动播放。

（20）为各"暗按钮"添加命令语句。

注意：因为各"暗按钮"是遮盖在相应的选择题上，课件在生成影片后，这些"暗按钮"是不可见的。当鼠标在作选题操作时，实际上是在对"暗按钮"进行操作。此"暗按钮"的命令语句如果是用Flash MX作为开发软件，这些动作语句应在"专家模式"下书写。

第1题A、B、C三个答案"暗按钮"的命令及功能为：

① A答案"暗按钮"的命令及功能为：

```
on (press) {                //事件命令+语句开始识别符
    k1="A";                 //单击时，动态文本框k1显示"A"
}                           //配对使用的语句任务结束符
```

② B 答案"暗按钮"的命令及功能为：

```
on (press) {                    //事件命令+语句开始识别符
    k1="B";                     //单击时,动态文本框 k1 显示"B"
}                               //配对使用的语句任务结束符
```

③ C 答案"暗按钮"的命令及功能为：

```
on (press) {                    //事件命令+语句开始识别符
    k1="C";                     //单击时,动态文本框 k1 显示"C"
}                               //配对使用的语句任务结束符
```

第 2 题 A、B、C 三个答案"暗按钮"的命令及功能：
① A 答案"暗按钮"的命令及功能为：

```
on (press) {                    //事件命令+语句开始识别符
    k2="A";                     //单击时,动态文本框 k2 显示"A"
}                               //配对使用的语句任务结束符
```

② B 答案"暗按钮"的命令及功能为：

```
on (press) {                    //事件命令+语句开始识别符
    k2="B";                     //单击时,动态文本框 k2 显示"B"
}                               //配对使用的语句任务结束符
```

③ C 答案"暗按钮"的命令及功能为：

```
on (press) {                    //事件命令+语句开始识别符
    k2="C";                     //单击时,动态文本框 k2 显示"C"
}                               //配对使用的语句任务结束符
```

第 3 题 A、B、C 三个答案"暗按钮"的命令及功能：
① A 答案"暗按钮"的命令及功能为：

```
on (press) {                    //事件命令+语句开始识别符
    k3="A";                     //单击时,动态文本框 k3 显示"A"
}                               //配对使用的语句任务结束符
```

② B 答案"暗按钮"的命令及功能为：

```
on (press) {                    //事件命令+语句开始识别符
    k3="B";                     //单击时,动态文本框 k3 显示"B"
}                               //配对使用的语句任务结束符
```

③ C 答案"暗按钮"的命令及功能为：

```
on (press) {                    //事件命令+语句开始识别符
    k3="C";                     //单击时,动态文本框 k3 显示"C"
}                               //配对使用的语句任务结束符
```

(21)"清除"按钮的语句及功能为：

```
on (press) {                          //事件命令+语句开始识别符
    k1=" ";                           //动态文本框 k1 为空白
    k2-" ";                           //动态文本框 k2 为空白
    k3=" ";                           //动态文本框 k3 为空白
    t1=" ";                           //动态文本框 t1 为空白
    t2=" ";                           //动态文本框 t2 为空白
    t3=" ";                           //动态文本框 t3 为空白
}                                     //配对使用的语句任务结束符
```

(22)"确定"按钮的语句及功能为：

```
on (press) {                          //.事件命令+语句开始识别符
    if(k1=="A"){                      //条件 1：如果动态文本框 k1 中的值为"A"
    t1="对";                          //动态文本框 t1 中就显示"对"
    }                                 //任务 1 配对使用的结束符
else {t1="错";                        //否则(条件不成立),动态文本框 t1 中就显示"错"
}                                     //第 2 段任务配对使用的结束符
if(k2=="A"){                          //条件 2：如果动态文本框 k2 中的值为"A"
    t2="对";                          //动态文本框 t2 中就显示"对"
    }                                 //任务 2 配对使用的结束符
else {t2="错";                        //否则(条件不成立),动态文本框 t2 中就显示"错"
}                                     //第 2 条件任务配对使用的结束符
if(k3=="A"){                          //条件 3：如果动态文本框 k3 中的值为"A"
    t3="对";                          //动态文本框 t3 中就显示"对"
    }                                 //任务 3 配对使用的结束符
else {t3="错";                        //否则(条件不成立),动态文本框 t3 中就显示"错"
}                                     //第 3 条件任务配对使用的结束符
}                                     //总任务配对使用的语句命令结束符
```

至此,课件的主体内容已制作完毕,下面为各"场景"的控制命令按钮添加控制命令。

5. 各场景控制按钮命令语句的添加

说明：如果用 Flash MX 为开发工具软件,"场景"的控制命令直接在"动作-按钮"面板上,双击相应的命令语句后,系统将自动添加。

(1)"封面"场景中控制按钮的命令语句及功能：

① "进入"按钮的命令语句及功能：

```
on (release) {                        //事件命令+任务开始识别符
    gotoAndStop("场景 2", 1);         //转到"场景 2",并停在第 1 帧位置
}                                     //配对使用的任务结束识别符
```

② "退出"按钮的命令语句及功能：

```
on (release) {                        //事件命令+任务开始识别符
    fscommand("quit");                //退出影片系统
}                                     //配对使用的任务结束识别符
```

（2）"古词欣赏"主场景中控制按钮的命令语句及功能：

① "播放"按钮的命令语句及功能：

```
on (release) {                    //事件命令+任务开始识别符
    gotoAndPlay(1);               //转到第 1 帧开始播放
}                                 //配对使用的任务结束识别符
```

② "讲解"按钮的命令语句及功能：

```
on (release) {                    //事件命令+任务开始识别符
    gotoAndStop("场景 3", 1);     //转到"场景 3",并停止在第 1 帧
}                                 //事件命令+任务开始识别符
```

③ "返回"按钮的命令语句及功能：

```
on (release) {                    //事件命令+任务开始识别符
    gotoAndStop("场景 1", 1);     //转到"场景 1",并停止在第 1 帧
}                                 //事件命令+任务开始识别符
```

（3）"讲解"场景的命令语句及功能：

① "上一页"按钮的命令语句及功能：

```
on (release) {                    //事件命令+任务开始识别符
    prevFrame();                  //转到上一帧
}                                 //事件命令+任务开始识别符
```

② "下一页"按钮的命令语句及功能：

```
on (release) {                    //事件命令+任务开始识别符
    nextFrame();                  //转到下一帧
}                                 //事件命令+任务开始识别符
```

③ "返回"按钮的命令语句及功能：

```
on (release) {                    //事件命令+任务开始识别符
    gotoAndStop("场景 1", 1);     //转到"场景 1",并停止在第 1 帧
}                                 //事件命令+ 任务开始识别符
```

9.1.3 生成课件影片

1. 生成 .swf 影片

（1）各场景中控制按钮命令添加完毕后，先单击"文件"菜单下的"保存"命令，将原文件保存好。

（2）在文件保存位置栏，选择要保存的路径及文件夹，如图 9.18 所示。

（3）再单击"文件"菜单下的"输出影片"命令，在弹出的"导出影片"对话框中，输入影片名后，单击"保存"按钮，如图 9.18 所示。

图 9.18 "导出影片"对话框

（4）在弹出的影片版本及质量设置栏上，单击"确定"按钮，如图 9.19 所示。

此时屏幕上将出现如图 9.20 所示的影片生成信息图标，如果课件中的"按钮"语句命令有错误，系统将出现提示，指出错误所在的"场景"和"图层"，并指出错在语句命令序列里的哪一行。

图 9.19 影片版本及质量设置栏

图 9.20 影片生成过程信息

2. 生成可执行文件

（1）打开已生成的 .swf 影片文件。

（2）单击"文件"菜单下的"创建播放器"命令，如图 9.21 所示（注意：.swf 文件影片处于播放状态），此时系统会弹出可执行文件 .exe 保存位置对话框，如图 9.22 所示。

（3）在如图 9.22 所示的 .exe 文件保存对话框中，输入保存的路径、文件夹及文件名，然后单击"保存"按钮,可执行文件就自动生成了。

.exe可执行文件是自带播放器的文件格式,可以在任何计算机上播放,特别适合于交流学习时使用。

图 9.21 "文件"菜单下的"创建播放器"命令

图 9.22 .exe 文件保存位置对话框

至此,古词《念奴娇·赤壁怀古》赏析课件就全部制作完毕。可根据自身的教学情况,对练习题部分内容进行增减。如果要增加习题量,只要是插入了新的"空白关键帧",动态文本框的命名方式是相同的,各语句部分可采用直接复制—粘贴方式使用。

本节技术小结

本例的主要技术与技巧

1. 本例大量使用了"空白关键帧"技术,从内容上可以看出,"空白关键帧"其实就是新页。

2. 画面的处理技巧上,充分利用"缩放"工具,来实现背景画面的推、拉。

3. 同样利用"暗按钮"方式,来实现题目的选择。

4. 重点语句仍为条件语句的应用。

9.2　儿童古诗——夏日绝句

　　现行的统编教材,《五年制小学语文课本》共选进古诗多首。在这些古诗文中尤其是绝句,较之古文更易为儿童所接受,因为它的篇幅短、有节奏、押韵,读起来朗朗上口,易记易背。儿童自幼读些好的诗歌,既能促进智力和语言的发展,又有助于陶冶性情,激发积极向上的意志,增加生活情趣,提高对美的鉴赏能力。儿童诗歌比起其他文学载体,形式更自由,题材更广泛,又易诵易记,并且学生的情感更易在诗歌形式上找到倾吐、表达的喷口。儿童诗歌教育"不仅适合儿童的天性",而且在保护与开启、培育儿童的自由想象力方面能够发挥特殊的作用。在儿童时期进行诗歌教育有两个作用,一是"有助于儿童建立个人与古典文明或民族思想文化价值传统之间的亲和联系",二是"有助于激活人类本源的精神自由与想象力"。

9.2.1　课件所需素材与总体结构

1. 课件所需素材

　　根据目前选入小学课本的古诗全部是原作,全部列为讲读课文的这一状况,本课件旨在提高学生对古诗文的欣赏品位和审美情趣,因为诗歌具有语言高度凝炼,富有韵律节奏感,极有抒情性和意蕴美。所以,当学生理解了诗人当时的写作背景后,就会极大的增强他们的爱国热情,从小建立正确的人生价值取向。所以课件拟绘制的是与古诗内容相适应的"过江画面"和标准的朗诵配音。

　　(1) 本课件绘制的图画原件参考《中国儿童资源网》。

　　(2) 引用《中国古曲网》虹云朗诵的《夏日绝句》配乐片段。

2. 课件的总体结构

　　要解读一首诗,需要通过诵读、品味、想象,刺激各感官的参与,进而唤起内心的视像及情感,进而达到在新的广度和深度上把握语言具象。所以本课件由3个场景组成,第1个场景为封面,用绘制的与诗人写作背景相适应的过江情景图画,加配相应的标题文本构成。第2个"场景"为古诗朗诵内容,仍以所绘制的过江情景画为背景作为衬托素材,以移动字幕与标准朗诵配音为主体。第3个"场景"以古诗的注释、分析、欣赏、理解和思考题来结束,总体结构如图9.23所示。

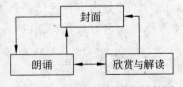

图9.23　《夏日绝句》课件结构图

9.2.2 课件素材的绘制与制作

1. 人物绘制

因为历史人物没有留下他们的肖像,在制作课件中,只能按古人的基本装束绘制粗略的人物轮廓画。本例引用《中国儿童资源网》的人物画像后,作了简单的改动,如图 9.24 所示。

(1) 打开 Flash 软件,进入 Flash 文档工作界面。

(2) 单击"文件"菜单下的"导入"命令,导入原图(原图为矢量图,无需进行分离。在保存时,将男人物重命名为"人物 1",将女人物重命名为"人物 2")。

(3) 删除界面上的人物图像,重新从库中将图像拖出来,放在界面中进行编辑。

图 9.24　人物图像

(4) 将原图中"人物 1"头上的红花删除,重新选择绘图工具栏上的"铅笔"工具,重新画一个古军人帽子的轮廓线。

(5) 选择绘图工具栏的"颜料桶"工具,填充方式为"放射状",颜色为"金属"色,将帽子按如图 9.24 所示填充。

(6) 用相同的方式,将佩箭填充成金属色,如图 9.24 所示。

(7) 同样用"放射状"填充方式,但填充色改为紫红色,将"人物 2"画像的脸部填充成紫红渐变,以模拟女性脸部淡雅的风格,如图 9.24 所示。

(8) 用相同的方式,分别将头发填充为黑色渐变,发套填充为红色渐变,如图 9.24 所示。

(9) 将"混色器"(又叫调色板)上的填充方式改为"线性",选用桔红色,将女人物画像的披风填充为桔红色,如图 9.24 所示。

(10) 重新将调色块改为"绿—白",将"人物 2"画像的裙子填充为上白下绿,如图 9.24 所示,这样不仅符合古人的装束要求,同时也符合现代人的审美观。

(11) 将两个人物图像修改完毕后,分别单击"插入"菜单下的"转换成元件"命令,转换成图形元件保存在库中。

2. 衬托背景的绘制

衬托背景主要是在诗的移动和朗诵过程中,起到美化效果的作用。考虑到女诗人李清照当时的写作背景是在逃亡途中,面对浩浩江水,站在楚霸王项羽兵败自刎的地方而作,故衬托背景仍参考[中国儿童资源网]的背景图案,然后根据课件的需要作相应的增加和修改,特别是增加了在月光照射下,出现闪烁星星的"影片剪辑"动画,以加强在古诗移动和朗诵过程中的艺术感染力。

（1）单击"插入"菜单下的"新建元件"命令，在弹出的"元件类型"复选项中，选择"图形"元件后，再单击"确定"按钮，进入"图形"元件编辑工作界面。

（2）参照参考图案，选择绘图工具栏上的"矩形"工具，填充方式与色块颜色按图 9.25 所示设定，即"左边浅蓝，右边白"。在界面上画方框，将界面的有效尺寸全部遮挡完毕，画出的图案效果是左侧为浅蓝、右侧为白，如图 9.26 所示。

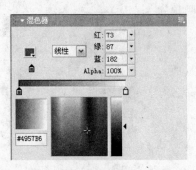

图 9.25 填充方式与整体色设定值

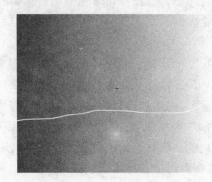

图 9.26 图案填充效果

（3）选择绘图工具栏上"铅笔"工具，颜色选白色。在图形的下方略五分之二处，从左至右勾画一条带波浪型态的曲线，将画好的方框图案截分为上、下两部分，如图 9.26 所示。

（4）选择绘图工具栏上的"颜料桶"工具，填充方式仍选"线性"，调色块的颜色按图 9.27 所示设定。

（5）用"颜料桶"工具，对准图案截分出来的下部填充，填充后的效果如图 9.28 所示，以形成夜晚的天空与陆地的反差色情境。

图 9.27 下部填充色设定值

图 9.28 下部填充效果

（6）选中白色的截分线，按 Del 键将其删除。

（7）分别选择绘图工具栏上的"铅笔"、"画笔"工具，在"颜料桶"工具的配合下，如图 9.29 所示，画出地面的修饰线条和相应的景物。

（8）同样是在"图形"元件方式，分别选择绘图工具栏上的"铅笔"、"画笔"工具，在"颜料桶"工具的配合下，如图 9.30 所示，画柳枝、草丛、柳树干。

图 9.29　背景衬托图案

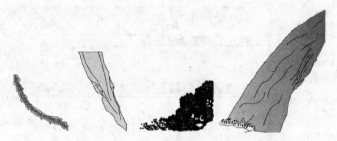

图 9.30　绘制柳枝、草丛、柳树干

3."影片剪辑"元件的制作

（1）封面文字动画的制作

① 单击"插入"菜单下的"新建元件"命令，选择"元件类型"为"影片剪辑"后，再单击"确定"按钮，进行"影片剪辑"元件编辑工作界面，系统默认在"图层 1"的第 1 帧。

② 选择绘图工具栏上的"文本"工具，字体选行书，大小为 30，颜色为红色。在界面上输入"计算机多媒体课件"，并选中第 30 帧，按 F5 键"插入帧"。

③ 单击"图层"面板上的增加"图层"按钮"＋"，增加新的"图层 2"。

④ 选择绘图工具栏上的"矩形"工具，填充色选七彩色，如图 9.31 所示，在文字的上方画一个尺寸为文本长度 2 倍，宽度稍大于文本的七彩矩形。

⑤ 选中整个七彩矩形，单击"修改"菜单下的"组合"命令，将七彩矩形组合为整体。以便在鼠标拖动时形成整体移动。

⑥ 用鼠标左键拖动七彩矩形，全部遮盖文字，矩形的左边界与文本的左边界对齐。

⑦ 选中"图层 2"的第 15 帧，按 F6 键插入"关键帧"后，再次向左移动七彩矩形，使矩形的右边界与文字的右边界对齐。

⑧ 选中"图层 2"的第 30 帧，再次按 F6 键插入"关键帧"后，再用鼠标左键将七彩矩形向右移动，回到第 1 帧的位置，即矩形的左界与文字的左边界对齐，形成一个来回周期。

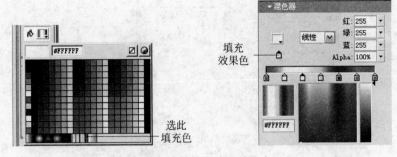

图 9.31　填充方式和填充色

⑨ 选中"图层 1"图标，按住鼠标左键不放，移至"图层 2"的位置后松开。

⑩ 右击"图层 1"图标，在弹出的下拉菜单中，选择"遮罩层"命令，这样就得到了七彩文字，"图层"图标及七彩文字如图 9.32 所示。

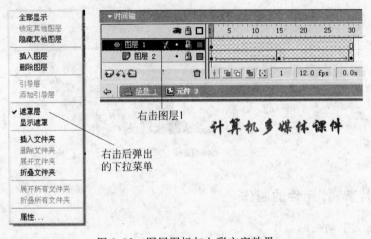

图 9.32　图层图标与七彩文字效果

⑪ 分别选中第 14 帧、第 29 帧，即关键帧之前的一帧，在屏幕下方的帧属性面板中，选择"补间"选项中的"动作"或"动画"，时间轴与七彩文字如图 9.32 所示。

（2）闪烁"星星"动画的制作

① 单击"插入"菜单下的"新建元件"命令，选择"元件类型"为"影片剪辑"，再单击"确定"按钮，进入"影片剪辑"元件工作界面，系统默认在"图层 1"的第 1 帧。

② 选择绘图工具栏上的"直线"工具，设置属性为：粗细 2、接近白色，在界面上画四角形，如图 9.33(a) 所示。然后用鼠标左键选中中间的线段，再按 Del 键删除。

③ 选择绘图工具栏上的"颜料桶"工具，填充色选金属色、填充方式选"放射状"，对着四角形的中心填充，填充后的效果如图 9.33(a) 所示。

④ 选择第 5 帧，按 F6 键插入"关键帧"，再用主工具栏上的"缩放"工具，将填充好的四角形缩小至三分之一左右，如图 9.33(b) 所示。

⑤ 选择第 10 帧，按 F6 键插入"关键帧"，再用主工具栏上的"缩放"工具，将填充好的四角形放大到原始状态。时间轴与四角形的两个关键图如图 9.33(c) 所示。

⑥ 分别选中第 4 帧、第 9 帧,即关键帧之前的一帧,打开屏幕下方的帧属性面板,选择"补间"选项中的"动作"或"动画",时间轴如图 9.33(c)所示。

  (a)四角形 (b)缩小   (c)四角形的时间轴

图 9.33　四角形的绘制过程

4. 按钮元件的制作

请参照 4.2.2 节,制作控制按钮。

9.2.3　课件的制作与组装

课件所需的素材制作完毕后,余下的工作就是课件的制作和组装了。本例按总体结构,只有 3 个场景,所以仍按先后顺序制作。

1. "封面"场景的制作与组装

(1) 退出"元件"工作界面,进入"场景 1"的工作界面,"场景 1"为系统默认场景。

(2) 单击"修改"菜单下的"文档"命令,打开"文档"属性更改对话框,将影片"尺寸"栏改为"800×600",单击"确定"按钮。

(3) 打开"窗口"菜单下的"库"命令,用鼠标左键,先将背景图案拖出来,按图 9.34 所示的效果放置。

图 9.34　"封面"场景的效果图

(4) 用鼠标左键,将封面七彩文字影片剪辑元件"计算机多媒体课件"拖出来,按

图 9.34 所示的位置放置。

(5) 用鼠标左键将"闪烁的星星"影片剪辑元件拖 4 个出来,按图 9.34 所示的位置放置,并用主工具栏上的"缩放"工具,按图 9.34 所示调整元件尺寸的大小。

(6) 选择绘图工具栏上的"文本"工具,字体选隶书、大小为 30、颜色为蓝色,在七彩文字的下方输入《儿童古诗—夏日绝句》。

(7) 选中文字,先单击"编辑"菜单下的"复制"命令后,再单击"粘贴"命令,将副本文字的颜色改为白色。

(8) 将两排文字拉来重叠,形成立体感文字,如图 9.34 所示。

(9) 选择绘图工具栏上的"椭圆"工具,填充方式选"放射状",填充色选"白—浅黄",在"闪烁的星星"旁边画月亮,如图 9.34 所示,并将此图形转换成"图形"元件保存在库中。

(10) 单击"图层"面板上的增加"图层"按钮"+",增加新的"图层 2",用鼠标左键将库中的控制按钮元件拖 2 个出来,放置在界面的右下角,如图 9.34 所示。

(11) 选择绘图工具栏上的"文本"工具,字体选魏碑、大小为 20、颜色为红色,在按钮上输入"进入"、"退出"等操作提示文字。本课件封面的整体效果如图 9.34 所示。

2. "朗诵欣赏"场景的制作

(1) 单击"插入"菜单下的"场景"命令,插入新的"场景 2",系统自动进入"场景 2"的工作界面,注意此时系统默认在"场景 2"中"图层 1"的第 1 帧。

(2) 单击"文件"菜单下的"导入"命令,导入由虹云朗诵的声音文件《夏日绝句》。

(3) 选中"图层 1"的第 432 帧,按 F5 键"插入帧",使朗诵音全部显示完毕,并双击"图层 1"图标,将"图层"名称改为"朗诵"。

(4) 单击"图层"面板上的增加"图层"按钮"+",增加新的"图层 2",用于布置背景图案,并双击"图层 2"图标,将"图层 2"名称改为"主背景"。

(5) 用鼠标左键将库中的背景图案、闪烁的星星拖出来,按图 9.35 所示放置,并选中第 154 帧,按 F7 键插入"空白关键帧",改设置新的图案,目的是要遮挡住"人物 2"出场的起始位置。

图 9.35　第 1 帧至 154 帧的背景图案

（6）再按 F7 键插入"空白关键帧"即在第 154 帧上重新放置背景图案,在第 432 帧处按 F5 键"插入帧",如图 9.36 所示。

图 9.36　第 154 至 432 帧的背景图案

（7）单击"图层"面板上的增加"图层"按钮"＋",增加新的"图层 3",用于放置"人物 2",并双击"图层 3"图标,将"图层 3"名称改为"人物 2"。

（8）用鼠标左键将库中的"人物 2"拖出来,放置在如图 9.37 所示的位置,作为移动动画的起始位置。

图 9.37　"人物 2"放置的起始位置

（9）选择"人物 2"层的第 115 帧,按 F6 键插入"关键帧",本帧开始对"人物 2"进行移动,从第 115 帧开始,到第 175 帧,每帧都按 F6 键插入"关键帧",每插入一次"关键帧",将"人物 2"向右下方移动 1.5mm 左右,形成"人物 2"从屋内走出来的动画,时间轴与 175 帧的界面如图 9.38 所示,此位置作为向左走的起点。

（10）从 175 帧开始至 220 帧,仍按逐帧方式,每用一次"关键帧",将"人物 2"向左移动 1.5mm 左右,图 9.39 所示是"人物 2"的终点位置和时间轴,并在 432 帧处按 F5 键"插入帧"。

（11）单击"图层"面板上的增加"图层"按钮"＋",增加新的"图层 4",用于放置副背景

图 9.38　时间轴与 175 帧处的界面

图 9.39　时间轴在 220 帧时的"人物 2"的位置

图案,目的是形成"人物 2"从背后走出的动画,并双击"图层 4"图标,将"图层 4"名称改为"副背景"。

　　(12) 用鼠标左键将树根图案从库中拖出来,放在图 9.40 所示的位置,即刚好遮住图 9.37 中的"人物 2"。

　　(13) 选择"副背景"的第 154 帧,按 F7 键插入"空白关键帧",在第 432 帧处按 F5 键"插入帧",以对齐时间轴,因为此时"人物 2"已走出背后,出现在界面中。

　　(14) 单击"图层"面板上的增加"图层"按钮"＋",增加新的"图层 5",用于放置"人物

图 9.40　将"人物 2"遮住的界面

1"的移动动画。并双击"图层 5"图标，将"图层 5"名称改为"人物 1"。

　　（15）用鼠标左键将"人物 1"从库中拖出来，放在如图 9.41 所示的位置，此位置为"人物 1"的起点。如图 9.41 所示界面内容部分。

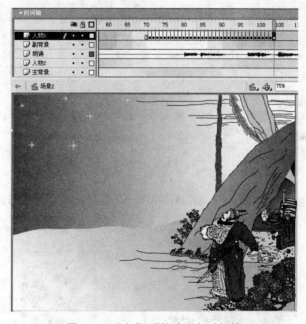

图 9.41　"人物 1"的动画与时间轴

　　（16）从"人物 1"层的第 71 帧开始，逐帧按 F6 键插入"关键帧"，至第 104 帧止，每插入一个"关键帧"，"人物 1"向左移动 1 毫米左右，形成"人物 1"走动的动画。时间轴如图 9.41 的上部所示，"人物 1"的止点位置如图 9.42 所示，同样在 432 帧处按 F5 键"插入帧"，以对齐时间轴。

　　（17）单击"图层"面板上的增加"图层"按钮"＋"，增加新的"图层 6"，用于放置古诗的移动动画。并双击"图层 6"图标，将"图层"名称改为"诗动画"。

图 9.42　人物 1 移动的止点位置

（18）选择绘图工具栏上的"文本"工具，文字用魏碑、颜色为红色、大小为 29，拼音用蓝色，选英文的 Times New Roman 字体。在界面的下方（超出界面）如图 9.43 所示的位置输入诗句。

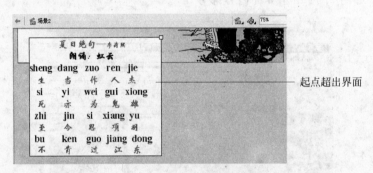

起点超出界面

图 9.43　诗句及起始位置

（19）选中"诗动画"层的第 330 帧，按 F6 键插入"关键帧"，将诗句的位置移动至垂直方向的中间，如图 9.44 所示。

图 9.44　诗句的终点位置

（20）选中"诗动画"层的第 329 帧，即"关键帧"之前的一帧，打开屏幕下方的属性面板，在"补间"选项栏，选择"动作"或"动画"。

（21）选中"诗动画"层的第 432 帧，按 F5 键"插入帧"，补齐时间轴。

（22）单击"图层"面板上的增加"图层"按钮"＋"，增加新的"图层 7"，用于放置古诗拼音的声调。因为 Flash 软件在标声调时，达不到排版的要求，所以只能单独占一层，并用"铅笔"工具标注。在第 1 帧，古诗起始位置标注后，将其组合为整体，选中本层的第 336 帧，按 F6 键插入"关键帧"，同样将所注的声调整体移至古诗终点的位置上，与古诗一道形成整体的移动动画。并双击"图层 7"图标，将"图层 7"名称改为"声调"。

（23）选中"声调"层的第 329 帧，即"关键帧"之前的一帧，同样打开屏幕下方的属性面板，在"补间"选项栏，选择"动作"或"动画"。

（24）单击"图层"面板上的增加"图层"按钮"＋"，增加新的"图层 8"，用鼠标左键将库中的"图形"元件月亮拖出，放在如图 9.45 所示的位置，这是月亮的起点。并双击"图层 8"图标，将"图层 8"名称改为"月亮"。

图 9.45　月亮移动的起点位置

（25）选中本层的 432 帧，按 F6 键插入"关键帧"后，再将月亮拖至如图 9.46 所示的位置。

图 9.46　月亮移动的终点

（26）选中"月亮"层的第 431 帧，即"关键帧"之前的一帧，同样打开屏幕下方的属性面板，在"补间"选项栏，选择"动作"或"动画"，以形成月亮落下的情景动画。

（27）单击"图层"面板上的增加"图层"按钮"＋"，增加新的"图层 9"，用鼠标左键将库中控制"按钮"元件拖 3 个出来，放在界面下方的位置，并双击"图层 9"图标，将"图层 9"名称改为"控制按钮"层。

（28）选择绘图工具栏上的"文本"工具，分别在按钮上输入"播放"、"讲析"、"返回"等操作提示文字。

（29）分别选中"声调"层的第 1 帧和"月亮"层的最后一帧，在屏幕下方的"动作-帧"面板栏上，双击 stop 命令，用以防止生成影片自动播放。

"场景 2"的时间轴与最后一帧的运行界面如图 9.47 所示。

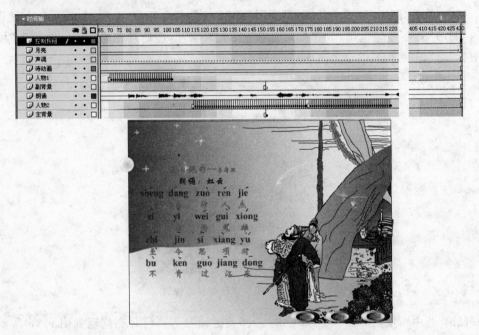

图 9.47　"场景 2"的时间轴与最后一帧的运行界面

3."讲析"场景的制作

（1）单击"插入"菜单下的"场景"命令，插入新的"场景 3"，此时系统自动进入"场景 3"的工作界面，并且默认在"场景 3"中"图层 1"的第 1 帧。

（2）用鼠标左键将库中的背景图案拖出，组成图 9.36 所示的衬托背景，并选中第 5 帧，按 F5 键"插入帧"，使第 1 帧至第 5 帧之间，保持这个背景图案。

（3）单击"图层"面板上的增加"图层"按钮"＋"，增加新的"图层 2"，并选择绘图工具栏上的"文本"工具，字体用魏碑、标题用红色、正文用绿色、大小为 25，在"图层 2"的第 1 帧上输入作者生平内容，如图 9.48 所示。

（4）选中"图层 2"的第 2 帧，按 F7 键插入"空白关键帧"，再用"文本"工具，字体、颜色相同，字号为 30，在第 2 帧的界面上输入名词注释，如图 9.49 所示。

图 9.48 "图层 2"的第 1 帧上的作者生平

图 9.49 "图层 2"第 2 帧界面上的名词注释

(5) 选中"图层 2"的第 3 帧,按 F7 键插入"空白关键帧"后,再用"文本"工具,字体、颜色相同,字号为 25(因为本页内容相对要多一些),在第 3 帧的界面上输入古诗的写作背景,如图 9.50 所示。

(6) 选中"图层 2"的第 4 帧,按 F7 键插入"空白关键帧"后,再用"文本"工具,字体、颜色相同,字号为 25,在第 4 帧的界面上输入古诗欣赏内容,其中"生当作人杰,死亦为鬼雄"诗句加重用红色字,如图 9.51 所示。

(7) 选中"图层 2"的第 5 帧,按 F7 键插入"空白关键帧"后,再用"文本"工具,字体、颜色相同,字号为 25,在第 5 帧的界面上输入根据自己学科特点和教学实际情况所列的"思考题"、"习题"或"选择题"。本例的"思考题"和"习题"如图 9.52 所示。

(8) 单击"图层"面板上的增加"图层"按钮"+",增加新的"图层 3",用于放置控制按钮,并使"图层 3"处于选中状态。

(9) 用鼠标左键将库中的控制按钮元件拖 4 个出来,放置在界面的下方,如图 9.52

图 9.50 "图层 2"第 3 帧界面上的写作背景内容

图 9.51 "图层 2"第 4 帧界面上的诗句欣赏内容

所示。

(10) 选择绘图工具栏上的"文本"工具,字体用隶书、颜色为红色、大小为 18,分别在各按钮上输入"上一页"、"下一页"、"朗诵"、"返回"等操作提示文字,完整的时间轴与最后一帧的界面如图 9.52 所示。

(11) 分别选中"图层 1"的第 1 帧和"图层 2"的最后一帧,在屏幕下方的"动作-帧"面板栏上,双击 stop 命令,用以阻止生成影片自动播放。

4. 各场景的控制按钮命令语句及功能

(1) 场景封面的命令语句及功能:

① "进入"按钮的命令语句及功能为:

```
on (release) {                    //事件命令+语句开始识别符
    gotoAndStop("场景 2", 1);      //转到"场景 2"并停在第 1 帧
```

图 9.52 "图层 2"第 5 帧界面上的思考题与习题

```
}                               //配对使用的任务结束符
```

② "退出"按钮的命令语句及功能为:

```
on (press) {                    //事件命令+语句开始识别符
    fscommand("quit");          //退出影片系统
}                               //配对使用的任务结束符
```

(2) 场景 2"朗诵欣赏"中控制按钮命令语句及功能:

① "播放"按钮的命令语句及功能为:

```
on (release) {                  //事件命令+语句开始识别符
    gotoAndPlay(1);             //从第 1 帧开始播放
}                               //配对使用的任务结束符
```

② "讲析"按钮的命令语句及功能为:

```
on (release) {                  //事件命令+语句开始识别符
    gotoAndStop("场景 3", 1);   //转到"场景 3"并停在第 1 帧
}                               //配对使用的任务结束符
```

③ "返回"按钮的命令语句及功能为:

```
on (release) {                  //事件命令+语句开始识别符
    gotoAndStop("场景 1", 1);   //转到"场景 1"并停在第 1 帧
}                               //配对使用的任务结束符
```

（3）场景 3"讲析"中控制按钮命令语句及功能：

① "上一页"按钮的命令语句及功能为：

```
on (release) {                         //事件命令+语句开始识别符
    prevFrame();                       //转到上一帧
}                                      //配对使用的任务结束符
```

② "下一页"按钮的命令语句及功能为：

```
on (release) {                         //事件命令+语句开始识别符
    nextFrame();                       //转到下一帧
}                                      //配对使用的任务结束符
```

③ "朗诵"按钮的命令语句及功能为：

```
on (release) {                         //事件命令+语句开始识别符
    gotoAndStop("场景 2",1);           //转到"场景 2"并停在第 1 帧
}                                      //配对使用的任务结束符
```

④ "返回"按钮的命令语句及功能为：

```
on (release) {                         //事件命令+语句开始识别符
    gotoAndStop("场景 1",1);           //转到"场景 1"并停在第 1 帧
}                                      //配对使用的任务结束符
```

生成.swf 文件和.exe 文件的步骤请参阅 9.1 节。至此,古诗《夏日绝句》赏析课件就全部制作完毕,可根据自身的教学情况进行修改,如果要增加习题,只要在"图层 3"的第 5 帧后继续按 F7 键插入"空白关键帧"即可插入新的一页界面,而相关的语句部分仍可采用直接复制—粘贴方式使用。

本节技术小结

本例中使用的"场景"、"空白关键帧"及控制"语句"和前例没有太大的差别,在画面的技巧处理上,利用了"图层"的上下关系,即用上面一层的部分画面遮住下面一层的画面,产生人物从室内走出来的视觉效果。另外在"声调"的处理上,专门用了一个"图层"来标"声调",以克服工具软件对添加汉语拼音"声调"困难的不足。

9.3　历史课件——辛亥革命与"中华民国"成立

历史课件的任务是要用大量的历史图片资料和文字介绍真实的历史,如果条件允许的话,还应配以一定的影视资料,以再现历史情景,让后人能客观的认识历史、评析历史,从历史的发展角度去思考过去,用认真负责的态度去面对未来。

9.3.1　课件要达到的教学目标及总体结构

1. 课件要表达的历史

辛亥革命是以孙中山为代表的中国民族资产阶级领导的具有完全意义的民主革命。在孙中山领导的同盟会组织和领导下,提出了比较完整的革命纲领,在广大工农和其他劳动群众多种方式反抗斗争所汇成的革命怒潮中,推翻了清王朝长达二百六十多年的专制统治,从而结束了两千多年的封建君主专制制度,建立了资产阶级共和国,这个共和国产生了一部《中华民国临时约法》,这是中国历史上第一部资产阶级宪法性质的文献。虽然这部文献很快就被北洋军阀废弃,但经过这次革命,民主共和的观念已经深入人心,在政治上打击了封建势力,民主主义思想潮流已不可抗拒。正因为这样,辛亥革命后,袁世凯洪宪帝制,张勋的复辟帝制,都是昙花一现,最终都以失败而告终。辛亥革命也为民主主义革命向新民主主义革命的转变,作了思想准备。

2. 课件的教学目标

由于本节历史内容为中学生的必修内容,所以课件的教学目标绝不是简单的电子版书,而是要使学生通过课件教学内容的学习,充分肯定孙中山及其领导的辛亥革命的革命性、进步性,并实事求是地评述它的软弱性。通过同盟会的成立过程及其纲领,正确理解辛亥革命的性质;掌握"中华民国"建立前后的斗争历程,正确理解辛亥革命的历史意义。

3. 课件的总体结构

因为课件在介绍中国这段近代史的同时,是要人们正确的评价和认识这段历史,正确的看待和分析历史伟人的作用,分析思辨:"三民主义"和辛亥革命中资产阶级的进步性、局限性。因此,课件拟用了 5 个场景来介绍孙中山先生在武昌起义前的主要革命活动及组织形式。拟用 1 个场景,采用逐帧动画,配以历史图片的方式来介绍"武昌起义"、"中华民国成立"、"袁世凯窃取革命成果"和讨论辛亥革命的历史意义等内容。通过选择题方式来加深对中国这段历史的记忆,使读者懂得,离开了广大人民群众积极参加的革命,是不可能取得彻底成功的。课件通过历史图片及文字资料介绍,掌握理解辛亥革命的性质;掌握"中华民国"建立前后的斗争历程,正确理解和评析辛亥革命的功绩和留给民族的启迪,课件的总体结构如图 9.53 所示。

9.3.2　课件所需素材与制作

1. 历史图片资料

本课件所需的影视资料和历史图片,一般都收藏于历史博物馆,教师开发课件要想取得这样的资料是不现实的,而中学历史教科书的插图又显得不够用,所以网上资源是本课件开发所需素材的主要库源。但下载使用中,请尊重他人的知识产权,注明出处。本例图

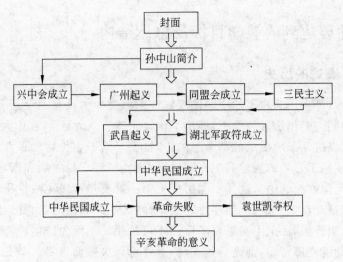

图 9.53　《辛亥革命和"中华民国"成立》课件结构图

片出处《Hudong/图片》。从中选了 11 张历史图片作为背景。

2. 课件所需元件

（1）控制按钮的制作

控制按钮的制作请参照 4.2.2 节控制按钮的制作过程完成。

（2）封面动画七彩文字的制作，请参照 9.2.2 节中"影片剪辑"元件的制作一节。

（3）太阳"影片剪辑"元件的制作

① 打开 Flash 软件，进入 Flash 工作界面后，单击"插入"菜单下的"新建元件"命令，在弹出的"元件类型"复选框中，选择"影片剪辑"后，单击"确定"按钮，进入元件"影片剪辑"的工作界面，此时系统处于"图层 1"的第 1 帧。

② 选择绘图工具栏上的"椭圆"工具，填充方式选"线性"，填充色选左桔红，右桔黄，按住 Shift 键不放，在界面的中央画直径约 2cm 左右的一个园，作为太阳的基础图形。

③ 再用主工具栏上的"任意变形"工具，将太阳基础图形选中后，逆时针旋转 90°，成为上半部为桔红色、下半部为桔黄色的太阳体。并选中第 25 帧，按 F5 键"插入帧"。

④ 单击"图层"面板上的增加"图层"按钮"＋"，增加一个新的"图层 2"，并选中"图层 2"的第 1 帧。

⑤ 选择绘图工具栏上的"直线"工具，设置粗细为 2、颜色为桔红色，过太阳的中心画一条比直径长的直线，并使直线处于选中状态。

⑥ 打开"窗口"菜单下的"变形"命令，在弹出的如图 9.54(a)所示的"变形"参数设置框中，在"旋转"栏输入 30 度后，再连续单击右下角的拷贝并应用变形按钮 ，得到如图 9.54(b)所示的太阳光线，这是第 1 组光线。

⑦ 选中"图层 2"的第 15 帧后，按 F6 键插入"关键帧"，然后将所有的光线选中，再用主工具栏上的"缩放"工具，将光线放大（伸长）1cm 左右。

⑧ 选中"图层 2"的第 14 帧，即关键帧之前的一帧，打开屏幕下方的属性面板，在"补

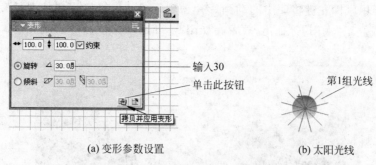

(a) 变形参数设置   (b) 太阳光线

图 9.54 "太阳"的制作主要过程

间"选项中,选择"动作"或"动画",并在第 25 帧处按 F5 键"插入帧"。

⑨ 单击"图层"面板上的增加"图层"按钮"＋",增加一个新的"图层 3",并选中"图层 3"的第 10 帧,按 F7 键插入"关键帧",重新用绘图工具栏上的"直线"工具,在第一组光线的间隙中心再画一组光线,也可以复制"图层 2"第 1 帧来粘贴。

⑩ 选中"图层 3"的第 25 帧后,按 F6 键插入"关键帧",同样将第 2 组所有的光线选中,再用主工具栏上的"缩放"工具,将光线放大与第 1 组光线的长度相等。

⑪ 选中"图层 3"的第 24 帧,即关键帧之前的一帧,同样是打开屏幕下方的属性面板,在"补间"选项中,选择"动作"或"动画"。

⑫ 选中"图层"面板上的"图层 1",按住鼠标左键不放,拖至"图层 3"的位置松开,将"图层 1"换到"图层 3"、"图层 2"换到"图层 1"的位置,换位后的"图层"面板时间轴与光线的界面如图 9.55 所示。经这样处理,就形成了两组太阳光线从太阳的后面交替伸展动画。

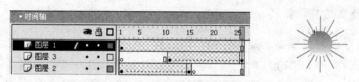

图 9.55 换位后的图层面板与时间轴及光线

9.3.3 课件的组装与制作

1. 封面"场景 1"的制作

(1) 在课件所需的元件制作完毕后,退出元件编辑界面,进入"场景 1"的工作界面,首先单击"文件"菜单下的"导入"命令,"导入"全部历史图片资料(位图)共 11 张,系统自动保存在库中,在制作各"场景"背景时,拖出来使用。

(2) 由于本课件的文字内容较多,因此先单击"修改"菜单下的"文档"命令,将"文档"尺寸改为 800×650。

(3) 打开"窗口"菜单下的元件"库",用鼠标左键将"辛亥革命博物馆"的图片拖出,用主工具栏上的"缩放"工具,调整图片尺寸与文档尺寸相同。

（4）同样用鼠标左键将库中的动画影片剪辑元件"计算机多媒体课件"、"辛亥革命与中华民国成立"、"太阳"等拖出，放置在如图 9.56 所示的位置。

图 9.56　动画元件的放置位置

（5）单击"图层"面板上的增加"图层"按钮"＋"，增加一个新的"图层 2"，用鼠标左键将库中的控制按钮元件拖出，放置在界面的下方，如图 9.56 所示。

（6）选用绘图工具栏上的"文本"工具，在按钮上输入操作提示文字"进入"、"退出"。

（7）选中"图层 2"，打开屏幕下方的"动作-帧"面板，双击 Stop 命令。以防止生成影片后自动播放。

2. "场景 2"的制作

根据历史学科的教学要求及课件的总体结构，从"场景 2"开始，先介绍武昌起义前孙中山从事革命的先行大事，所以，这部分的背景图片用孙中山的黑白相片作衬托。

（1）单击"插入"菜单下的"场景"命令，插入新的"场景 2"，系统自动处于"场景 2"中"图层 1"的第 1 帧位置。

（2）用鼠标左键将库中的"国父"黑白相片拖出来，用主工具栏上的"缩放"工具，将相片的尺寸调整与文档的尺寸相同。

（3）选择"图层 1"的第 100 帧，按 F6 键插入"关键帧"，再用主工具栏上的"缩放"工具，将相片的尺寸作适当的放大。

（4）选中"图层 1"的第 99 帧，打开屏幕下方的属性面板，在"补间"选项栏，选择"动作"或"动画"，以产生革命先行者相片由远到近的动画效果。

（5）单击"图层"面板上的增加"图层"按钮"＋"，增加新的"图层 2"。

（6）选择绘图工具栏上的"文本"工具，字体为魏碑，标题用红色，正文用绿色，标题大小为 45，正文大小为 35。在界面的下方五分之一处开始，输入介绍"国父"孙中山的简单生平信息。

（7）选中"图层 2"的第 100 帧，按 F6 键插入"关键帧"后，将孙中山的简单生平文本移至界面的上方中央,如图 9.57 所示。

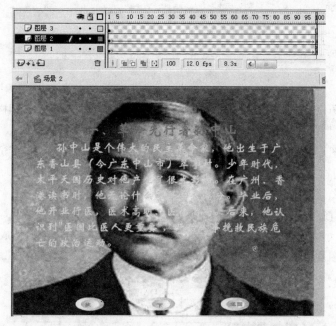

图 9.57　"场景 2"第 100 帧的运行界面

（8）选择"图层 2"的第 99 帧,同样是打开屏幕下方的属性面板,在"补间"选项栏,选择"动作"或"动画",以产生文字自下而上的移动动画。

（9）单击"图层"面板上的增加"图层"按钮"＋",增加新的"图层 3"。

（10）用鼠标左键将库中的控制按钮元件拖出,放置在界面的下方,如图 9.57 所示,再用绘图工具栏上的"文本"工具,在按钮上分别输入"放"、"下"、"返回"等操作提示文字。

（11）选中"图层 1"的第 100 帧,打开屏幕下方的"动作-帧"面板,双击 stop 命令。

3. "场景 3"的制作

（1）单击"插入"菜单下的"场景"命令,插入新的"场景 3",系统仍自动处于"场景 3"中"图层 1"的第 1 帧位置。

（2）用鼠标左键将库中的"国父"黑白相片拖出来,用主工具栏上的"缩放"工具,将相片的尺寸调整与文档的尺寸相同。

（3）选中孙中山相片,单击"插入"菜单下的"转换为元件"命令,也可以右击图片,在弹出的下拉菜单中单击此命令,在弹出的"元件类型"选项中,选择"图形"元件后,单击"确定"按钮,再选中图片。

（4）打开屏幕下方的属性面板,将颜色选项中的 Alpha 值调至 $50\% \sim 60\%$。如图 9.58 所示。因为此时的主要任务是介绍孙中山为中国革命所做的先行大事,故相片用半透明状态。

图 9.58 图形元件属性的 Alpha 值设置

（5）选中"图层 1"的第 100 帧，按 F6 键插入"关键帧"，再用主工具栏上的"缩放"工具，将相片的尺寸作适当的放大。

（6）选中"图层 1"的第 99 帧，打开屏幕下方的属性面板，在"补间"选项栏，选择"动作"或"动画"，同样是产生革命先行者相片由远到近的动画效果。

（7）单击"图层"面板上的增加"图层"按钮"＋"，增加新的"图层 2"。

（8）选择绘图工具栏上的"文本"工具，字体为魏碑，标题用红色，正文用绿色，标题大小为 45，正文大小为 35。在界面的下方五分之一处开始，输入"兴中会"成立的相关文本。

（9）选中"图层 2"的第 100 帧，按 F6 键插入"关键帧"后，将"兴中会"成立的文字内容移至界面的上方中央，如图 9.59 所示。

图 9.59 "场景 3"第 100 帧的运行界面

（10）选择"图层 2"的第 99 帧，同样是打开屏幕下方的属性面板，在"补间"选项栏，选择"动作"或"动画"，以产生文字自下而上的移动动画。

（11）同样是单击"图层"面板上的增加"图层"按钮"＋"，增加新的"图层 3"。

（12）按图 9.59 的布局，在第 3 层上布置 4 个控制按钮，用绘图工具栏上的"文本"工具在按钮上分别输入"放"、"上"、"下"、"返回"等操作提示文字。

（13）选中"图层 1"的第 100 帧，打开屏幕下方的"动作-帧"面板，双击 stop 命令。

4．"场景 4"、"场景 5"、"场景 6"的制作

这 3 个"场景"的制作方法与"场景 3"的制作方法相同,文本内容分别为:

① "场景 4"的文本内容是简单介绍"广州起义",即:

2、广州起义

1895 年,孙中山准备在广州起义,但由于叛徒出卖,起义尚未发动,计划泄露,孙中山被迫流亡国外。此后,他辗转于日本、檀香山、美国、英国等地,致力于宣传革命,发动革命组织。广州起义虽然失败了,但是他却是中国人民企图用革命手段来实现资产阶级共和国理想的第一次。

② "场景 5"的文本内容是介绍"同盟会"成立,即:

3、中国同盟会的成立

1905 年,孙中山从欧洲来到日本,发起成立了中国同盟会。8 月,中国同盟会在东京召开成立大会。会上,推举孙中山为总理,确立了民主革命纲领"驱除鞑虏,恢复中华,创立民国,平均地权"。提问学生这里的"鞑虏"、"民国"分别指的是什么?"鞑虏"应该指的是满清贵族;"民国"指资产阶级共和国。同时创办了机关刊物《民报》。同盟会是中国近代史上第一个全国性的资产阶级的革命政党。提问学生为什么这么说?老师归纳总结:因为她有一个统一的组织,总部设在东京;有领导机构,孙中山是总统;有政治纲领和机关刊物。同盟会的成立使中国革命运动有了一个统一的领导核心,标志着资产阶级领导革命进入了一个新的阶段。

③ "场景 6"的文本内容是介绍孙中山所倡导的"三民主义",即:

4、三民主义:民族、民权、民生

1905 年,孙中山在《民报》发刊词上,把同盟会的革命纲领概括为"民族"、"民权"、"民生"三大主义,简称"三民主义"。民族主义指的是以暴力革命手段,推翻满清贵族的统治,但不是狭隘的排满主义;民权主义就是推翻封建君主专制制度,建立资产阶级民主共和国;民生主义的核心是"平均地权",其具体实施方法就是由国家核定地价,现有地价归原主所有,革命后因生产发展而增长的地价,归国家所有,由国民共享。三民主义没有从根本上解决农民的土地问题,是旧民主主义时代的产物,因此也称旧民主主义。但是在当时的中国也是最完整、最进步的资产阶级革命纲领,也是孙中山领导资产阶级民主革命的指导思想。

5．"场景 7"的制作

这是本例要表达的主体,内容包括"辛亥革命"过程中,"武昌起义、中华民国成立、袁世凯窃取政权"等主要片段。在没有影视资料做素材的情况下,只能选择各种历史教科书中的文字资料与一些历史图片作为课件制作的基本素材,所以采用逐帧技术制作,用历史图片为背景,文字内容为主要载体的制作方式,能达到课件的教学目标即可。

在制作完"场景 6"后,按下列操作制作"场景 7"。

(1) 单击"插入"菜单下的"场景"命令,插入新的"场景 7",系统仍自动处于"场景 7"中"图层 1"的第 1 帧位置。

（2）用鼠标左键将库中的名为"武昌起义"图片拖出来，用主工具栏上的"缩放"工具，调整图片的尺寸大小与文档尺寸相同。

（3）单击"图层"面板上的增加"图层"按钮"＋"，增加新的"图层2"。

（4）选择绘图工具栏上的"文本"工具，字体仍选魏碑、标题大小为45、正文大小为35，颜色为红色，在"图层2"上输入"武昌起义"的第一段内容，如图9.60所示。

（5）再单击"图层"面板上的增加"图层"按钮"＋"，增加新的"图层3"，将库中的控制按钮元件拖3个出来，放置在屏幕的下方，如图9.60所示。

（6）选择绘图工具栏上的"文本"工具，字体为隶书，大小为20，颜色为红色，在3个按钮上分别输入"上一页"、"下一页"、"返回"等操作提示字符。

（7）选中"图层1"的第2帧，按F7键插入"空白关键帧"，用鼠标左键将库中的"1911年10月11日晚武昌的上空"图片拖出，用主工具栏上的"缩放"工具，调整图片的尺寸大小与文档尺寸相同。

（8）选中"图层2"的第2帧，按F7键插入"空白关键帧"，再选择绘图工具栏上的"文本"工具，在"图层2"的第2帧输入"武昌起义"第一段内容的续1部分，如图9.61所示。

图9.60　"场景7"第1帧的界面

图9.61　"场景7"第2帧的界面

（9）选中"图层3"的第2帧，按F5键"插入帧"，以补齐时间轴长短。

（10）选中"图层1"的第3帧，再按F7键插入"空白关键帧"，用鼠标左键将库中的"开赴前线的起义军"图片拖出，放在界面上。然后用主工具栏上的"缩放"工具，调整图片的尺寸大小与文档尺寸相同。

（11）再选中"图层2"的第3帧，仍按F7键插入"空白关键帧"，再选择绘图工具栏上的"文本"工具，在"图层2"的第3帧输入"武昌起义"第一段内容的续2部分，如图9.62所示。

（12）选中"图层3"的第3帧，按F5键"插入帧"。

（13）再选中"图层1"的第4帧，再按F7键插入"空白关键帧"，用鼠标左键将库中的"起义军进城"图片拖出，放在界面上。然后用主工具栏上的"缩放"工具，调整图片的尺寸大小与文档尺寸相同。

（14）再选中"图层2"的第4帧，仍按F7键插入"空白关键帧"，再选择绘图工具栏上的"文本"工具，在"图层2"的第4帧输入"武昌起义"第一段内容的续3部分，如图9.63所示。

图9.62 "场景7"第3帧的界面

图9.63 "场景7"第4帧的界面

（15）选中"图层3"的第4帧，按F5键"插入帧"。

（16）参照第1帧至第4帧的制作方法，完成第5帧至第12帧的制作。第5帧至第8帧的界面分别如图9.64～图9.67所示。

图9.64 "场景7"第5帧的界面

图9.65 "场景7"第6帧的界面

（17）再选中"图层1"的第9帧，按F7键插入"空白关键帧"，用鼠标左键将库中的"武汉保卫点战"图片拖出，放在界面上。然后用主工具栏上的"缩放"工具，调整图片的尺寸大小与文档尺寸相同。

（18）选中"图层1"的第9帧，单击"编辑"菜单下的"拷贝"命令，再选中第10帧，按F7键插入"空白关键帧"后，再单击"编辑"菜单下的"粘贴"命令，即第9帧和第10帧的背景图片相同。

（19）选中"图层2"的第9帧、第10帧，按两次F7键插入"空白关键帧"，然后用"文本"工具，在第9帧上输入"革命失败"一节的续1和续2文字内容，如图9.68和图9.69所示。

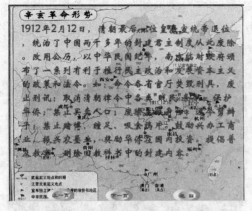

图 9.66 "场景 7"第 7 帧的界面

图 9.67 "场景 7"第 8 帧的界面

图 9.68 "场景 7"第 9 帧的界面

图 9.69 "场景 7"第 10 帧的界面

（20）同样是参照第 1 帧至第 4 帧的制作方法，完成第 11 帧、第 12 帧的制作，第 11 帧及第 12 帧的运行界面如图 9.70 和图 9.71 所示。

图 9.70 "场景 7"第 11 帧的界面

图 9.71 "场景 7"第 12 帧的界面

（21）选中"图层 1"第 13 帧，同样按 F7 键插入"空白关键帧"。

(22) 选择绘图工具栏上的"文本"工具,在"图层1"的第13帧上按图9.72所示先输入所有的"静态文本"。

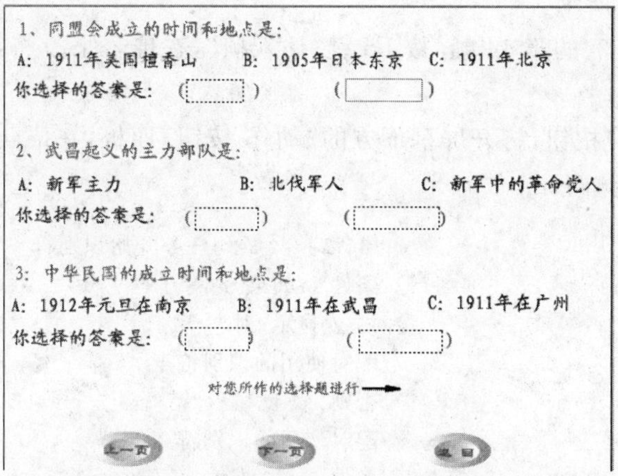

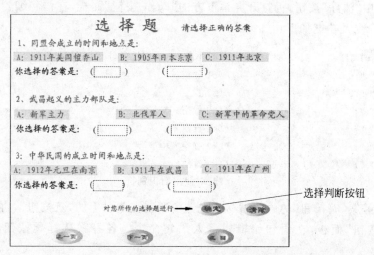

图 9.72　"场景7"第13帧上的静态文本和动态文本

(23) 将文本性质改为"动态文本"后,再在括号的中间位置,拖画出动态文本框的位置。

注意:"动态文本框"的变量名分别是:第1题为t1和k1;第2题为t2和k2;第3题为t3和k3,都是汉语的"填"字和"空"字拼音的第1个字母。

(24) 选中"图层2"第13帧,同样按F7键插入"空白关键帧",这一帧用于放置题目部分的各种控制按钮。

(25) 用鼠标左键将库中的"暗按钮"拖出,覆盖在各题的每个答案上,如图9.73所示。

图 9.73　覆盖在各题答案上的"暗按钮"

注意:这些"暗按钮"处于"图层2"第13帧位置上,生成影片后是看不见的。

(26) 同样在"图层2"的第13帧上,再用鼠标左键将库中的控制按钮元件拖两个出来,放置在界面右下方,用于所选题目答案正确与否的智能判断,如图 9.73 所示。

(27) 用绘图工具栏上的"文本"工具,在智能判断按钮上输入"确定"、"清除"等操作提示文字,如图 9.73 所示。

(28) 选中"图层 3"的第 14 帧,按 F5 键"插入帧",在屏幕下方将显示所有翻页按钮,如图 9.73 下方所示。

(29) 选中"确定"按钮,打开屏幕下方的"动作-按钮"面板,在语句编辑栏输入语句命令。语句命令及功能如下:

```
on (press) {                  //事件命令+语句任务开始识别符
    if(t1=="B"){              //条件 1:如果 t1 等于"B"
    k1="对";                  //k1 就显示"对"
    }                         //配对使用的识别符
    else {k1="错";            //否则,k1 就显示"错"
    }                         //配对使用的识别符
    if(t2=="C"){              //条件 2:如果 t2 等于"C"
    k2="对";                  //k2 就显示"对"
    }                         //配对使用的识别符
    else {k2="错";            //否则,k2 就显示"错"
    }                         //配对使用的识别符
    if(t3=="A"){              //条件 3:如果 t3 等于"A"
    k3="对";                  //k3 就显示"对"
    }                         //配对使用的识别符
    else {k3="错";            //否则,k3 就显示"错"
    }                         //配对使用的识别符
}                             //配对使用的识别符
```

(30) 选中"清除"按钮,仍打开屏幕下方的"动作-按钮"面板,在语句编辑栏输入语句命令。语句命令及功能如下:

```
on (press) {                  //事件命令+语句任务开始识别符
    t1=" ";                   //t1 置空
    t2=" ";                   //t2 置空
    t3=" ";                   //t3 置空
    k1=" ";                   //k1 置空
    k2=" ";                   //k2 置空
    k3=" ";                   //k3 置空
}                             //配对使用的识别符
```

(31) 各答案"暗按钮"的语句编写。先选中覆盖在题目上的"暗按钮",再打开屏幕下方的"动作-按钮"面板,在语句编辑栏输入语句命令。各答案选择题按钮的命令及功能为:

① 1 题 A

```
on (press) {                  //事件命令+语句任务开始识别符
    t1="A";                   //t1 中显示"A"
```

```
}                              //配对使用的识别符
```

② 1 题 B

```
on (press) {                   //事件命令+语句任务开始识别符
    t1="B";                    //t1 中显示"B"
}                              //配对使用的识别符
```

③ 1 题 C

```
on (press) {                   //事件命令+语句任务开始识别符
    t1="C";                    //t1 中显示"C"
}                              //配对使用的识别符
```

④ 2 题 A

```
on (press) {                   //事件命令+语句任务开始识别符
    t2="A";                    //t2 中显示"A"
}                              //配对使用的识别符
```

⑤ 2 题 B

```
on (press) {                   //事件命令+语句任务开始识别符
    t2="B";                    //t2 中显示"B"
}                              //配对使用的识别符
```

⑥ 2 题 C

```
on (press) {                   //事件命令+语句任务开始识别符
    t2="C";                    //t2 中显示"C"
}                              //配对使用的识别符
```

⑦ 3 题 A

```
on (press) {                   //事件命令+语句任务开始识别符
    t3="A";                    //t3 中显示"A"
}                              //配对使用的识别符
```

⑧ 3 题 B

```
on (press) {                   //事件命令+语句任务开始识别符
    t3="B";                    //t3 中显示"B"
}                              //配对使用的识别符
```

⑨ 3 题 C

```
on (press) {                   //事件命令+语句任务开始识别符
    t3="C";                    //t3 中显示"C"
}                              //配对使用的识别符
```

（32）选中"图层 1"的第 14 帧,再按 F7 键插入"空白关键帧",用于"讨论与思考"。

（33）用绘图工具栏上"文本"工具,在界面上输入如图 9.74 所示的"讨论与思考"及

"小结"等内容。

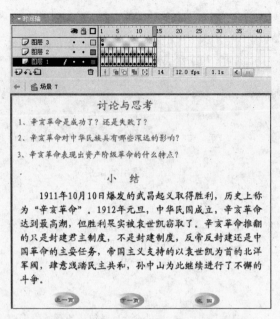

图 9.74 "场景 7"的时间轴及第 14 帧的文本

(34) 选中"图层 2"的第 14 帧,再按 F7 键插入"空白关键帧",这一帧处于"空白",整个"场景 7"的时间轴如图 9.74 上部分所示。

6. 各场景控制按钮命令的编写

各场景的跳转命令相对简单,与前几例的编写方法一样,分两种方式。如果是用 Flash MX 作为开发平台,则采取在动作语句栏直接打"√";如果是采用 Flash CS 序列为开发平台,则只能按语句要求书写。

(1) "场景 1"中控制按钮的跳转命令编写

① "进入"按钮的命令及功能为:

```
on (release) {                  //事件命令+语句任务开始识别符
    gotoAndPlay("场景 2", 1);    //转到"场景 2",从第 1 帧播放
}                               //配对使用的任务结束符
```

② "退出"按钮的命令及功能为:

```
on (press) {                    //事件命令+语句任务开始识别符
    fscommand("quit");          //退出影片系统
}                               //配对使用的任务结束符
```

(2) "场景 2"的控制命令编写

① "播放"按钮的命令及功能为:

```
on (release) {                  //事件命令+语句任务开始识别符
```

```
    gotoAndPlay(1);                    //转到第 1 帧开始播放
}                                      //配对使用的任务结束符
```

② "下"按钮的命令及功能为：

```
on (release) {                         //事件命令+语句任务开始识别符
    gotoAndPlay("场景 3",1);            //转到"场景 3"的第 1 帧开始播放
}                                      //配对使用的任务结束符
```

③ "返回"按钮的命令及功能为：

```
on (release) {                         //事件命令+语句任务开始识别符
    gotoAndStop("场景 1",1);            //转到"场景 1"停在第 1 帧
}                                      //配对使用的任务结束符
```

（3）"场景 3"的控制命令编写

① "播放"按钮的命令及功能为：

```
on (release) {                         //事件命令+语句任务开始识别符
    gotoAndPlay(1);                    //转到第 1 帧开始播放
}                                      //配对使用的任务结束符
```

② "上"按钮的命令及功能为：

```
on (release) {                         //事件命令+语句任务开始识别符
    gotoAndPlay("场景 2",1);            //转到"场景 2"从第 1 帧开始播放
}                                      //配对使用的任务结束符
```

③ "下"按钮的命令及功能为：

```
on (release) {                         //事件命令+语句任务开始识别符
    gotoAndPlay("场景 4",1);            //转到"场景 4"的第 1 帧开始播放
}                                      //配对使用的任务结束符
```

④ "返回"按钮的命令及功能为：

```
on (release) {                         //事件命令+语句任务开始识别符
    gotoAndStop("场景 1",1);            //转到"场景 1"停在第 1 帧
}                                      //配对使用的任务结束符
```

"场景 4"、"场景 5"、"场景 6"的控制命令基本相同,只在语句中对"场景"的序号作相应的更改即可。

（4）"场景 7"的控制命令编写

"场景 7"的控制命令主要是翻页命令,完成"上一页"、"下一页",而"返回"命令与前面几个"场景"中完全相同。

① "上一页"按钮的命令及功能为：

```
on (release) {                         //事件命令+语句任务开始识别符
    prevFrame();                       //上一帧
```

```
}                              //配对使用的任务结束符
```

② "下一页"按钮的命令及功能为：

```
on (release) {                 //事件命令+语句任务开始识别符
    nextFrame();               //下一帧
}                              //配对使用的任务结束符
```

　　至此，历史课件《辛亥革命与"中华民国"成立》的源文件已全部制作完毕，请参照前几例的输出方式，生成.swf影片文件和.exe可执行文件。这里需要特别说明的是，在开发课件时，无论是什么学科，何种知识层面的课件，最后在对教学目标进行智能评估时，都是以选择题或填空题的形式呈现，一般都要10道题以上才能将该节内容的基本概念全部概括。所以，请根据自己学科的特点和教学实际，增加一定的题量，新增题目的命令语句与本书所提供的各源文件中已有的题目命令语句基本相同，只需将"动态文本框"的"变量名"作相应的改变，就可用复制-粘贴方式。

本节技术小结

本例使用的主要技术有：

1. "空白关键帧"应用。

2. 本例的主要语句仍然是条件语句的应用。

3. 本例仍使用"暗按钮"来实现题目的选择。

上 机 练 习

　　1. 用绘图工具栏上的"直线"工具、"铅笔"工具和"颜料桶"工具，选择不同的填充方式和颜色，练习绘制背景图形，内容请根据自身学科选择。

　　2. 利用网上图片资源，制作历史课件《二次世界大战的起因》。

第 10 章　课件的视频引用与软件嵌套

本章学习要点：

- 在 Flash 中导入与控制视频；
- 导入视频的设置与品质；
- 使用动作脚本控制视频的播放；
- Flash 与其他软件的嵌套。

10.1　课件要求与导入知识

10.1.1　课件对视频的要求

在开发课件时，有时为了增加课件的教学效果，不得不引用一些视频资源作为课件的素材。通常由于视频文件过大，通常在技术上采用两大措施加以解决，一是将原视频文件进行压缩，降低视频信号的带宽（或叫分辨率）；二是选取较短的画面。由于每个学科的要求不一，因此它的长度差别非常大。每个教师要根据自身学科的特点来选择视频内容的长短，达到够用即可。这一类课件通常属于展示型课件，应由教师操作。

现在的 Flash 软件都是直接导入视频，但对视频文件的格式有一定的要求，Flash MX 支持的格式较多，有 mov 格式，avi 格式，mpg、mpeg 格式，dv、dvi 格式和 Macromedia Flash 视频（flv）等视频格式，现在的 Flash 8.0、Flash CS4 反而支持的格式少，并且要求安装相应的插件，所以在选择开发平台时需加以注意。

10.1.2　视频文件的引用

这里以《野生动物保护》课件为例，介绍以 Flash MX 软件为开发课件的平台时，如何引用视频文件。

（1）打开 Flash 文件，进入 Flash 文档的工作界面。

（2）选择"文件"菜单下的"导入"命令，打开"导入"对话框，在"文件类型"下拉列表框中选择"所有视频格式"或"所有格式"选项，选择一个视频文件导入，此时 Flash MX 会弹出"导入视频设置"对话框，如图 10.1 所示。

从图 10.1 中可以看出，Flash MX 在导入视频时可以选择的选项很多，每一个选项都足以影响到最终的视频质量和文件的大小，下面对各项参数指标进行说明。

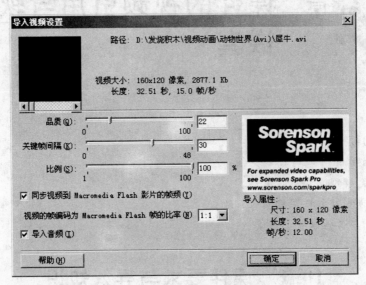

图 10.1 导入视频参数设定选项框

① 品质：品质的设定范围是 0～100 之间。此值越大，生成影片后的视频效果也就越好，系统默认值为 50。通常情况下，设定为 50 时，课件和视频效果比较好。如果需要较高的品质，可以选择 60，但建议不要使用超过 60 的品质，那样会使最终生成的文件长度增大许多，这里要求导入的视频源本身要足够清晰或分辨率较高。表 10.1 给出了一段 160×120 像素，长度为 2.8MB 的视频进行不同的品质设置下最终输出的 swf 文件大小的对比，此时 Flash 文档的尺寸为 640×480 像素。

表 10.1 同一视频文件在不同品质参数下生成的.swf 文件长度

品 质	关键帧间隔	缩 放	编码帧数量	文件大小(MB)
80	12	100	1 : 1	2.084
60	12	100	1 : 1	1.120
50	12	100	1 : 1	0.853
0	12	100	1 : 1	0.497

从表 10.1 可以发现，品质从 60 提升到 80 时数值只提高了 33%，但文件大小却增加了 85%，这就是不建议使用 60% 以上品质视频的原因，而 50% 和 60% 的品质区别并不大。

② 关键帧间隔：此选项控制视频剪辑中关键帧（具有完整数据的帧）的频率。例如，关键帧间隔为 12，意味着剪辑中每 12 帧存储一个完整的帧，在间隔之间的帧只存储与前一个帧之间发生变化的数据。间隔越小，所存储的完整帧就越多，这样就能够在视频中进行更快的搜索，但是产生的文件也会更大。根据测试，此选项对最终影片的影响不大，最

好将关键帧间隔设为 Flash 帧频的整数倍,关键帧间隔对文件大小的影响如表 10.2 所示。

③ 比例(有的汉化为"缩放"):比例选项不仅可以有效减小文件大小,而且可以提高课件运行的性能。在解码视频时需要占用大量的 CPU 资源,当系统配置较低时还会出现停顿现象,如果所导入的视频文件尺寸小就能节省 CPU 资源,使视频播放更流畅。如果开发制作的课件为网络课程课件,这一点就更为重要。

表 10.2   关键帧间隔对最终文件大小的影响

品质	关键帧间隔	缩放	编码帧数量	文件大小(MB)
50	12	100	1:1	0.853
50	24	100	1:1	0.842

如果单机运行可以不考虑这些因素,但在 Flash 中尽量不要使用太大的视频。因为课件需要在不同的计算机上使用,要保证在自己的计算机上运行良好的课件也会在其他计算机上运行流畅。特别是一些公开课和参赛课所开发的课件,或具有交互功能的课件,更要充分保证课件的播放流畅。

④ 同步视频到 Macromedia Flash 影片的帧频:选择此项,将导入视频的回放速度与 Flash 影片时间轴的回放速度同步。例如,视频文件自身的帧频为 25 帧/s,总长度为 32s,那整个视频影片总的帧数约为 25×32=800 帧。导入时,Flash 会自动将多余的帧去掉,在 Flash 中的帧数量约为 12×32=384 帧。如果不选择此项,那么导入后的帧数仍为 800 帧,但影片长度就变成了 800÷12≈67s。

⑤ 视频的帧编码为 Macromedia Flash 帧的比率:此选项指定导入的视频帧与 Flash 时间轴帧之间的比率。如果选择 1:1 时,Flash 的时间轴中的每一帧播放一个导入的视频帧,而选择 1:2,则时间轴中每两帧播放一个导入视频帧,以此类推,由于删除了多余的帧,视频画面会产生跳跃。一般情况下,只要视频文件的长度不太长,尽量选择 1:1 的方式,这样,就不会出现跳跃现象了。

⑥ 导入音频:如果被导入的视频文件中含有音频,此选项可以选择是否导入。但要注意的是,有时 Flash MX 不能导入某些视频中的音频,因为其中的声音信息使用了 Flash MX 不支持的音频编码,这时可以导入没有音频的视频。

从上述几点可以看出,可以在文件大、视频质量、CUP 占用率中找到一个平衡点。Flash 并不像 Authorware 那样在导入视频时仅保存一个指向硬盘上视频文件的链接,最终发布课件时需要将视频文件也一起发布,Flash 将要导入的文件利用 Sorenson Spark 编码器重新编码,并嵌入到.fla 源文件中,在最终导出文件时,也将视频文件嵌入到 swf 文件中。因此在使用 Flash 制作了导入视频的课件后,发布时是作为一个整体文件发布。从这个特点也可以看出,Flash 对视频的重新编码是在导入视频时完成的,而不是在导出影片时,如果中途想改变导入视频的品质、大小、关键帧间隔等,就必须重新导入视频。

10.2 《野生动物介绍》课件的开发

10.2.1 课件的总体结构

本例所引用的视频片段引至动物保护组织,原视频文件已经过了大幅度的压缩处理,可直接导入使用,建议图像尺寸不宜放得过大,放大后直接导致图像质量严重下降。因此,将 Flash 窗口分为视频播放窗口和文本显示区域。在视频窗口播放的同时,仍配以文字介绍,以增加课件对知识的传播效果,课件的总体结构如图 10.2 所示。

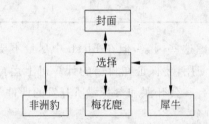

图 10.2 《野生动物介绍》课件的总体结构

10.2.2 课件素材的导入与元件的制作步骤

1. 视频文件的导入

(1) 打开 Flash 软件,进入 Flash"场景1"的文档工作界面。此时系统默认为"图层1"的第1帧。

(2) 单击"文件"菜单下的"导入"命令,系统会弹出如图 10.1 所示的"导入视频设置"选项框。在选项框中,单击"确定"按钮。系统又会弹出如图 10.3 所示的路径选项,选择好所要导入的文件后,单击"打开"按钮。

(3) 导入视频图像文件后,系统会弹出如图 10.4 所示的时间轴长度提示对话框。

(4) 在图 10.4 所示的对话框中,单击"是"按钮,以便全部显示视频文件。导入完毕后,界面上会出现黑色方形,这就是已导入的视频文件窗口,而在库中则以视频元件形式保存,如图 10.5 所示。参照以上步骤,导入其他两个视频文件。

2. 位图图片的导入

(1) 仍然是单击"文件"菜单下的"导入"命令,系统会弹出如图 10.3 所示的"导入"素材路径,选择好图片文件所在的文件夹和文件名后,单击"打开"按钮。系统将图片同时导入在界面上和保存在库中,此时先将界面上的图片删除,只保留库中的图形元件。

(2) 用相同的方法导入另两张动物图片。

(3) 单击"插入"菜单下的"新建元件"命令,在"元件类型"选项中,选择"图形"后,单

图 10.3　视频文件路径

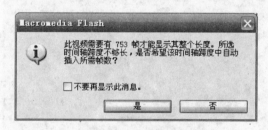

图 10.4　时间轴长度提示

击"确定"按钮,进入图形元件的工作界面。

　　(4)在"图形"元件工作界面上,用绘图工具栏上的"直线"工具、"颜料桶"工具、"椭圆"工具,按图 10.6 所示制作视频动画的放映框。

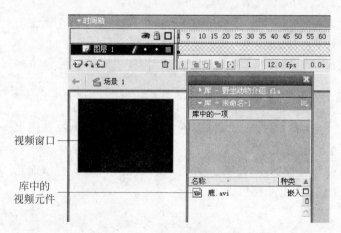

视频窗口————

库中的
视频元件————

图 10.5　导入的视频文件　　　　　　图 10.6　视频动画的放映框

（5）参照4.2.2节中有关控制按钮的制作方法，制作控制按钮元件、"暗按钮"，制作完毕后，以"元件"形式保存在库中。

10.2.3 课件的制作步骤

1. 封面"场景"的制作

（1）退出元件编辑界面，进入"场景1"的工作界面，系统默认在"图层1"的第1帧。

（2）用鼠标左键，分别将库中的位图图片"非洲豹"和"犀牛"拖出，并右击"犀牛"图片，在弹出的下拉菜单中，单击"转换成元件"命令。在弹出的"元件类型"选项栏中，选择"图形"后，单击"确定"按钮，这个过程是将导入的位图转换成图形元件。

（3）选中"犀牛"图片，然后打开屏幕下方的属性栏，将Alpha值调为65％，让两张图片都能显示动物内容，如图107所示。

图10.7　封面"场景"界面

（4）选择绘图工具栏上的"文本"工具，字体选行书、颜色为白色，大小为35，在界面上输入封面文字，如图10.7所示的文字内容。

（5）单击"图层"面板上的增加"图层"按钮"＋"，增加新的"图层2"，用于放置控制按钮。

（6）用鼠标左键将库中的控制按钮拖出来，放置在如图10.7所示的右下方。

（7）选择绘图工具栏上的"文本"工具，字体选隶书、颜色为红色，大小为20，在按钮上输入操作提示文字，如图10.7所示的按钮文字部分。

（8）选中"图层2"的第1帧，打开屏幕下方的"动作-帧"面板，双击stop命令，添加到帧语句面板上。这样，生成影片后才不会自动播放。

2. 选择"场景"的制作

（1）单击"插入"菜单下的"场景"命令，插入新的"场景2"，并自动进入"场景2"的工作界面。

（2）用鼠标左键将库中的位图图片"犀牛"拖出，放置在界面上，并调整大小与界面尺寸相同。

（3）用绘图工具栏上的"文本"工具，字体用隶书、大小为35、颜色为白色，如图10.8所示输入相应的选择文本内容。

（4）单击"图层"面板上的增加"图层"按钮"＋"，增加新的"图层2"，用于放置控制按钮与选择"暗按钮"。

（5）用鼠标左键将库中的控制按钮拖出来，放置在图10.8所示的右下方，将库中的"暗按钮"拖出来放置在3个选项内容上，如图10.8所示。

图10.8 "场景2"工作界面

（6）同样是选择绘图工具栏上的"文本"工具，字体选隶书、颜色为红色，大小为20，在控制按钮上输入操作提示文字，如图10.8所示的按钮文字。

（7）同样选中"图层2"的第1帧，打开屏幕下方的"动作-帧"面板，双击stop命令，添加到帧语句面板上。在生成影片后，则不会自动播放。

3. 非洲豹介绍"场景"的制作

（1）单击"插入"菜单下的"场景"命令，插入新的"场景3"，系统自动处于"场景3"的工作界面。

（2）用鼠标左键将库中的位图图片"非洲豹"拖出，放置在界面上。调整好大小后，右击该图片，在弹出的下拉菜单中，单击"转换为元件"命令，将该图片转换为"图形"元件。然后打开屏幕下方的属性栏，将图片的Alpha值调为70％（注：这是背景）。

（3）用鼠标左键将库中的图形元件"视频播放框"拖出，放置在背景图片的左上角。这样，界面左侧的二分之一作为视频文件的播放窗口，右侧二分之一为文本移动窗口。

（4）再用鼠标左键将库中的"视频"元件拖出来，放置在"视频播放框"中，并调整视频元件的大小,刚好与"视频播放框"相同,这是视频播放画面的有效尺寸,如图10.9所示,这样模拟一台电视机的播放效果。

图10.9　背景图片与视频元件位置

注意:调整视频元件的播放时间帧与导入时的时间帧长度。

(5) 单击"图层"面板上的增加"图层"按钮"+",增加新的"图层2",用于放置文本。

(6) 选择绘图工具栏上的"文本"工具,字体选隶书、颜色选红色,大小选25,在界面的右下输入"非洲豹有着玫瑰花形的图案,有利于在斑驳的树荫下做更理想的伪装,还能上树,非洲豹肩高65cm左右,尾长90cm,重80cm左右,属于猫科动物。它能在短时间内爆发很快的速度,捕猎的对象有:猴子、蛇、山羊、绵羊。

非洲豹喜欢独来独往,它们每隔几天就换一次巢,这样可以减低被狮子和土狼这一类非常强的杀手找到的风险,它一胎生两三只小豹。"等非洲豹的文字介绍内容。

(7) 选中"图层2"的第610帧,按F6键插入"关键帧"后,将文本移至右侧二分之一的中央,形成在视频演播中,同时伴有文字介绍动画。

(8) 选中"图层2"的第609帧,即"关键帧"之前的一帧,打开屏幕下方的属性面板,在"补间"选项中,选择"动作"或"动画"。

(9) 单击"图层"面板上的增加"图层"按钮"+",增加新的"图层3",放置结束语。

(10) 选择"图层3"的第610帧(即最后一帧),按F6键插入"关键帧"。

(11) 选用绘图工具栏上的"文本"工具,字体选隶书、颜色选白色,大小选35,在视频播放窗口上输入"谢谢观看"、"再见",如图10.10所示。

(12) 再次单击"图层"面板上的增加"图层"按钮"+",增加新的"图层4"。

(13) 用鼠标左键将库中的控制命令"按钮"拖出,放置在如图10.10所示的位置,并用"文本"工具,在按钮上输入"返回"。

(14) 选中"图层3"的最后一帧,打开屏幕下方的"动作-帧"面板,双击语句栏上的stop命令,以阻止生成影片后自动播放。

"场景3"最后一帧的界面与时间轴,如图10.10所示。

参照"场景3"的制作方法,分别制作"梅花鹿"场景4和"犀牛"场景5,这两个"场景"

图 10.10　"场景 3"最后一帧的运行界面与时间轴

的背景图片无需调整 Alpha 值,文本内容动画的制作也相同。

"梅花鹿"场景 4 的文本内容为:

梅花鹿是亚洲东部的特产种类,在国外见于俄罗斯东部、日本和朝鲜,过去曾广布中国各地,但是现在仅残存于吉林、内蒙古中部、安徽南部、江西北部、浙江西部、四川、广西等有限的几个区域内,台湾有一个特有亚种。

梅花鹿具有很高的经济价值,据记载,服用鹿茸有"补精髓、壮肾阳、健筋骨之功。认为'凡含血之物,肉差易长,筋次之,骨最难长'。故人自胚胎至成人二十年,骨髓方坚。惟麋鹿角自生至坚,无两月之久,大者至二十余斤,计一日夜须生数两。凡骨之生无速于此。虽草木易生,亦不及之。此骨之至强者,所以能补骨血,坚阳道,益精髓也。"古人认为鹿角骨质生长迅速,是有某种特殊的物质在起作用。有分析和临床证明,鹿茸含有内分泌素鹿茸精等,有增强人体各种机能的作用,被认为是滋补强壮药物。

"犀牛"场景 5 的文本内容为:

犀牛是哺乳类犀科的总称,主要分布于非洲和东南亚。是最大的奇蹄目动物,也是仅次于大象体型的陆地动物。所有的犀类基本上是腿短、体粗壮。体肥笨拙,体长 2.2～4.5 米,肩高 1.2～2 米,体重 2800～3000 千克,皮厚粗糙,并于肩腰等处成褶皱排列;毛皮稀少而硬,甚或大部无毛;耳呈卵圆形,头大而长,颈短粗,长唇延长伸出;头部有实心的独角或双角(有的雌性无角),起源于真皮,角脱落仍能复生;无犬齿;尾细短,身体呈黄褐、褐、黑或灰色。

4. 各场景控制按钮命令语句的书写

因为用 Flash MX 作开发平台,所以语句书写时同样是直接打"√"。

（1）封面"场景 1"的命令语句与功能为：

① "进入"按钮的命令语句与功能：

```
on (release) {                      //事件命令+任务开始识别符
    gotoAndStop("场景 2", 1);        //转到"场景 2"停在第 1 帧
}                                   //配对使用的结束符
```

② "退出"按钮的命令语句与功能：

```
on (release) {                      //事件命令+任务开始识别符
    fscommand("quit");              //退出影片系统
}                                   //配对使用的结束符
```

（2）选择"场景 2"的命令语句与功能为：

① "非洲豹"暗按钮的命令语句与功能：

```
on (release) {                      //事件命令+任务开始识别符
    gotoAndPlay("场景 3", 1);        //转到"场景 3"从第 1 帧播放
}                                   //配对使用的结束符
```

② "梅花鹿"暗按钮的命令语句与功能：

```
on (release) {                      //事件命令+任务开始识别符
    gotoAndPlay("场景 4", 1);        //转到"场景 4"从第 1 帧播放
}                                   //配对使用的结束符
```

③ "犀牛"暗按钮的命令语句与功能：

```
on (release) {                      //事件命令+任务开始识别符
    gotoAndPlay("场景 5", 1);        //转到"场景 5"从第 1 帧播放
}                                   //配对使用的结束符
```

④ "返回"按钮的命令语句与功能

```
on (release) {                      //事件命令+任务开始识别符
    gotoAndStop("场景 1", 1);        //转到"场景 1"停在第 1 帧
}                                   //配对使用的结束符
```

（3）"场景 3"、"场景 4"、"场景 5"都只有"返回"按钮，它们的语句命令都与"场景 2"中的"返回"命令相同。

（4）请参照前述各例生成.swf 影片和.exe 可执行文件。

本节技术小结

本例的关键知识是视频文件的带宽对课件大小的影响，如果视频文件的带宽太小，在播放中将出现"马赛格"效应，但视频文件的带宽大，必然造成课件太大，严重时还会出现死机现象，这是在视频引用时要充分考虑的主要因素。

10.3 在 PowerPoint 中播放 Flash 影片

鉴于 PowerPoint 软件有它自身的一些特点,有的教师选择了它作为课件的开发平台。由于 PowerPoint 是 Word 文字处理软件的姐妹篇,它们的文字处理效果完全可以兼容,所以一般的展示型课件已能满足要求。下面介绍如何在 PowerPoint 软件中播放 Flash 影片。

(1) 打开 PowerPoint 软件,单击"视图"菜单下的"工具栏"命令,在弹出的二级菜单中,单击"控件工具箱"命令,系统会弹出如图 10.11(左上)所示的"控件"工具箱。

(2) 单击"控件"工具箱上的"其他控制"按钮,系统又会弹出如图 10.11(右下)所示的控件选项列表。

(3) 在弹出的选项列表中,选择 shockwave Flash object 选项,此时的鼠标将变成一个"+"号。

(4) 按住鼠标左键,在幻灯片上拖出一块放映 Flash 的窗口,可大可小,如图 10.12 所示。

图 10.11 "其他控制"选项列表

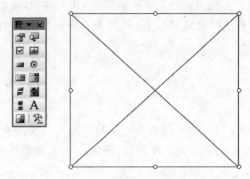

图 10.12 在 PowerPoint 界面上拖画
的 Flash 影片窗口

(5) 右击该窗口,在弹出的快捷菜单中选择"属性"命令,如图 10.13 所示。系统会弹出窗口的属性(路径)书写栏。

(6) 选择"按字母序"下面的 Movie 选项,在左边的路径框内输入 Flash 课件所在的路径、文件名。

注意:必须保存为.swf 格式。

(7) 输入完毕后按 Enter 键,就可以在 PowerPoint 中选择"幻灯片放映"菜单下的"观看放映"命令,实现在 ppt 中播放 Flash 动画。

注意:如果放映时,窗口中是一片空白区,说明输入的 Flash 影片的地址、路径、文件

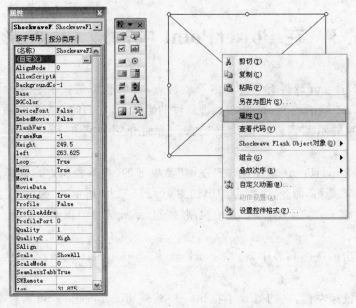

图 10.13　播放窗口的属性书写栏

名有不对的地方,只要重新认真的找到 Flash 影片的地址、路径、文件名,再输入一次就可以了。

　　提示:如果有多个课件,用 PowerPoint 集成是比较简单实用的方法之一,与 Flash 软件嵌套的软件较多,这里不再一一举例说明。

上 机 练 习

　　1. 用手机和 DV 自拍一段 1 分钟的视频,比较不同带宽时,对课件大小的影响。

　　2. 用同一段视频,导入不同参数设置时,比较对课件的影响。

参 考 文 献

[1] 吴有林.计算机辅助教学技术.北京：清华大学出版社，2006.

[2] 吴有林.中小学教师课件设计与制作.北京：机械工业出版社，2009.

[3] 方其桂,王玉华.多媒体 CAI 课件制作实例教程.北京：清华大学出版社,2002.

[4] 翟长霖,武新华.Flash 精彩实例制作.北京：清华大学出版社,2004.

[5] 张军,刘志华,于文.多媒体课件设计与制作基础.北京：高等教育出版社,2004.

高等学校计算机基础教育教材精选